Leśna Polana

Katarzyna Michalak

Leśna Polana

znak litera nova

KRAKÓW 2016

Projekt okładki
Katarzyna Michalak

Opracowanie graficzne okładki
Magdalena Zawadzka

Fotografie na okładce
Klaudia Rataj-Sopyłło

Opracowanie tekstu i przygotowanie do druku
DreamTeam

ISBN 978-83-240-3690-5

Książki z dobrej strony: www.znak.com.pl
Więcej o naszych autorach i książkach: www.wydawnictwoznak.pl
Społeczny Instytut Wydawniczy Znak
ul. Kościuszki 37, 30-105 Kraków
Dział sprzedaży: tel. 12 61 99 569, e-mail: czytelnicy@znak.com.pl

Wydanie I, Kraków 2016
Druk: Abedik

ROZDZIAŁ I

To miejsce urzekało. Pięknem, ciepłem i spokojem. Pośrodku rozległej leśnej polany otoczonej wiekowymi dębami stał niewielki domek o pobielanych wapnem ścianach, ze szprosowymi okienkami na parterze i balkonem na piętrze, kryty ładną, choć wiekową, czerwoną dachówką, miejscami porośniętą mchem. Do wnętrza prowadziło kilka schodków i ganek z witrażowymi szybkami. Nad solidnymi dębowymi drzwiami wisiała mosiężna tabliczka: „Leśna Polana 1898".

Tuż obok domku rosła potężna lipa. Zapach jej kwiatów po prostu oszałamiał. Był słodki, miodowy, przywracał wspomnienia dzieciństwa i wakacji na wsi. Dobre wspomnienia. Chciałoby się usiąść na drewnianej ławeczce w cieniu drzewa z pajdą jeszcze ciepłego chleba, grubo smarowanego świeżutkim masłem i posypanego cukrem, zjeść go do ostatniej kruszynki, a potem zamknąć oczy i po prostu odpłynąć myślami gdzieś daleko, zapomnieć o całym świecie...

Panowała tu błoga cisza, jakiej nigdy nie znajdziesz w mieście, lecz jednocześnie las dookoła był pełen życia. Nad lipą setki pszczół uwijały się pracowicie wokół drobnych kwiatków. Śpiew ptaków – drozdów, kosów, sikorek i zięb – dobiegał ze wszystkich stron. Było pięknie…

To uczucie – całkowitego zauroczenia – można było ujrzeć w oczach jednej, i tylko jednej, z trzech kobiet, które w milczeniu siedziały pod lipą na ławeczce zbitej z paru poszarzałych ze starości desek. Gabriela Leszeńska nie mogła oderwać od chatki zachwyconego spojrzenia. Jej dwie przyjaciółki, Majka i Julia, miały nieco inne uczucia wypisane na twarzy: Jula była zatroskana, Majka zaś… właściwie nie wiadomo, co sobie w tej chwili myślała ta ostatnia.

– No dobrze – odezwała się nagle – przytelepałyśmy się tutaj ponad sto kilosów, obejrzałyśmy kolejną ruderę i możemy wracać.

Gabriela posłała jej żałosne spojrzenie. Gdyby o nią samą chodziło, rozłożyłaby się obozem u stóp chatki i trwałaby w zauroczeniu tym domkiem dopóty, dopóki ktoś by się nad nią nie ulitował i albo zabrałby ją stąd przemocą, albo pozwolił jej tu zamieszkać. Najlepiej to drugie.

– Tu jest tak ślicznie – szepnęła.

Julia, której współczujące serce próbowało zrozumieć przyjaciółkę, pospieszyła z odpowiedzią:

– Bardzo pięknie, Gabryniu, wierzę ci, ale… tak naprawdę nie chciałabyś tu mieszkać. Ten domek nadaje się do rozbiórki, stoi w środku lasu, a wiesz, jak niebezpiecznie bywa na takim odludziu i jak ciężko jest zimą, a poza tym… mówiłaś, że jakiś deadline wisi ci nad głową? Musisz skończyć kosztorys, prawda?

Tym razem ją Gabrysia obdarzyła spojrzeniem zbitego psa. To zawsze kończyło się tak samo: ona znajdowała w internecie domek marzeń, prosiła Majkę, która jako jedyna z trzech przyjaciółek dorobiła się samochodu, by ją tam zawiozła, jechały we trzy – Gabriela, Majka i nieodłączna Julia – po czym Gabrysia z miejsca zakochiwała się w domku, co w przypadku osoby od lat pętającej się po wynajętych kawalerkach wydawało się naturalne, a one mniej lub bardziej subtelnie wybijały jej z głowy pomysł kupna kolejnej rudery.

Majka w chacie rozpadającej się w środku lasu nie widziała niczego pociągającego, Jula na samą myśl, że którakolwiek z przyjaciółek mogłaby zamieszkać w tej głuszy, czuła czystą trwogę. Jeszcze Majka, silna, przebojowa i zdecydowana, której żaden bandzior nie podskoczy, bo natychmiast rzuci mu się do gardła, poradziłaby tu sobie, ale Gabrysia? Delikatna, wrażliwa, bujająca w obłokach Gabriela Leszeńska? O nieee…

– Nie masz na ten dom pieniędzy – ucięła, ściągając przyjaciółkę na ziemię tak brutalnie, że nawet Majka spojrzała na Julę z podziwem. Takie to niewiniątko, zawsze dla każdego ma dobre słowo, a proszę, jak potrafi rozprawić się z marzeniami naszej Gabryni kochanej…

Gabriela westchnęła ciężko – do takich westchnień przyjaciółki również przywykły – po czym wstała, odwróciła się na pięcie i ruszyła do samochodu, zostawiając Majkę i Julę przed domem. Odprowadziły ją smutnym spojrzeniem. Znały dwa największe marzenia Gabrysi i gdyby mogły, nieba by jej przychyliły, bo nie tylko była ich przyjaciółką przez duże P, ale też po tym, co w życiu przeszła i jak dobrym człowiekiem pozostała mimo takich przeżyć, zasługiwała na wszystko, co najlepsze, tylko że... Żaden z domków, które Gabriela wyszukała w internecie, po prostu nie nadawał się do zamieszkania, a spełnienie drugiego marzenia zależało tylko od Gabrysi. Ot co! Jeżeli my same nie wyciągniemy ręki po to, czego pragniemy, nikt za nas tego nie zrobi. Owszem, ktoś może nam pomóc w dotarciu do celu, ale to do nas należy pierwszy krok.

– Wracamy, co? – odezwała się Majka, patrząc na chałupkę zamyślonym wzrokiem.

– Wracamy – odparła Jula, oglądając się na siedzącą w samochodzie Gabrielę. – Ona płacze – dodała cicho.

Rzeczywiście, Gabrysia nie potrafiła powstrzymać łez, które chwilę temu, przed domkiem, napłynęły jej do oczu. Ale w tamtym momencie były to łzy wzruszenia, bo po raz drugi w życiu, stojąc pośrodku rozświetlonej słońcem leśnej polany, przed domem, który mogłaby pokochać, poczuła to coś. Głębokie, płynące z dna duszy przekonanie, że oto znalazła spokojną przystań: „tu jesteś bezpieczna, tu zostaniesz, oto twoje miejsce na ziemi" – znów zdawało się śpiewać serce.

Jednak marzenia marzeniami, a rzeczywistość rzeczywistością. Jej dwie przyjaciółki – w dobrych intencjach oczywiście – sprawiły, że ten śpiew umilkł. Zastąpił go głos rozsądku: „Nic z tego. Możesz wracać do wynajętej nory i zająć się tym, co do ciebie należy, kolejnym kosztorysem". Powlekła się więc do samochodu, nie chcąc już więcej ranić siebie samej mrzonkami, ale siedząc w dusznym wnętrzu sportowej mazdy, po prostu... rozpłakała się. Z żalu nad kolejnym, czy właściwie tym samym, rozwianym marzeniem. Pochyliła twarz, by przyjaciółki nie widziały tych łez, ocierała je raz po raz, nim popłynęły po policzkach, lecz Jula była spostrzegawcza. I bardzo kochała Gabrysię.

– Musimy coś zrobić – odezwała się powtórnie, patrząc na Majkę wyczekująco.

Ta wzruszyła ramionami:

– Ja mogę jej tę ruderę zafundować, ale Gabi nie przyjmie ode mnie pieniędzy. Dobrze o tym wiesz. Na swój wymarzony dom musi zarobić sama, to jej słowa. „Jeśli nie potrafię, to znaczy, że jestem do niczego i nie zasługuję na własne cztery kąty" – to również słyszałyśmy nie raz.

– Wiem, wiem... – Jula zmartwiona pokręciła głową. – To co zrobimy?

– Poczekamy, aż jej przejdzie. Zawsze przechodzi... – dokończyła Majka z goryczą, bardziej mając na myśli siebie samą niż Gabrielę. Ona zaliczyła równie dużo rozczarowań i wiedziała jedno: czas i brak nadziei wyleczą z każdego marzenia.

Julka nie była jednak przekonana.

– Ale ona do tej pory za żadnym domem nie płakała!

Majka obejrzała się na samochód. Gabriela siedziała wyprostowana ze wzrokiem wbitym w przednią szybę. Nie miała pojęcia, o czym dyskutują przyjaciółki przed domem, który im się nie podobał, i... nie obchodziło jej już to. Skoro nie mogła tu zostać, chciała wracać do siebie. Jak najszybciej, zanim serce zupełnie rozsypie się jej z żalu.

– Już nie płacze – odparła z pozorną beztroską Majka. – A na twoim miejscu zajęłabym się raczej swoimi sprawami, bo Gabrina ma jednak gdzie mieszkać, haruje całymi dniami i stać ją na wynajęcie mieszkania, ty natomiast, mój śliczny, beztroski motylku, gdy puści cię kantem kolejny Misio-Pysio, znów przytelepiesz się do Gabrysi albo do mnie z całym swoim dobytkiem, to jest jedną torbą ciuchów, laptopem i szczoteczką do zębów, prosząc o dach nad głową.

Julę zatkało z oburzenia.

– Jesteś podła! Już nigdy cię o nic nie poproszę!

– Nigdy nie mów nigdy, kochana. – Majka uśmiechnęła się, ale nie był to złośliwy uśmiech. – To „nigdy" potrwa może miesiąc, nie dłużej. Czy twój nowy Misiaczek już każe ci prać swoje brudne gacie i śmierdzące skarpetki, czy jeszcze jesteście na etapie miłości romantycznej?

– Zazdrościsz, bo nie miałaś okazji prać nikomu gaci ani skarpetek! – odgryzła się Julia.

– I bardzom z tego rada. Ja nigdy poza stadium romantyzmu nie wyszłam, ty zaś od razu pozwalasz się wpychać w niewdzięczną rolę gosposi i kucharki, a nie tędy droga do udanego związku, kochana Juleczko, nie tędy...

– Powiedziała ta, której jednonocne związki zawsze zaczynały się i kończyły w łóżku.

– I niech tam zostaną.

One dwie od początku tej dziwnej, dla postronnych zupełnie niemożliwej przyjaźni zawsze darły ze sobą koty. Trzydziestodwuletnia Majka nie potrafiła zrozumieć młodszej o siedem lat Julii, a Julia Majki. Gabrysia tylko się ich sprzeczkom przysłuchiwała, od czasu do czasu pocieszając tę bardziej zranioną. Jej nie pociągał status kochanki, którą poznawało się na zakrapianej imprezie i zmieniało na następnej – a tak pozwalała się traktować Majka, sama równie często porzucając partnerów. Gabrieli nie odpowiadała również rola zastępczej mamusi dla dwukrotnie starszych facetów, w którą z uporem maniaka pakowała się Jula. Jakim cudem ta dziewczyna, młoda, inteligentna i naprawdę śliczna, przyciągała tylko takich właśnie podtatusiałych, zapuszczonych, wygodnych egoistów, jej przyjaciółki nie miały pojęcia. To był jakiś niezbadany światowy fenomen!

Ale chociaż Jula, Gabrysia i Majka różniły się w kwestii poglądów na miłość, mężczyzn i związki jako takie, to ich przyjaźń, która zrodziła się w niezwykłych okolicznościach i przetrwała bardzo wiele trudnych chwil, pozostała niezachwiana. Mogły być przez facetów zdradzane i porzucane, mogły ich kochać, by w następnej chwili nienawidzić, mogły bujać w obłokach, by niespodziewanie pogrążać się w rozpaczy, ale zawsze stały po swojej stronie, na przekór męskiemu światu, właściwie na przekór całemu światu!

To do Gabrieli i Majki Jula mogła przyjść o każdej porze dnia i nocy, z przysłowiową szczoteczką do zębów i niczym więcej, gdy kolejny „już prawie mąż" stwierdzał, że jednak nie nadaje się ona na jego partnerkę, nie jest klonem ukochanej mamusi i najlepiej byłoby, gdyby wróciła do siebie, jakby Jula owo „u siebie" kiedykolwiek miała. To do Gabrysi i Julii mogła przyjść również o każdej porze Majka, by wypłakać się z kolejnego rozczarowania kolejnym pięknym, ale tylko pięknym, samcem. To do Majki i Julii mogła przybiec Gabriela, gdy świat stawał się nie do zniesienia, a ona traciła nadzieję, że kiedyś i do niej los się uśmiechnie...

Teraz też, mimo niezbyt miłej wymiany zdań, choć one nazywały to przyjacielską sprzeczką, Jula z Majką wróciły do samochodu, gdzie Gabriela, otarłszy łzy, powitała je uśmiechem jakby nigdy nic.

– O czym plotkowałyście? – zapytała.

– O facetach, jak zwykle. – Majka wzruszyła ramionami. – Chciałam się założyć z Julą, kiedy znudzi się Tomaszkowi...

– A ja, kiedy Majka znudzi się... Markowi? Mariuszowi...? Właściwie nie wiem komu, bo nie nadążam – wtrąciła uszczypliwie Julka.

– No właśnie, ale stwierdziłyśmy, że szkoda forsy na takie zakłady. – Majka usiadła za kierownicą i rzuciła szybkie, ale uważne spojrzenie we wsteczne lusterko.

Gabriela patrzyła na chatkę z wyrazem takiej tęsknoty i rozpaczy w oczach, że Majka... poczuła jej uczucia jak swoje własne. To nie była kolejna chałupa, którą Gabi znalazła, obejrzała, zakochała się w niej na chwilę i z którą da sobie spokój. To było... zupełnie coś innego.

– Byłaś tu już kiedyś, prawda? – domyśliła się nagle.

Gabrysia zamrugała jak obudzona ze snu i przeniosła wzrok na przyjaciółkę. Mogła skłamać, że nie, skądże znowu, przecież nie ciągnęłaby ich taki kawał drogi, gdyby już kiedyś widziała ten dom. Mogła zbyć Majkę wzruszeniem ramion, co tamta zrozumiałaby tak, jak chciałaby zrozumieć. Ale... Maja i Jula były dla Gabrieli, oprócz ojca, najbliższymi istotami pod słońcem. Poza nimi nie miała nikogo. Jak mogłaby teraz im zełgać?

– Byłam. Dawno temu – odezwała się cicho, spuszczając wzrok, by bystre oczy dziewczyn nie dostrzegły burzy uczuć, jakie wywołało w Gabrysi wspomnienie tamtego dnia przed laty, gdy miała nadzieję... na wszystko.

Nadzieja prysła. Ona, Gabriela, omal nie przypłaciła tej nadziei życiem. Przyszłość, jaka się wtedy przed nią rysowała, została starta brutalną dłonią przez Los, czy raczej jego okrutne narzędzie, ale domek... ten sam, pobielany wapnem, ze szprosowymi okienkami i balkonikiem na piętrze... nadal stał tutaj, pośrodku leśnej polany. A skoro on przetrwał tyle lat, czekając na Gabrysię, może ona także powinna odnaleźć w sercu tamte marzenia? Była tylko – czy może aż – dziewięć lat starsza. Jeszcze nie jest za późno... Jeszcze nie...

– Tak. Byłam tu przed... tym wszystkim. – Machnęła ręką w niesprecyzowanym kierunku, ale dziewczyny wiedziały, o czym mówi, czy przynajmniej domyślały się, bo Gabriela nigdy tak naprawdę nie opowiedziała im o swojej przeszłości. – Wtedy, tak samo jak dziś, chciałam tu, w tym domku, na tej polanie, pozostać. I tak samo jak dziś musiałam zrezygnować...

– Ej, kto powiedział, że rezygnujesz?! – zaprotestowała Majka.

Jula posłała jej zdumione spojrzenie. Przed chwilą Majka była innego zdania! To nie jest miejsce dla samotnej trzydziestodziewięcioletniej kobiety, to nie jest miejsce dla wrażliwej, łatwej do zranienia Gabrysi Leszeńskiej! Skąd nagle ta zmiana frontu? Po co Gabrielę utwierdzać w jej mrzonkach?

– Przecież wiesz, że nie mam pieniędzy… – odparła Gabrysia cicho.

– Na coś naprawdę ważnego pieniądze zawsze się znajdą – stwierdziła Majka.

– Może u ciebie, bo forsy masz jak lodu – wtrąciła Julia. – Nie wszyscy mieli szczęście urodzić się w bogatej rodzinie.

Tak. Wszystkie trzy znały swoje finanse. Gabi zarabiała nieźle jako kosztorysantka, ale wszystko wydawała na czynsz za wynajęte mieszkanie i pomoc ojcu. Jula nie miała grosza przy duszy. Nie dlatego, że była leniwa i nie chciało się jej wziąć do roboty, ale dlatego, że była aktorką u progu kariery, a początki zawsze są trudne. Natomiast Majka… O, ta na ich tle była prawdziwą krezuską. Zarabiała świetnie w swojej korporacji, stać ją było na dobry samochód, drogie ciuchy i jeszcze droższy apartament z widokiem na Wisłę, a jakby tego było mało, miała nieprzyzwoicie bogatych rodziców, którzy swojej jedynaczce przychyliliby nieba, zapłaciliby za wszystkie kaprysy i kupili, co tylko by sobie zażyczyła, pod jednym wszakże warunkiem: by nie domagała się ich obecności, pomocy, czasu czy uwagi. Majka, co wydawało się kuriozalne, mając oboje rodziców, była w dzieciństwie równie samotna co Jula, która nie miała żadnego. Z nich wszystkich tylko Gabriela miała w miarę normalne dzieciństwo. Do czasu, gdy nie straciła matki i siostry, stanowili we czwórkę: ona, Zuzia, mama i tata, naprawdę wspaniałą, kochającą się rodzinę, za którą Gabriela do dziś tęskniła z całego serca…

Majka przekręciła kluczyk. Wszelkie tęsknoty prysły. Potężny silnik mazdy zawarczał nisko. Była nowa, lśniła czystością, pachniała jeszcze salonem i skórzanymi obiciami i stanowiła oczko w głowie właścicielki, dopóki się jej nie znudzi i Majka nie zamieni jej na nowszy model. Zupełnie jak faceta, z którym teraz była. Marka, Mariusza czy może jeszcze innego? – dziewczyny nie nadążały za zmieniającymi się jak w kalejdoskopie miłostkami przyjaciółki.

Ruszyła, jak to ona, gwałtownie, aż tylne koła zabuksowały na trawie.

– Niszczysz poszycie! – zauważyła Julia, przypinając się pasami.

– Lepiej poszycie niż pożycie – mruknęła Majka, pozostając myślami na leśnej polanie.

Dom nie mógł być drogi. Rozwalająca się chałupa w środku lasu... Ile mogła być warta? Stówę? Co najwyżej. Tyle to Majka miała na koncie bieżącym. Ale Gabriela nie posiada pewnie nawet ułamka tej kwoty.

– Ile za niego chcą? – rzuciła w przestrzeń, nie odrywając wzroku od szosy, na którą przed chwilą wjechała.

– Za dużo – odparła Gabrysia, patrząc w okno.

– Dla ciebie, golasko, zawsze jest „za dużo" – prychnęła Majka. – Ile?

– Sto pięćdziesiąt.

Majka zakrztusiła się własnym oddechem. Julka też. Gabriela skuliła ramiona, spodziewając się wybuchu.

– Chyba żartujesz?! – krzyknęły obydwie. Dobrze się spodziewała.

– Za taką ruderę, za którą ja osobiście nie dałabym złamanego grosza...

– Oprócz domu jest tam niemal hektar ziemi, czyli polany, na której on stoi, i sześć hektarów lasu – zaczęła wyjaśniać.

– A komu zależy na lesie?!

– Mnie zależy – odparła żałośnie.

One nie rozumiały, bo nigdy im o swojej przeszłości nie opowiedziała, że ten domek miał dla niej zupełnie inną wartość. Był powrotem do dawnych, pięknych czasów, gdy nie wydarzyło się jeszcze w jej życiu całe zło. Gdyby należał do niej, tak jak miał należeć wtedy, dziewięć lat temu, może... może powróciłaby nadzieja na lepszą przyszłość? Ten domek był... niczym talizman, w którym Gabriela niemal dekadę wcześniej zaklęła swoje marzenia. Ale jak przyjaciółkom o tym powiedzieć? Przecież nawet jej wydało się to niedorzeczne. Piękną przyszłość można budować nawet w wynajętej kawalerce. Nawet będąc bezdomną pod mostem. Wystarczy tylko odrobina determinacji i chęci, by zmienić swoje życie. Tyle razy mówiła to Julii... Majkę też tak kiedyś pocieszała. Dlaczego nie potrafiła tej chęci i determinacji wykrzesać z samej siebie?

Bo nosiła piętno na ciele, sercu i duszy. Właśnie dlatego.

– To nie ma już znaczenia – odezwała się nagle. – Nie chcę tego domu.

– Akurat... – mruknęła Majka. – Ciekawe, jak długo będziesz do niego wzdychała, nim rzeczywiście odpuścisz.

– Nie dłużej niż ty do następnej „wielkiej miłości" – wtrąciła Julia.

– A założymy się, że tym razem będzie to prawdziwa wielka miłość? – Majka uniosła wyzywająco podbródek.

– Dawaj, zakładamy się. – Jula bez wahania wyciągnęła rękę. – O co?

– Zaraz, zaraz, nie tak prędko. Ty, śpiąca królewno, też czekasz na swego księcia.

– Ja już znalazłam! Jestem w stałym, szczęśliwym związku z Tomaszem! – obruszyła się Julia.

– Weź nic mi o nim nie mów…

– Co znowu masz do Tomasza?! Przecież go nawet na oczy nie widziałaś!

– Nie widziałam, bo on nie chce nas poznać! Nie chce się spotkać z najbliższymi przyjaciółkami swojej przyszłej żony! Chyba że to ty się nas wstydzisz…

– Nawet tak nie myśl! – oburzyła się Julia. – Chciałam was zaprosić, naprawdę, wiele razy, ale Tomasz jest stale zajęty. Na nic nie ma czasu.

– Przecież on nie pracuje – zauważyła niewinnie Majka.

– Szuka pracy, a to zajęcie na cały etat! Aktywnie poszukuje interesującego i adekwatnego do swoich osiągnięć zatrudnienia!

Majka spojrzała we wsteczne lusterko, napotkała wzrok Gabrieli i udała, że wkłada palec do gardła. Gabi, przysłuchująca się sprzeczce przyjaciółek z pobłażliwym uśmiechem, z trudem zachowała powagę.

– Jedynym jego prawdziwym osiągnięciem jesteś ty, Jula – odparła Majka bez cienia ironii. Naprawdę tak myślała. Szkoda, że Julka nie ceniła siebie na tyle, by to przyznać. – Lepiej sprawdź telefon, żebyś znów nie miała w domu awantury, a potem cichych dni, bo śmiałaś nie odebrać połączenia od Tomusia Zazdrośnika.

Julia krzyknęła i wyszarpnęła z kieszeni komórkę.

– O Boże! Dwanaście nieodebranych połączeń! – Drżącymi dłońmi zaczęła wybierać numer.

Gabrysia pokręciła głową. Naprawdę nie podobało się jej uzależnienie Julii od kolejnego „narzeczonego". Co gorsza, to uzależnienie za każdym razem wyglądało na coraz poważniejsze. Czy Jula naprawdę nie może istnieć bez faceta, wokół którego owinie się niczym powój, zbyt delikatny by piąć się ku niebu o własnych siłach? Co robić? Jak pomóc tej dziewczynie, by uwierzyła, że znakomicie poradzi sobie w życiu sama? Popatrzyła w lusterko, próbując złowić spojrzenie Majki, ale ta – z dziwnie zawziętą miną – wbiła oczy we wstążkę szosy.

– Nie odbiera! – jęknęła Jula w następnej chwili. – Może coś mu się stało?!

– Nic mu się nie stało. Obraził się.

– Rzeczywiście – westchnęła w następnej chwili Jula, przeczytawszy esemesa. – Tomek nie znosi wracać do pustego domu.

– Nie znosi wracać do domu, w którym nie czeka na niego gorący obiad.

– Zostawiłam mu obiad w lodówce!

– To już za dużo fatygi. *À propos* obiadu, może wstąpimy do jakiejś knajpki na coś dobrego? Tutaj po drodze jest…

– Chciałabym, naprawdę – wpadła jej w słowo Julka – ale muszę wracać do Tomka.

Majka przewróciła tylko oczami. Ona też była zaborcza, jeśli chodzi o przyjaciółki. Nie lubiła się nimi dzielić, a na pewno nie z kimś takim jak Tomek Łosko. Raaany, facet, który nie potrafi obiadu sobie odgrzać...

– Ja muszę skończyć kosztorys. – Gabi też westchnęła.

Coraz mniej czasu miały ostatnio dla siebie. Zawsze którejś z nich coś stawało na drodze, by nie spotkać się z pozostałymi. Dziś wygospodarowały dla siebie wolne popołudnie, wyrwały się z Warszawy do Puszczy Białej, gdzie Gabriela znalazła kolejny domek, i zamiast cieszyć się tą wyprawą...

– Chrzanić kosztorys! – rzuciła nagle Gabrysia z niezwykłą dla niej zawziętością. – Chętnie zjem z tobą obiad. Przy czym ja funduję, bo ty robiłaś to ostatnio. I przedostatnio. I przedprzedostatnio. Właściwie zawsze, gdy razem gdzieś wychodzimy, płacisz za wszystko.

– Płacę, bo spotkanie z wami sprawia mi ogromną frajdę i jak na razie jestem z was najbogatsza. Gdy Jula zacznie zarabiać przyzwoite pieniądze, a i ty, Gabrina, wyjdziesz na prostą, z przyjemnością pozwolę się wam ugościć.

„Kochana Majka..." – pomyślały obie i nagle Julka zatrzasnęła komórkę z takim samym zawziętym wyrazem twarzy, jaki miała przed chwilą Gabrysia.

– Chrzanię Tomka! Ja też chętnie zjem z wami obiad. Ale nie powiem, że go zafunduję, bo rzeczywiście jestem bez grosza.

– Ej, Jula, wygrałaś ostatnio jakiś casting. Za tę reklamę miałaś zgarnąć niezłe pieniądze. – Majka zjechała z głównej drogi na leśny parking, przy którym stała niewyględna buda z napisem „GÓRALSKA KWAŚNICA, GOLONKA, KIEŁBASKI!".

– I zgarnęłam – westchnęła Julia. – Ale Tomek potrzebował forsy na nowy garnitur, więc...

– Błagam, nie kończ. – Majka pokręciła głową i otworzyła drzwi samochodu. – Chodźcie, dziewczyny. Może to miejsce nie wygląda na restaurację z gwiazdką Michelina, ale karmią tu naprawdę dobrze.

– Skąd wiesz? – zainteresowała się Gabriela.

– Jeździłam z takim jednym nad Bug. Ależ on całował...

– Bug?

– Nie. Taki jeden... zapomniałam, jak miał na imię.

Dziewczęta zaśmiały się. Cała Majka.

Usiadły na dwóch długich ławach przy drewnianym, wypolerowanym do połysku stole i sięgnęły po skromne menu. Właściwie składało się z trzech pozycji: owej kwaśnicy, golonki ze świeżymi ziemniaczkami i szaszłyka z grilla.

– Miałabym ochotę na tę golonkę – rozmarzyła się Julia.

Obie spojrzały na nią ze zdumieniem. Jula i golonka?! Po tym, co z nią przeszły, bardziej można się było spodziewać „dwóch listków sałaty i plasterka pomidora" niż golonki!

– Ja też mam ochotę na golonkę – odezwała się Gabrysia, bojąc się, że jeśli nie poprze Julii, ta się rozmyśli.

– Dobra! Bierzemy trzy golonki! – Majka od razu krzyknęła do pucołowatego, całkiem przyjaźnie wyglądającego faceta, który uśmiechał się do nich z okienka budki. Ten uśmiech stał się jeszcze szerszy. Podniósł kciuk w górę i zabrał się do pichcenia.

– Świeża jest ta golonka? – zaniepokoiła się Jula. – Nie potrujemy się?

– Nie zapraszałabym was na nieświeże jedzenie – obruszyła się Majka. – Ten koleś mięso kupuje w miejscowej rzeźni, z samego rana, i trzyma w lodówce. Zaraz zacznie na naszych oczach je przyprawiać i grillować. Jest na co popatrzeć.

– Ale masz rozmarzone spojrzenie – zaśmiała się Gabrysia. – Mogłabym pomyśleć, że się zakochałaś.

– W jedzeniu? Owszem. Choć sam facet też jest niczego sobie.

Gabrysia z Julią obejrzały się dyskretnie przez ramię i, pochwyciwszy spojrzenie kucharza, szybko odwróciły wzrok. Chyba tylko nienasyconej Majce mógł się podobać utytłany w tłuszczu, czerwony na twarzy mięśniak. No właśnie, Majka uwielbiała nieco nieokrzesanych mięśniaków, chociaż w łóżku lądowała zazwyczaj z przystojniaczkami w garniturkach i bez grama muskulatury. Ot, taka sprzeczność. Czasem Gabrysia z Julią zastanawiały się, czy tak piękna, urocza i mądra kobieta nie mogłaby trafić gdzieś pośrodku i upolować inteligentnego, wysportowanego, normalnego faceta, ale widać nie nadszedł ten czas.

Majka, czekając na zamówienie, kiwała pantoflem zawieszonym na czubkach palców, odsłaniając przy tym długą, zgrabną, opaloną nogę. Tamten co chwila zerkał w jej stronę.

– Dobra – odezwała się nagle, siadając prosto. – Nie zaprosiłam was li tylko na obiad, moje kochane, choć miło mi będzie skonsumować go w waszym towarzystwie.

– Mówisz o obiedzie, mam nadzieję?

– Rzecz jasna, droga Julio, choć nie wiem co, czy raczej kogo, ty masz na myśli. – Uniosła kącik ust w złośliwym uśmiechu, widząc, jak dziewczyna się czerwieni, po czym zwróciła się do drugiej przyjaciółki: – Gabrina, będę z tobą brutalnie szczera... – zaczęła, a ta odruchowo skuliła ramiona. – Podoba mi się ten dom!

Obie, Julka z Gabrielą, spojrzały na nią z niedowierzaniem.

– Chcesz go... kupić? – zapytała powoli Gabrysia, a serce zadrżało jej z niepokoju. Chyba nie wybaczyłaby Majce, gdy ta sprzątnęła jej sprzed nosa Leśną Polanę.

– Nie! Broń Boże! – przestraszyła się Majka. – Podoba mi się ze względu na ciebie.

Gabi opadła na oparcie ławy, odetchnąwszy z ulgą.

– Jak stoisz z pieniędzmi?

– Raczej leżę, niż stoję – odparła ze smutkiem. – Od dnia, w którym zobaczyłam ogłoszenie o sprzedaży Leśnej Polany, biję się z myślami, skąd wytrzasnąć na nią forsę i... – pokręciła głową.

– A gdybyś wzięła kredyt? – podsunęła pomysł Julia.

– Nie mam zdolności kredytowej. Byłam w banku, pytałam. Usłyszeli, że pracuję na umowę o dzieło, i nie chcieli ze mną dalej gadać.

– Ze mną by chcieli... – rzuciła od niechcenia Majka, ale Gabriela natychmiast się nastroszyła.

– Gdybyś ty go kupiła i oddała mi go w najem, nadal byłby twój, nie mój. A ja potrzebuję czegoś dla siebie i tylko dla siebie!

– Wiem, wiem, nie krzycz na mnie. Tak tylko głośno myślę.

Gabriela znów poczuła łzy napływające do oczu. Tak bardzo, tak strasznie chciała mieć ten domek. Żaden inny, tylko ten. Tak wiele od tego zależało...

Wstała gwałtownie.

– Pójdę do toalety – rzuciła przyjaciółkom.

– Tu jest las, nie toaleta. – Majka zrobiła szeroki gest ręką, po czym patrzyła, jak Gabriela, przygarbiona, nieszczęśliwa, oddala się od nich leśną dróżką.

ROZDZIAŁ II

– Musimy coś z tym zrobić – odezwała się półgłosem Majka, gdy przyjaciółka zniknęła im z oczu.

Julia zgodziła się z nią w całej rozciągłości.

– Masz jakiś pomysł?

– Skoro Gabi nie może zarobić tych pieniędzy, a głupi bank nie chce z nią gadać o pożyczce, musi je ukraść albo wygrać.

– Genialne! Już widzę, jak Gabryśka kradnie sto pięćdziesiąt tysięcy – prychnęła Julia.

– Sto. Każdy grosz ponad tę kwotę to przesada.

– Nie ma nawet stu złotych na koncie, mogę się założyć. Wszystko wydaje na swojego tatę.

Majce nagle rozbłysły oczy.

– I z jej tatą trzeba pogadać! Założę się, że on znajdzie sposób na Gabrysię. Zna ją mimo wszystko dłużej niż my, choć nie wiem, czy lepiej. Myślisz, że pan Antoni domyśla się, na co Gabriela wydaje niemal całą pensję?

Od lat Gabriela kupowała leki dla ciężko chorego ojca, wmawiając mu, że w całości są refundowane. Julka z Majką wiedziały o jej sekrecie, bo kilka razy była zmuszona pożyczać pieniądze od przyjaciółek, ale ojciec zdawał się nie mieć o tym pojęcia...

– Kiedyś, gdy Gabi wyjechała i ja opiekowałam się panem Antonim, prosił mnie w zaufaniu, bym nie kupowała lekarstw za swoje pieniądze, więc owszem, domyśla się.

– Ale nie powie o tym Gabrysi?

– Co by to zmieniło? – Jula wzruszyła ramionami. – Pieniędzy by im od tego nie przybyło, a doszedłby wstyd i poczucie winy. A tak Gabi jest szczęśliwa, że jej ojciec o niczym nie wie, a on nie musi się wstydzić, że po tym, co zrobił dla ojczyzny, ona tak mu się odpłaca.

– Coś w tym jest... – Majka spojrzała przed siebie zamyślona. – Słuchaj... – zaczęła powoli. – Tylko nie wygadaj się z tym: nas Gabryśka będzie podejrzewała o każdy podstęp, ale swojego ojca raczej nie. Gdyby to on wygrał w lotto te sto tysięcy? Co ty na to?

Julia uniosła brwi.

– A wygrał?

– Jeszcze nie. Najpierw musi kupić los. Ale kto gra, ten wygrywa.

– Przecież to nie takie proste! Gdyby można było ot tak kupić los i od razu...

– Jula – Majka wywróciła oczami – przecież możemy dopomóc losowi!

Julka oniemiała. I nagle się rozpromieniła. To jest myśl! Gabrysia nic nie będzie podejrzewała, gdy tata zadzwoni pewnego dnia z radosną wiadomością, że wygrał w lotto pieniądze na jej domek!

– No dobrze, tylko skąd wziąć te sto patyków? – zapytała w następnej chwili.

Majka wzruszyła z nonszalancją ramionami.

– Jak to skąd? Z banku! Do tej pory pozwalałam im zarabiać na obracaniu moimi oszczędnościami, teraz niech się nimi cieszy moja przyjaciółka!

– Dasz Gabrysi sto tysięcy? Ot tak? – Julia spojrzała na Majkę z niedowierzaniem i podziwem. A może i z lekką zazdrością. Sama chciałaby mieć na koncie tyle pieniędzy, by móc je rozdawać przyjaciołom.

– Dam. Ona musi mieć ten domek. A wiesz dlaczego?

Jula pokręciła głową.

Wtedy Majka wyjęła z portfela złożoną na cztery karteczkę, rozprostowała ją i podała przyjaciółce. Krótki artykuł z regionalnego dziennika.

– Robiłam research na te tematy i…

Julka przebiegła wzrokiem tekst i aż wstrzymała oddech.

– To o naszej Gabrysi? Jesteś pewna? – zapytała cicho, głosem drżącym ze zgrozy.

Majka skinęła głową.

– Wszystko się zgadza. Imiona, pierwsza litera nazwiska, miejscowość, data… Jeżeli Gabriela przeżyła taki koszmar, a wszystko na to wskazuje, musi w końcu odzyskać spokój ducha. Jeśli do tego potrzebuje tamtej chałupki, my musimy zrobić wszystko, by ją zdobyła. Od tego są przyjaciele, no nie?

Dziewczyna przytaknęła, nie mogąc wykrztusić ani słowa przez zaciśnięte gardło.

W tym momencie Gabrysia wyszła z lasu, kierując się w ich stronę.

– Od jak dawna o tym wiesz? – wyszeptała Julia, oddając Majce wycinek z gazety.

– Od jakiegoś czasu. Ale czekam, aż ona sama nam o tym opowie.

Nagle Julia spojrzała na przyjaciółkę, jakby jej w ogóle nie znała. Bo też takiej Majki, empatycznej, wrażliwej na czyjeś uczucia i dobrej, prawdziwie, na wskroś dobrej i szlachetnej, nie spodziewała się odkryć pod pozorami nonszalancji i obojętności.

– Jest nasza Gabrina razem z naszymi golonkami! – Majka klasnęła w ręce, znów nic sobie nie robiąc ze spojrzeń przyjaciółki. – Dziewczyny, wierzcie mi, że ten pan... – uśmiechnęła się do młodego mężczyzny, który przyniósł im smakowicie pachnące danie – ...w tym, co robi, jest najlepszy na świecie! – dokończyła, wcale, ale to wcale nie dwuznacznie. Tamten poczerwieniał na twarzy jeszcze bardziej i umknął do swojej budki, cały w zawstydzonych uśmiechach.

Julia zaśmiała się cicho. Gabriela, z oczami wciąż zaczerwienionymi od łez, pochyliła się nad swoim daniem, bez apetytu dłubiąc w nim widelcem. Majka zabrała się do jedzenia jakby nigdy nic, ale tak naprawdę myślami była już w przyszłości. Już snuła pewien misterny plan.

Plany mają jednak to do siebie, że lubią się spełniać w najbardziej nieoczekiwany sposób i niestety, a może na szczęście, nie mamy na to wpływu.

Pół godziny później znów wsiadały do samochodu.

– Majeczko, mam prośbę – odezwała się milcząca dotąd Gabriela.

– Dla ciebie wszystko.

– Zawrócimy do tego domku? Na chwileczkę...

– Ale... – chciała zaprotestować Julia, znów co chwila zerkając nerwowo na telefon, lecz umilkła pod wilczym spojrzeniem Majki.

Ten dom był dla Gabrieli ważny z jakichś przyczyn, których one nie próbowały się nawet domyślać. Bardzo ważny. To chyba mogą dla niej zrobić? Raz jeszcze go obejrzeć?

– Nie ma sprawy – odezwała się Majka i zawróciła.

Parę minut później znów wjeżdżały na cichą leśną polanę, zalaną potokami słonecznych promieni. Nawet zdeklarowany mieszczuch, jakim była Majka, musiał przyznać, że jest tu pięknie. Po prostu pięknie.

– Poczekacie na mnie w samochodzie? – odezwała się Gabriela. To nie było pytanie, a prośba.

– Nie. Odjedziemy bez ciebie – odmruknęła Majka.

Gabrysia uśmiechnęła się przepraszająco, wysiadła z samochodu i powoli ruszyła w stronę domu.

Gdy Majka zapytała mnie, czy znam ten dom, powinnam była najpierw przytaknąć, a potem opowiedzieć im obu, moim najbliższym przyjaciółkom, takim, jakie trafiają się raz na całe życie, całą prawdę. Nie tylko przytaknąć: „Owszem, byłam", ale zacząć od tego domu, od dnia, w którym tam, na cichej, skąpanej w promieniach słońca polanie pewien mężczyzna, którego kochałam całym sercem, wsunął mi na palec pierścionek, ten właśnie, i poprosił o rękę, a ja wykrzyczałam, rzucając mu się na szyję: „Tak! Z całego serca tak!". Piękny początek historii, która powinna skończyć się zdaniem: „I żyli w tym domu długo i szczęśliwie, otoczeni gromadką uroczych dzieci, a potem wnuków, do końca swoich dni...". Ale moja historia potoczyła się inaczej. I od dawna jestem winna przyjaciółkom wyjaśnienie, co sprawiło, że spotkałyśmy się po raz pierwszy tam, gdzie się spotkałyśmy, w niewinnie wyglądającym, otoczonym ładnym parkiem starym dworze, który tak naprawdę, mimo że nosił nazwę „Ośrodek Leczenia Nerwic, Depresji i Uzależnień", nie był niczym więcej niż szpitalem psychiatrycznym. Tak, właśnie tam poznałam Julię i Majkę. Tam też poznałam ich historie. Ale one nigdy nie poznały mojej.

Może teraz przyszedł czas, by opowiedzieć im całą prawdę?

Ale jak?! To nadal tak strasznie boli! Trzy blizny, które noszę nie tylko na ciele, ale i w sercu, nie pozwalają mi zapomnieć o przeszłości nawet na chwilę.

Gdybym jeszcze mogła o wszystko obwinić ciebie... To ty dałeś mi nadzieję, ty klękałeś przede mną, tutaj, przed tym domem, prosząc, bym została twoją żoną, i ty, gdy oszalałam ze szczęścia, bo byłeś moim Wielkim Marzeniem, to marzenie mi odebrałeś.

Ale nie mogę... nie mogę, kochany. Tak, kochany, bo nadal kocham cię tak samo jak tamtego dnia dziewięć lat temu. Jestem równie winna tego, co się potem stało, jak ty. Gdyby nie moja urażona duma, żal, głupota, może wszystko skończyłoby się inaczej. Może dalibyśmy sobie drugą szansę.

Teraz jest na to za późno.

Pora wracać.

Otrzeć łzy, choć Julia i Majka i tak się ich domyślą, i skończyć z przeszłością. Raz na zawsze. Z przeszłością albo ze sobą. Może tym razem mi się uda...

Zatrzymała się przed wiekową lipą, ściągnęła z palca pierścionek, z którym nigdy się nie rozstawała, powoli, walcząc ze sobą samą, położyła go na ławce i... odetchnęła głęboko.

– Tu się wszystko zaczęło i tu wszystko się kończy – szepnęła.

Podeszła do domku, pogładziła na pożegnanie kolumienkę podtrzymującą dach ganku, po czym, nie patrząc już więcej na dom, ławkę i pierścionek, odwróciła się i odeszła.

Bez słowa wyjaśnienia, z zupełną pustką w oczach wsiadła do samochodu.

– Możemy wracać – rzuciła w przestrzeń.

Majka spojrzała na nią lekko zmrużonymi oczami.

– Jesteś pewna? Myślałyśmy, że chcesz rozbić się tu obozem i okupować tę ruderę dotąd, aż właściciel odda ci ją za darmo albo chata zawali ci się na głowę.

Gabriela przeniosła owo puste spojrzenie z leśnej drogi, którą tu przyjechały, na przyjaciółkę.

– Skończyłam z szukaniem domów raz na zawsze – odparła spokojnie. Nienaturalnie spokojnie.

– Szkoda. Lubiłam te włóczęgi po okolicznych zadupiach – prychnęła Majka, nagle, nie wiedzieć czemu, zła. Już na samo wspomnienie wycinka gazety, który trzymała w portfelu, czuła gniew. Teraz, widząc zaczerwienione od łez oczy przyjaciółki, była po prostu wściekła! Na nią, na siebie, a przede wszystkim na tamtego bydlaka, o którym pisano w artykule.

„Gdyby nie on, pewnie wszystko potoczyłoby się inaczej..." – myślała, patrząc na wstążkę szosy, która się przed nimi otworzyła.

Gabriela mogła w tej chwili powiedzieć dokładnie to samo: „Gdyby nie on, wszystko potoczyłoby się inaczej", ale... miała zupełnie kogo innego na myśli. Gdyby zaś wiedziała, że w tej właśnie chwili mija się ze swoim przeznaczeniem...

Czasami lepiej nie wiedzieć. Lepiej nie snuć domysłów, co by było, gdyby. Życie i tak nas zaskoczy, raz dobrze, a raz źle. Wracanie do przeszłości, której nie zmienimy żadnym „gdyby", prowadzi wprost do szaleństwa. A Gabriela chciała przecież ułożyć sobie życie od nowa, a nie wrócić do szpitala, prawda?

Dlatego lepiej dla niej, że ocierając ukradkiem łzy, nie widzi srebrnego volvo, które właśnie je wymija, czy raczej tego, kto prowadzi samochód.

Wiktor Prado przejeżdża obojętnie obok czerwonej mazdy, również nie zdając sobie sprawy z tego, że być może ponownie traci swoją szansę. Chwilę później zwalnia i rzuca pytanie do towarzyszących mu dwóch młodych mężczyzn:

– Zatrzymamy się na chwilę? Jest tutaj dom, na który chciałbym rzucić okiem.

Obaj odpowiadają mu wzruszeniem ramion. Dorobili się majątku właśnie na obrocie nieruchomościami. Jeden dom w tę, jeden we w tę, co za różnica? Nawet nie musi ich pytać o zdanie, zresztą i tak zrobiłby to, co chce. I oto właśnie skręcają w tę samą leśną drogę, z której chwilę wcześniej wyjechały Gabriela, Majka i Julia.

Los ma, doprawdy, poczucie humoru. I bywa bardzo złośliwy...

Srebrne volvo zatrzymało się parę metrów od niewielkiego domku o szprosowych okienkach i ścianach pobielonych wapnem. Wiktor wysiadł, zrobił krok w jego kierunku i stanął, oszołomiony pięknem tego miejsca. Tu czas się zatrzymał. Tutaj nic się nie zmieniło. Kwiat lipy pachniał tak samo odurzająco jak tamtego dnia, drzewa dookoła szumiały cicho, ptaki śpiewały w leśnej gęstwinie otaczającej polanę. Dom stał w promieniach zachodzącego powoli słońca, wołający „zaopiekuj się mną!", równie zaniedbany co dziewięć lat temu i brakowało tylko... pewnej dziewczyny, którą on, Wiktor, kochał do dziś, tak jak wtedy...

– Chyba żartujesz... – Marcin, jeden z bliźniaków, stanął obok niego, przyglądając się domowi z mieszaniną zdziwienia i niedowierzania. – Nie będziesz chyba inwestował w tę ruderę?!

– Dlaczego nie – odmruknął Wiktor, patrząc na tabliczkę, na której ktoś koślawymi literami napisał „Na sprzedaż", dodając numer telefonu. Mężczyzna wyciągnął komórkę i zapisał numer.

– Zmieniasz branżę? – drugi z braci, Patryk, dołączył do nich. – Będziesz teraz handlować... właściwie nie wiem, jak to nazwać... daczami w lesie?

Zaśmiali się obaj i umilkli pod wilczym spojrzeniem starszego brata.

Nagle... wzrok Wiktora się wyostrzył, a na jego twarzy pojawił się wyraz zupełnego zaskoczenia. Niemal szoku. Zrobił krok w kierunku starej, zbitej z paru desek ławki, stojącej pod lipą. Potem drugi. I już wyciągał rękę po pierścionek, który zostawiła tu Gabriela. Już zaciskał na nim palce tak silnie, że aż bolało.

„To niemożliwe!" – przemknęło mu przez myśl. – „To nie może być ten sam pierścionek!"

Rozwarł powoli dłoń. Dwa szafirowe serduszka w oprawie maleńkich brylancików. To on, Wiktor, zamówił go dziewięć lat temu dla niej, dla Gabrysi Leszeńskiej. Nie można było pomylić tego kunsztownego jubilerskiego dzieła z żadnym innym.

– Ten złoto nawet na ulicy znajdzie – prychnął Marcin, patrząc na pierścionek. – Nawet pośrodku... niczego. Okej, napatrzyłeś się na chałupę, przeniesioną tu chyba ze skansenu, załapałeś się na nagrodę główną, możemy jechać dalej? Nie pamiętam, kiedy spałem we własnym łóżku.

– Bo zwykle śpisz w łóżkach co ładniejszych dziewczyn – zauważył Patryk.

– A ty zazdrościsz? – natychmiast zripostował tamten.

– Dajcie spokój – uciszył ich najstarszy z braci Prado. – Muszę zadzwonić.

Wybrał numer, który przed chwilą zapisywał w pamięci telefonu, i, nadal zaciskając pierścionek w dłoni, rzucił, gdy tylko ktoś po drugiej stronie odebrał połączenie:

– Chcę kupić Leśną Polanę. Jak najszybciej…

Dobrze, że Gabriela nie słyszała tych słów, bo złamałyby jej i tak pogruchotane i ledwo posklejane w całość serce.

ROZDZIAŁ III

– Pamiętacie nasze pierwsze spotkanie? – rzuciła Majka, gdy były już niedaleko Warszawy.

Gabriela, jakby nagle obudziła się ze stuporu, kiwnęła głową, a Julia się zaśmiała.

– Psychiatryk. Nie ma lepszego miejsca na poznanie przyjaciółek niż wspólny pokój w psychiatryku. Rozumiem, gdyby to było spa w słynnym kurorcie, ale szpital?

– Sanatorium – sprostowała Gabrysia bez przekonania.

– Ładne mi sanatorium – prychnęła Majka. – Gdyby nie wy, zwariowałabym tam!

– To na miejscu miałabyś profesjonalną ekipę.

Wszystkie trzy roześmiały się z uwagi Julii. Nieczęsto wracały w rozmowach do tamtych czasów, bo dla żadnej z nich nie były one radosne, dlaczego więc akurat teraz Majka sobie o nich przypomniała? I przypomina przyjaciółkom?

Może po to, by jeszcze bardziej poczuły więź, jaka je łączy?

– Sorry, Majeczka, ale po tym, co przeszłam na oddziale zaburzeń łaknienia, jak to się ślicznie i zupełnie nieadekwatnie do rzeczywistości nazywało, dwór w Komorowie jawił mi się jako sanatorium.

Majka aż wzdrygnęła się na wspomnienie pierwszego spotkania z Julią.

– Byłaś wtedy tak chuda… tak śmiertelnie chuda, że pomogłam ci ścielić łóżko, bo bałam się, że padniesz trupem od takiego wysiłku. A ja boję się trupów. Szczególnie trupów nowo poznanych współmieszkanek.

Julia skinęła z powagą głową. Tak było. Miała anoreksję z bulimią, najgorsze połączenie, zbierające największe śmiertelne żniwo. Podleczono ją na oddziale zamkniętym, a gdy wskazówka wagi przekroczyła magiczną wtedy dla Julii liczbę trzydziestu pięciu kilogramów, skierowano ją do dworu w Komorowie, gdzie warunki były znośniejsze niż w szpitalu, towarzystwo mniej pochrzanione, a i nacisk na psychoterapię większy.

Przyjechała z całym swoim majątkiem, który do tej pory zresztą mieści się w jednej torbie podróżnej. Po rozmowie z lekarzem i psychologiem dostała plan dnia i numer pokoju, który będzie dzieliła z dwiema innymi pacjentkami.

Prawdę mówiąc, bała się ich. Bała się dwóch nieznanych kobiet, które znalazły się w tym miejscu nie dla poprawienia urody, lecz dla ratowania poranionych dusz. Nie chciała dzielić się z nikim więcej swoimi doświadczeniami, przeżyciami i problemami. Nie chciała widzieć przerażonych spojrzeń, jakimi obrzucano jej ciało, gdy ściągała spodnie czy bluzkę i pod cienką, naciągniętą skórą widać jej było wszystkie kości, jak u egipskiej mumii.

Wzbudzała odrazę – łatwo było to zauważyć w oczach facetów, którzy jeszcze niedawno oglądali się za śliczną, pszenicznowłosą, niebieskooką, zgrabną i filigranową niczym laleczka Julią Raszycką. Z tamtych zachwytów nie zostało nic. Sama na siebie nie potrafiła patrzeć, czego więc oczekiwać od obcych? Jedną z form terapii, którą przeszła w szpitalu, było nagranie na wideo swojego śmiertelnie wyniszczonego ciała i obejrzenie go wraz z innymi pacjentkami na ekranie telewizora. To był szok. Przerażenie i szok. Nie taką siebie widziała co dzień w lustrze. Oj nie... Lustrzana tafla szeptała to, co powiedział jej chłopak któregoś wieczoru, gdy odepchnęła jego natrętne ręce:

– Jesteś za gruba. Mogłabyś zrzucić parę kilo, prosiaczku.

Wtedy uznała to za pieszczotliwy przytyk, ale gdy rzucił ją z dnia na dzień bez słowa wyjaśnienia, załamała się kompletnie i... zaczęła Wielkie Odchudzanie. Na początku było trudno, bo do tej pory każdy stres zajadała tabliczką czekolady, ale gdy minął pierwszy głód, poszło jak z górki. Kilogramy spadały jeden po drugim, co nie dziwi, gdy młoda, dziewiętnastoletnia dziewczyna nie je kompletnie nic, okłamując domagający się pokarmu żołądek szklanką ciepłej wody, a wołający o kalorie mózg tabletką słodzika. Wreszcie, gdy ważyła dwadzieścia sześć kilogramów, ciało rzekło stanowczo: dosyć! I Julia zemdlała na ulicy.

Ratownik, który pierwszy się nad nią pochylił, był przekonany, że nie żyje. Gdy otworzyła oczy, stłumił przekleństwo, przestraszony jej nagłym zmartwychwstaniem.

– Dziewczyno, coś ty z siebie zrobiła? – wyszeptał, przenosząc ją z kolegą na nosze. – Jak można samą siebie tak wykończyć?

Nie odpowiedziała, bo wtedy jeszcze nie rozumiała, o co mu chodzi. Wykończyć? Bez przesady! Po prostu jest na diecie. Diecie „woda plus słodzik" – jak się przyznała parę minut później lekarzowi na pogotowiu. Starszy człowiek długo patrzył na młodziutką kobietę, potem przeniósł wzrok na jej dowód osobisty. Ze zdjęcia, zrobionego rok wcześniej, gdy tylko skończyła osiemnaście lat, spoglądała nań prawdziwa piękność, dzisiaj zaś...

– Nie pozwolę ci umrzeć, dziecko – odezwał się wreszcie. – Możesz mnie za to znienawidzić do końca życia, ale nie pozwolę na to.

Rozpłakała się. Oparła głowę o blat biurka i szlochała tak, jakby zaraz miało jej pęknąć serce. Gładził ją po głowie, jak nigdy tego nie robiła żadna bliska Julii istota, bo po prostu nikogo takiego Julia w swoim krótkim dziewiętnastoletnim życiu nie miała. Podał jej chusteczkę, poczekał, aż się uspokoi, i mówił dalej:

– Musisz pójść do szpitala, na oddział leczenia anoreksji i bulimii. Zaraz znajdziemy dla ciebie miejsce...

– Ale... Ja nie mogę, nie chcę... – próbowała się buntować.

– Możesz zadzwonić do rodziców, nie jesteś przecież aresztowana, ale nie wypuszczę cię stąd, dziecko, bo jeśli umrzesz jutro czy pojutrze, do końca życia będę cię miał na sumieniu. Proszę, tu jest mój telefon, jeśli nie masz własnego. Zadzwoń do nich...

– Pan nic nie rozumie, doktorze! – krzyknęła, aż zabolało zdarte przez niedawny szloch gardło. – Ja nie mam rodziców! Nikogo nie mam i nikogo nie obchodzę! Nikt się specjalnie nie zmartwi, nikt po mnie nie zapłacze, nikt się nawet nie dowie, gdy – jak to pan powiedział – umrę jutro czy pojutrze! Rozumie pan?! Nie ma sensu mnie ratować, bo po co?! Z lekarskiego obowiązku?!

Wysłuchał jej do końca. Z twarzą zupełnie nieruchomą, choć jej słowa wstrząsnęły tym starszym mężczyzną, który już wszystko, co najgorsze, w życiu widział.

– Po co? Po co to robić? – wyszeptała z oczami pełnymi łez.

– Bo dla kogoś jesteś jednak bardzo ważna – odparł.

– Proszę, panie doktorze... – pokręciła głową z politowaniem. – Bóg, bo o Nim pewnie pan mówi, ma mnie w głębokim poważaniu. Gdyby było inaczej...

– Nie chodzi mi o Boga, dziewczyno – przerwał jej. – Choć myślę, że mylisz się co do Niego. Mam na myśli twoje przeznaczenie. Chłopaka czy mężczyznę, który gdzieś tam na ciebie czeka, który ciebie szuka, dla którego jesteś drugą połówką duszy. Dla niego musisz żyć, rozumiesz?

Zatkało ją. Zdobyła się jedynie na skinienie głową.

Stary doktor wykorzystał ten szok, podsunął do podpisania jakieś dokumenty i oto z wolnej, choć śmiertelnie chorej istoty stała się istotą równie chorą, ale zamkniętą za kratami szpitala. Bez prawa do wypisu na własne żądanie. A próbowała tego już po pierwszych dniach w piekle. Piekle karmienia niemal na siłę, gdy zmuszano ją do siedzenia nad pełnym talerzem dotąd, aż nie zjadła wszystkiego, całej porcji.

I pilnowano, by nie pobiegła do toalety, by wsadzić sobie palec w gardło…

– Trzydzieści pięć kilogramów – powtarzał jej lekarz prowadzący – i wychodzisz. Na razie jest dwadzieścia dziewięć i znów zmusiłaś się do wymiotów. Jula, proszę, traktuj nas i siebie poważnie. Czy naprawdę myślisz, że jesteś pierwszą pacjentką z takimi zaburzeniami? Znamy wszystkie wasze sztuczki i na żadną nas nie nabierzesz. Trzydzieści pięć, kochana. Na czczo, przed śniadaniem i po badaniu krwi.

Nie było przeproś.

Doktor Stefanek, ten z pogotowia, odwiedzał ją co tydzień, tak jak obiecał, gdy wsiadała z powrotem do karetki, która miała ją zawieźć prosto na szpitalny oddział.

Siedzieli razem w świetlicy, trochę rozmawiali, trochę milczeli. Do dziś dnia Julia nie dowiedziała się, dlaczego wolał spędzać sobotnie popołudnie z nią niż z rodziną. I nie mogła go o to zapytać, bo zmarł nagle zaraz po tym, jak wyszła ze szpitala. I tak jak on nie mógłby sobie wybaczyć, gdyby jej nie uratował, tak ona nie mogła sobie wybaczyć, że go o to nie zapytała. Że była tak skupiona na sobie i swoim cierpieniu, że nie interesowało jej niczyje inne. A w dobrych oczach doktora Stefanka nieraz je widziała. Ale nie zobaczy już nigdy więcej. I nie zapyta…

Została wreszcie wypisana i z trzydziestoma pięcioma kilogramami, które ciążyły Julii niemiłosiernie – dokładnie tak, jak wyrzuty sumienia – przyjechała do Komorowa. Tam spotkała najpierw Majkę, a dzień później Gabrielę. I już miała dla kogo żyć.

– Kocham was, wiecie? – odezwała się teraz drżącym ze wzruszenia głosem.

– My też cię kochamy. – Gabrysia, siedząca obok, objęła Julię i przytuliła mocno.

– Ja... ja wiem, że powinnam zerwać z Tomaszem, że on mnie wykorzystuje, jak wszyscy poprzedni – mówiła dalej dziewczyna. – Ale nie mogę, nie potrafię być sama!

– Nie jesteś sama, Jula, i już nigdy nie będziesz – odezwała się milcząca dotąd Majka. – Masz nas.

– Ale to nie to samo!

– To w i ę c e j niż to samo – odrzekła Majka z naciskiem. – Będąc z takim Tomciem, zamykasz się na prawdziwą miłość. Na kogoś, kto będzie cię kochał nie dla dobrych obiadków, upranych gaci i bezpłatnego seksu, ale dla ciebie samej. Dla twojej pięknej duszy i dobrego serca.

– A gdy mu się ta piękna dusza i dobre serce znudzi, powie, że powinnam nieco schudnąć, bo wyglądam jak prosiak, i odejdzie? – w głosie Julii były gorycz i żal. Tak, owszem, miała chłopaka w swoim wieku, swoją pierwszą miłość, i nieomal przypłaciła to życiem. Dlatego dziś wolała być wykorzystywana przez starszych facetów, niż powtórnie zaryzykować z rówieśnikiem.

– Tylko dlaczego ci twoi starsi faceci są tacy... obleśni, egoistyczni i skretyniali?! – jęknęła Majka, znając na pamięć bajkę o złym królewiczu, który skrzywdził księżniczkę Julię. – Nie możesz upolować jakiegoś przystojniaka po trzydziestce, który potrafi na siebie zarobić? Niech będzie starszy, skoro musi, ale niech coś sobą reprezentuje, Julka!

Gabriela słuchała tej rozmowy, jak wielu przedtem, i nie mogła się nie zgodzić z Majką. Jula zasługiwała na kogoś lepszego niż te wszystkie Misie-Pysie, bez krzty honoru czy zwykłej przyzwoitości pasożytujące na młodszej o dwie dekady dziewczynie...

– Ja... nie wiem, dlaczego tak się dzieje – odparła Jula żałośnie, choć doskonale wiedziała, bo już ze sto razy słyszała od przyjaciółek odpowiedź na to pytanie.

– W każdym z nich szukasz ojca, którego nigdy nie miałaś – odparła Majka po raz sto pierwszy. – Ale dlaczego zakładasz, że twój ojciec był taki... byle jaki?

– Bo ktoś, kto ma honor i coś sobą reprezentuje, nie porzuca swojego dziecka! – w głosie Julki miejsce żalu zajął gniew.

Majka zjechała na pobocze, zatrzymując samochód pod jej domem. Czy raczej pod domem Tomasza Łosko, u którego Julka mieszkała, nie mając własnego kąta.

– I dlatego za tego drania karzesz siebie? – zapytała cicho Gabriela.

– Dokładnie tak jak ty, Gabisiu. – Julka poklepała ją po ręce i nie był to gest współczucia. Nadal wrzała w niej wściekłość. – Słuchajcie, zawrzyjmy układ, we trzy: Gabi zdobywa, nie wiem jeszcze jak, wymarzony domek, Majka znajduje faceta na dłużej niż jedną noc, a ja raz na zawsze zrywam z tatusiem w każdej postaci.

– Stoi. – Majka wyciągnęła ku niej dłoń, wierzchem do góry. – Przybijaj. Ty rzuciłaś wyzwanie.

Julka z wahaniem klepnęła tę dłoń i chciała się cofnąć, ale Majka przytrzymała jej rękę.

– Gabrina, przyłączaj się. Dla dobra ogółu.

Gabriela bez namysłu położyła rękę na dłoniach ich obu.

– Może jeszcze spiszemy ten pakt własną krwią? – rzekła Julka z przekąsem, zła sama na siebie, że sprowokowała przyjaciółki do takiego zakładu.

Co będzie, jeśli Gabrysia kupi domek, a Majka się ustatkuje? I nagle zawstydziła się tej myśli. Przecież tego życzyła im z całego serca! Spełnienia marzeń! Tak jak one życzyły wszystkiego, co najlepsze, jej, Julii.

– Przepraszam – wyszeptała, patrząc na przyjaciółki wielkimi, niebieskimi oczami, w których mógłby się zakochać niejeden wspaniały facet, gdyby mu na to pozwoliła. – I wiecie co? Zacznę od siebie. Jeśli poczekacie na mnie parę chwil, spakuję swoje ciuchy i… – urwała, nieszczęśliwa. Znów będzie prosić którąś z przyjaciółek o dach nad głową.

– …jedziemy do mnie – dokończyła za nią Majka. – Mam wprawdzie bajzel w domu, ale ogarnę go w try miga.

– Ja chętnie posprzątam – zaoferowała się natychmiast Jula, już czując się winna, że zwala się przyjaciółce na głowę.

– Ty, moja kochana, w interwale między jednym Tomciem a drugim, masz coś ważniejszego do roboty niż sprzątanie mojego bałaganu – zauważyła Majka. – Musisz się uniezależnić od Misiów-Pysiów raz na zawsze. Musisz, ale to musisz, Juleczko, znaleźć pracę i mieszkanie. To na początek. Później rozejrzymy się za przyzwoitym facetem dla ciebie.

– I dla ciebie – zauważyła Gabrysia.

– I dla ciebie – powtórzyła za nią jak echo Majka.

Roześmiały się wszystkie trzy. Plan był banalnie prosty: znaleźć pracę, dwa domy i trzech facetów. I to na już!

Julka wpadła do ciemnego wnętrza starej, obdrapanej kamienicy i pomknęła po schodach na górę, jakby nagle dostała skrzydeł. Bo tak się właśnie czuła. Jakby ktoś uchylił drzwi klatki, w której była zamknięta od niepamiętnych czasów. Chyba od zawsze. Od kiedy rodzice, których nigdy nie odnalazła, oddali ją do bidula.

Boże, jak pragnęła poczuć to, co czują kochające i kochane dzieci: łagodny dotyk dłoni matki, głos ojca czytający bajki na dobranoc... Matki szukała w opiekunkach, potem odnalazła jej namiastkę w Gabrysi i Majce. Ojca zaś... Cóż, namiastka ojca właśnie otwierała drzwi, mierzyła Julę przekrwionymi, płonącymi wściekłością oczami i cedziła przez zęby:

– Gdzie byłaś, szmato? Wydzwaniam do ciebie przez całe popołudnie.

Julka skuliła ramiona.

„Dobrze, że Majka nie słyszy tego »szmato«" – przemknęło jej przez myśl. Właśnie dlatego jej przyjaciółki nie poznały do tej pory Tomasza Łosko. Majka, słysząc takie słowa i widząc, jak chwyta Julię za ramię tak silnie, że ona tłumi jęk, chyba wgryzłaby mu się w gardło.

Szarpnął ją za sobą do korytarza, zatrzasnął drzwi i przekręcił klucz w zamku. Gdy odwracał się do Julii, skuliła się jeszcze bardziej. Był podpity. Nie schlany, bo znalazłaby go rozwalonego na wersalce, a podpity. W takim stanie bywał okrutny i nieobliczalny.

Zrobił krok w jej kierunku. Cofnęła się odruchowo. Oparła się plecami o ścianę.

„Muszę uciekać! Nie jestem sama! Dziewczyny na mnie czekają!" – krzyczał jej umysł, ale ciało nie chciało usłuchać.

Ponownie chwycił ją za ramię.

– Powiesz swoim przyjaciółeczkom, żeby spierdalały – wywarczał, ciągnąc nieopierającą się dziewczynę w stronę okna. Kiwnęła szybko głową. – A potem... potem porozmawiamy inaczej...

Otwierała okno drżącymi rękami, z trudem powstrzymując łzy. Wolność była tak blisko. Tam, na ulicy. W czerwonej sportowej maździe...

– Nie czekajcie na mnie! – krzyknęła do Majki. – Spakuję się i... – Nie zdążyła ugryźć się w język. – Jedźcie już! Do zobaczenia! – dokończyła łamiącym się głosem.

– Jesteś pewna? – Majka przyglądała się wychylonej przez okno Julii, nieprzekonana.

Wiele razy odwoziła ją pod dom któregoś z Misiów-Pysiów i wracała do siebie, ale tego wieczoru nie chciała tego robić. Coś szeptało jej w duszy – nie szeptało, krzyczało! – że powinna zabrać Julię teraz, natychmiast, ale skoro ta powtarza po raz trzeci, że sobie tego nie życzy...

Okno na piętrze zamknęło się z trzaskiem.

Majka spojrzała na przyjaciółkę.

– Jedziemy?

– A co innego możemy zrobić. Wygląda na to, że Julia wybrała... – odparła Gabrysia, dodając w myślach: „I mówisz to tak spokojnie, ty, Gabrielo Leszeńska, która też kiedyś dokonałaś kiepskiego wyboru?".

– Zadzwonię do niej i zapytam, dlaczego, do jasnej cholery, już się wyłamuje z naszego zakładu. – Majka chwyciła komórkę i nadal patrząc w okno starej kamienicy, czekała, aż przyjaciółka odbierze.

– Słuchaj, nie mogę teraz rozmawiać, Tomek jest wściekły – wyszeptała szybko Julia, nie dając jej dojść do słowa. – Ułagodzę go, zrobię mu dobry obiad i będzie wszystko w porządku.

– Miałyśmy... – zaczęła Majka, ale Julia rozłączyła się.

– I co? – zapytała Gabrysia.

Majka wzruszyła ramionami.

– To co zwykle. Ułagodzi, ugotuje mu obiadek, poda siebie na deser. Nie ma sensu wystawać pod jej oknem niczym cholerny Romeo. Jedziemy.

Julia odprowadziła pustym spojrzeniem odjeżdżający samochód, a potem odwróciła się powoli, czując, jak gardło zaciska jej się ze strachu, a serce zaczyna łomotać tak, jakby ono samo chciało wyrwać się z klatki.

– Tomek, ja ci wszystko wytłumaczę – zaczęła jękliwym głosem.

– Spakujesz się? – wycedził, unosząc pięść. – A dokąd to się wybierasz? – I uderzył.

ROZDZIAŁ IV

Majka prowadziła swoją śliczną czerwoną mazdę, co i rusz zerkając na siedzącą obok Gabrielę. Bardzo, ale to bardzo nie podobało się jej zakończenie dzisiejszej eskapady. Zwykle wsiadały w samochód, szczęśliwe, że udało im się wspólnie wyrwać na włóczęgę po drogach i bezdrożach Polski; przez całą podróż przekrzykiwały się w opowiadaniu, co u której się wydarzyło od czasu ostatniego spotkania; zatrzymywały się na dobrą kawę, potem oglądały ruderę, którą wynalazła Gabriela, a następnie bez żalu wsiadały z powrotem do samochodu i znów, wśród żartów i przekomarzań, wszystkie trzy, zadowolone z ranka i popołudnia spędzonego w swoim towarzystwie, wracały do Warszawy. Zwykle zbaczając na chwilę na obiad, który fundowała oczywiście Majka. Poszukiwania wymarzonego domku Gabrysi były chyba w tym wszystkim najmniej ważne – choć Gabi stanowczo by temu zaprzeczyła – ważniejsze były chwile z przyjaciółkami, którym można było ufać i zwierzać się ze wszystkiego.

„Prawie wszystkiego" – pomyślała Majka, mając w pamięci wycinek z gazety.

– Powiedz coś – odezwała się na głos.

Gabriela wzruszyła ramionami.

– Nie ma o czym mówić.

„Nie pytam cię o ten dom, moja kochana – odparła Majka w myślach. – Chciałabym wiedzieć, czy to, co przeczytałam, jest prawdą. Chciałabym, byś zaufała mi i Juli na tyle, by nam o tym opowiedzieć. By wyrzucić to z siebie. Wypłakać cały ten ból, który – widzę to przecież – wciąż w sobie nosisz. Jeżeli ten dom miałby ci w tym pomóc, stanę na głowie, a go dla ciebie zdobędę, tylko zacznij mówić. Zaufaj mi wreszcie!"

– Tam, na polanie, było naprawdę pięknie, a ten dom nie jest wcale w tak złym stanie, jak mogłoby się wydawać – spróbowała raz jeszcze.

Gdyby powiedziała to dwie godziny wcześniej, kiedy siedziały na ławeczce pod lipą, Gabrysia prawdopodobnie rzuciłaby się jej z piskiem na szyję, uściskała i ucałowała, szczęśliwa i wdzięczna za dobre słowo.

Teraz siedziała w milczeniu, z głową odwróconą w stronę okna.

– Nie mów, że przestało ci na nim zależeć…

– Przestało! – wybuchnęła tamta. – Raz na zawsze skończyłam z poszukiwaniami domu! Będę do końca życia mieszkać w wynajętych norach, a tobie nic do tego! Ty masz swój piękny apartament z jeszcze piękniejszym widokiem i nigdy, nigdy nie zrozumiesz ani mnie, ani Julii. Nigdy! Nie wiesz, co to znaczy nie mieć forsy na czynsz, nie boisz się, że twój ojciec umrze, jeśli nie wystarczy ci pieniędzy na leki dla niego, nie chodziłaś nigdy w ciuchach z lumpeksu, nie masz pojęcia, jak to jest żyć od pierwszego do pierwszego, a gdy jednak nie wystarcza, wspomagać się pieprzoną pożyczką chwilówką na lichwiarski procent! Skąd mam wziąć pieniądze na ten dom, skoro brakuje mi na chleb?!

– Pozwól sobie pomóc – wycedziła Majka. – Nie jesteś sama. Masz Julię. Masz mnie.

Nagle zjechała gwałtownie na pobocze, nic sobie nie robiąc ze wściekłego trąbienia samochodów, i spojrzała Gabrieli prosto w twarz:

– Ale ty nie chcesz pomocy. Wolisz sama walczyć z całym światem i przegrywać, a wiesz dlaczego?

Gabriela zmrużyła oczy, jakby przygotowywała się na cios.

– Bo lubisz robić za męczennicę. – Majka wbiła jej te słowa prosto w serce. – Lubisz się umartwiać, skarżyć na zły los, być ofiarą.

– Jesteś podła. Wysiadam... – odezwała się głosem nabrzmiałym od łez, ale nie z Majką te numery, o nie... Ona nie po to raniła przyjaciółkę, rzeczywiście podle, bez litości, by teraz pozwolić jej uciec. Chwyciła Gabrielę za ramię. Blokada drzwi szczęknęła cicho.

– Nie pozwolę ci wysiąść, dopóki nie wysłuchasz wszystkiego, co mam ci do powiedzenia – zaczęła Majka spokojnym, niemal beznamiętnym tonem. – Nigdy nie powiedziałaś ani nam, swoim najbliższym przyjaciółkom, ani terapeutom, z jakiego powodu znalazłaś się w Komorowie. Wiem jedynie, że ledwo wyciągnięto cię z ciężkiej depresji, ale dlaczego w nią wpadłaś, nie mam pojęcia. Widziałam tylko bliznę na twoim barku...

W tym momencie Gabrysia skuliła się jak od uderzenia.

– ...więc mogę się domyślać, że spotkało cię coś złego – mówiła dalej Majka, nie zważając na błagające o litość spojrzenie przyjaciółki. – Nie chcesz powiedzieć, co to było? Szanuję twoje milczenie. Ale nie rozumiem, dlaczego sama siebie tak katujesz. Za co się karzesz. Czy chociaż to możesz mi wyjaśnić?

Puściła jej ramię i ze ściśniętym sercem patrzyła, jak Gabriela walczy ze łzami.

– Ja... Ja jeszcze nie jestem gotowa... – wydusiła wreszcie.

„Minęło tyle lat, a ty jeszcze nie jesteś gotowa? – pomyślała ze smutkiem Majka. – Jak ci pomóc, kobieto? Co zrobić, byś kiedyś jeszcze była szczęśliwa? Byś znów miała uśmiech w oczach?"

– Gaba, ja się poddaję – odezwała się nagle, unosząc ręce. – Nie potrafię pomóc komuś, kto nie chce tej pomocy, kto odrzuca wyciągniętą dłoń...

– Majka... – zaczęła Gabriela błagalnym tonem. Nie chciała stracić przyjaciółki! Nie mogła! Kochała ją jak siostrę, ale... Jeżeli rzeczywiście tak było, powinna zacząć mówić teraz, gdy dostaje od Majki ostatnią szansę. Wyrzucić z siebie wszystko, co pochowała głęboko, tak głęboko, by zapomnieć, nie czuć, nie zwariować. Przecież może Majce zaufać jak nikomu innemu!

– Ja byłam... – zaczęła i nagle krtań zacisnęła się tak mocno i boleśnie, że następne słowa nie mogły się wydostać. Zabrakło oddechu. Zacisnęła powieki, próbując odpędzić obrazy i wspomnienia z przeszłości, zepchnąć je w nieświadomość. W kącikach oczu pojawiły się łzy, które następnie spłynęły po policzkach. Gdy poczuła na ramieniu dłoń przyjaciółki, wzdrygnęła się, jakby to było uderzenie, a nie delikatne zaciśnięcie palców.

– Już dobrze, Gabiniu, już wszystko dobrze – usłyszała kojący głos Majki. Złapała pierwszy haust powietrza. Opadła na siedzenie śmiertelnie zmęczona.

– Zawieź mnie do domu, proszę – wyszeptała.

Majka bez słowa uruchomiła silnik i włączyła się do ruchu. Parę minut później patrzyła, jak Gabriela, przygarbiona, postarzała o dziesięć lat, wlecze się w stronę klatki schodowej. Jeszcze się odwróciła, jeszcze pomachała przyjaciółce ręką, ale... wyglądała jak ktoś, kto stracił wszelką nadzieję.

Majka zacisnęła zęby, aż zgrzytnęło, zawróciła z piskiem opon i jadąc w kierunku Powiśla, rzuciła w przestrzeń:

– Naprawdę myślałaś, koleżanko sympatyczna, że ja to tak zostawię? To nie znasz Majki Trojanowskiej.

Zajmie się tą ruderą, którą wymarzyła sobie Gabriela, ale już nie dzisiaj. Nadchodził wieczór, a wieczorami Majka wyruszała na polowanie. Chrzanić terapie, chrzanić mądre słowa psychologów i przyjaciółek również. Seksoholiczka? Nimfomanka? Co za bzdury! Ona po prostu lubiła seks i nie cierpiała zasypiać w pustym łóżku. Potrzebowała kogoś, kto będzie najpierw w niej, potem obok, a nad ranem wymknie się cicho i zniknie, by więcej się nie pojawić. Bez komplikacji, bez problemów, bez łzawych wyznań i deklaracji. Tak po prostu.

Majka wpadnie więc na chwilę do swojego apartamentu, tak bezosobowego jak hotelowy pokój, wybierze jedną z setki sukienek, obcisłych, doskonale podkreślających jej piękne, kobiece kształty, nieco wyzywających, ale nie na tyle, by wzięto ją za dziwkę, zrobi perfekcyjny makijaż, choć i bez niego olśniewała ognistą, latynoską urodą, a potem wezwie taksówkę i ruszy w miasto. Właśnie otworzyli nowy klub. Warto spróbować…

ROZDZIAŁ V

– Bracie, jak ty coś wymyślisz... I jak mnie czasem wkurzasz... – Patryk Prado pokręcił głową, sprawdzając w iPhonie, czy zdąża w dobrym kierunku.

Marcin, jego bliźniak, miewał różne pomysły na spędzanie wieczorów w Warszawie, do której co jakiś czas wracali. Tym razem znalazł nowo otwarty nocny klub w tej okolicy i mimo dziewięciu godzin spędzonych w samolocie miał jeszcze siły na imprezowanie.

Patryk, który marzył tylko o tym, by wyciągnąć się w wygodnym hotelowym łóżku i po prostu zasnąć, błądził teraz po ciemnych uliczkach warszawskiej Woli, zastanawiając się nie po raz pierwszy, czy bardziej bliźniaka kocha, czy nienawidzi. Nie był typem imprezowicza, tak jak Marcin, nie odpowiadało mu towarzystwo naćpanych facetów i namolnych kobiet, ale... czuł się odpowiedzialny za postrzelonego brata. No i takie dostał polecenie...

Przybyli ze Stanów do Warszawy przez Gdańsk, żeby było ciekawiej, gdzie na życzenie Wiktora podstawiono jego srebrne volvo, zupełnie jakby nie mogli dolecieć po prostu do stolicy, wziąć samochodu z parkingu i pojechać do hotelu Bristol. „Chcę się przejechać" – to było jedyne wytłumaczenie, jakie rzucił im starszy brat, więc przejechali pół Polski, zahaczając po drodze o jakąś ruderę.

Patryk jeszcze nie zdążył otworzyć walizki w swoim apartamencie, gdy wpadł Marcin, już przebrany i z włosami jeszcze wilgotnymi po kąpieli, i wypalił swoje zwyczajowe:

– Nosi mnie. Idziemy w miasto?

Brat posłał mu pełne nienawiści spojrzenie.

– Mam za sobą dziewięć godzin lotu i pięć wycieczki krajoznawczej. Jestem skonany. Nie mógłbyś choć raz odpuścić?

– Pat, chociaż na dwie–trzy godziny… – Marcin próbował go jeszcze ubłagać. – Do północy wytrzymasz…

– Znając ciebie, skończysz o trzeciej nad ranem, a ja chcę po prostu odespać podróż! Nie możesz odłożyć balangi do jutra?!

Marcin westchnął ciężko i rzekł, co również należało do rytuału:

– Idziemy do Wiktora.

Najstarszy z braci Prado zajmował największy, najbardziej ekskluzywny i najdroższy oczywiście apartament w hotelu, chociaż na Krakowskim Przedmieściu, dosłownie dwa kroki stąd miał przepiękne mieszkanie z widokiem na staromiejskie kamieniczki.

Patryk zapytał go kiedyś, dawno temu, gdy po raz kolejny wrócili do Warszawy ze Stanów, po co im te wszystkie Bristole, skoro wszyscy trzej mają własne mieszkania. Wiktor uśmiechnął się wtedy, patrząc na swoje ręce. Potem rozejrzał się po hotelowym apartamencie.

– To była moja pierwsza robota, na jaką załapałem się zaraz po ucieczce. Pamiętasz, ile wtedy miałem lat?

O tak, ten dzień wrył się Patrykowi w pamięć szczególnie mocno.

– Szesnaście – odparł cicho.

– Urobiłem sobie ręce przy remoncie tego hotelu do łokci – mówił dalej Wiktor, patrząc przez okno niewidzącym spojrzeniem.

To Patryk też pamiętał. Brata, który wracał wieczorem do zapluskwionej nory, w której mieszkali, tak skonanego, że nie miał siły nawet zjeść kolacji.

– Majster cenił mnie i lubił, bo się nie opieprzałem jak cała reszta. Musiałem mieć tę pracę...

Marcin, który od jakiejś chwili stał w drzwiach i słuchał tych słów, milczał, mając w oczach mieszaninę miłości i nienawiści. Miłości do brata, który uratował im życie, i nienawiści do Tamtego...

– Ale nieraz zdarzało się, że po prostu nie miałem już sił. – Wiktor uśmiechnął się lekko. On i „nie miał sił"?! – Stawałem wtedy w oknie tego cholernego hotelu, jak stoję teraz, i przyrzekałem sobie, że kiedyś tu wrócę i wynajmę Apartament Paderewskiego, najdroższy w Polsce, właśnie ten. Że za każdym razem, gdy będę wracał do tego przeklętego miasta, będę przez parę dni mieszkał właśnie tutaj, gdzie mało nie straciłem ręki, a moją krew macie pod nogami.

Odruchowo spojrzeli w dół.

Roześmiał się. Już normalnie. Potoczył dokoła przytomnym wzrokiem.

– A ja, jak wiecie, dotrzymuję słowa. Pytanie tylko: dlaczego wy zatrzymujecie się w tym hotelu, skoro obaj macie mieszkania na Starówce?

Marcin z Patrykiem spojrzeli po sobie. Przecież to było jasne jak słońce.

– Bo ty tu jesteś.

Uniósł kącik ust w uśmiechu. On i jego bracia. Nierozłączni od trzydziestu dwóch lat. Zawsze mogli na siebie liczyć i nigdy żaden nie zawiódł.

Dzisiaj, po przyjeździe z Gdańska – sam nie wiedział, co za licho go podkusiło, by przedłużyć podróż o parę godzin, do chwili, gdy podnosząc pierścionek z ławeczki pod lipą, nie zrozumiał, że to nie licho, a przeznaczenie – od razu usiadł przy dużym dębowym stole, który już za pierwszym razem upodobał sobie jako miejsce do pracy, i włączył laptop, logując się do hotelowej sieci.

Ponad sto nowych wiadomości... Potarł twarz zmęczonym gestem. Kilka było na pewno pilnych i wymagało natychmiastowej odpowiedzi. On był szefem firmy Prado Ltd. i zajmował się wynajdowaniem okazji na zarobienie pieniędzy, Patryk zajmował się obsługą prawną, a Marcin, z tym swoim uroczym uśmiechem i zdolnością oczarowania każdego i każdej, był ich firmy wizytówką. To on negocjował najlepsze ceny i warunki kontraktu. To on potrafił kupić i sprzedać wszystko.

Razem stanowili znakomicie zgrane trio, które – był tego pewien – zaraz będzie w komplecie. Gdy usłyszał pukanie do drzwi, westchnął tylko...

Pierwszy do pokoju wpadł Patryk, za nim Marcin.

– Temu kretynowi jeszcze mało! Jeszcze mu się imprezowania chce. Możesz mu powiedzieć, żeby choć dzisiaj dał spokój i spieprzał do swojego pokoju pornosy oglądać?!

Tak wkurzonego Patryka Wiktor dawno nie widział... Przeniósł wzrok na Marcina. Ten zaczął obronnym tonem:

– Przecież wiecie, że gdy przyjeżdżam do tego przeklętego miasta, po prostu mi odbija.

Wiedzieli. Obaj czuli to samo: nienawidzili Warszawy, nienawidzili wspomnień z nią związanych, a jednak musieli wracać tutaj co jakiś czas, by przypominać sobie to, co było potem. Te szczęśliwe chwile.

– To niech ci odbija! – krzyknął Patryk. – Idź w miasto, schlaj się, zalicz kilka lasek, tylko nie ciągnij mnie za sobą! Nie jestem jego pieprzoną niańką, słyszysz Wiktor?!

Ten uniósł wzrok znad laptopa.

– Słyszę. Ale ktoś musi pilnować tego gówniarza.

Marcin na słowo „gówniarz" aż zgrzytnął zębami, ale zmilczał obelgę i zaczął jeszcze nadal spokojnie:

– Nie mógłbyś chociaż raz mi zaufać? Pozwolić Patrykowi odpocząć po podróży, a mnie puścić samego? Przyrzekam, że wrócę przed drugą, o własnych siłach i bez choroby wenerycznej.

– Nie mógłbym – odparł Wiktor. – Raz ci zaufałem. O jeden raz za dużo.

– Tłumaczyłem sto razy, to oni zaczęli! Ja tylko…

– Ty tylko byłeś tak schlany, że skatowałeś dwóch, nim cię ochrona obezwładniła, a ja cię ledwo z aresztu wyciągnąłem. Jeszcze jedno słowo, Marcin, i wynosisz się do swojego pokoju. Koniec imprezy.

Marcin zacisnął szczęki, aż ząb zazgrzytał o ząb. Miał trzydzieści dwa lata, a musiał się spowiadać z każdej godziny swojego parszywego życia starszemu bratu, zaś młodszy patrzył teraz nań z mieszaniną wściekłości i politowania.

– Wiesz co, Wiktor… – zaczął, a tamten, nadal wpatrzony w ekran komputera, nawet nie podniósł nań oczu. – Czasami mam ciebie dosyć. Jesteś gorszym despotą niż Tamten. Nasz ojczym.

Patryk wciągnął powietrze.

Wiktor powoli uniósł wzrok. Jego spojrzenie było niczym ołów, jakby chciał strzelić bratu prosto w serce, ale też czuł się, jakby tamten strzelił go w twarz. Nie było dla Wiktora większej obelgi – dla żadnego z nich! – niż porównanie do Tamtego.

Marcin, który w momencie, gdy powiedział te słowa, już ich żałował, odetchnął i rzekł cicho:

– Przepraszam, bracie. Naprawdę cię przepraszam. To przeklęte miasto tak na mnie działa.

Wiktor nadal nań patrzył bez słowa tym swoim lodowatym wzrokiem, którym jakby mógł, toby zabijał.

Patryk położył rękę na ramieniu Marcina:

– Pójdę z nim na tę imprezę, wrócimy przed drugą, okej? Wiktor?

Wiktor wreszcie opuścił wzrok. Obaj odetchnęli.

– Przed drugą. Weź volvo.

– Wolałbym taksówką...

– Weź volvo. Będę miał pewność, że przynajmniej jeden z was wróci trzeźwy i przytomny.

Patryk chciał coś powiedzieć, ale Marcin pokręcił lekko głową. Już ruszał do drzwi, nadal zszokowany tym, co powiedział, gdy zatrzymał go głos Wiktora:

– Tym razem ci daruję, ale jeśli jeszcze raz powiesz coś takiego, wstanę i strzelę cię w mordę.

Kiwnął głową.

– Nie będziesz musiał się fatygować – odezwał się Patryk. – Zrobię to za ciebie.

Wiktor mimo wszystko uśmiechnął się, a oni obaj odetchnęli z ulgą i wyszli, cicho zamykając za sobą drzwi.

Patryk spojrzał na Marcina, ale ten powiedział tylko:

– Daj spokój. Wiem, że to było z mojej strony sukinsyństwo. Odpocznij parę godzin. Dam ci znać, gdzie jestem, gdy znajdę coś ciekawego, okej?

– Okej.

– I dzięki, Patryk. – Uścisnął krótko ramię brata.

– Jest za co, ty cholerny kretynie.

Owe parę godzin później czuł niemal namacalnie, że naprawdę jest za co.

– Znalazłbyś sobie jakąś normalną kobietę, która wzięłaby cię na smycz, a ja nie musiałbym się pętać za tobą po klubach i spelunach – mówił do siebie coraz bardziej wściekły i zmęczony.

Było chłodno. Wiał, mimo lata w pełni, nieprzyjemny, przenikliwy wiatr. Mżył dokuczliwy deszczyk. Patryk nie po raz pierwszy się zastanawiał, dlaczego nie podjechał pod sam klub, tylko zostawił srebrny, lśniący nowością i dużymi pieniędzmi samochód na najbliższym, jasno oświetlonym, strzeżonym parkingu i teraz, kierując się wskazaniem iPhone'a, błąkał się po ciemnych zaułkach starej Woli.

– Dlaczego, idioto, nie wziąłeś chociaż taksówki z tego parkingu? Przecież cię stać! – wywarczał do siebie, unosząc kołnierz marynarki, by choć trochę się osłonić od przenikliwego wiatru.

Odpowiedź była oczywista. Patryk – w przeciwieństwie do brata imprezowicza – był typem włóczęgi. Czy to góry, las, nadmorska plaża, czy ciasne ulice starej Warszawy, pamiętającej czasy Powstania, wszystko jedno. Gdy szedł przed siebie, pozornie bez celu, miał czas, by myśleć. Nie o kolejnym projekcie Wiktora, a o sobie.

Za chińskiego boga nie przyznałby się obu braciom – zupełnie jakby o tym nie wiedzieli – że on, Patryk Prado, zdolny, błyskotliwy prawnik, który bez wahania podejmował się najtrudniejszych wyzwań, jest w głębi serca romantykiem. Zaśmiał się w tym momencie cicho. Przystanął. Rozejrzał wkoło, jakby dopiero teraz dostrzegł miejsce, gdzie się znajduje: pusta, zapuszczona ulica między starymi kamienicami z brudnej, poszczerbionej zębem czasu cegły. Na ścianie ślady po kulach, jeszcze z czasów Powstania. Nad głową ciemne niebo, przez które wiatr gnał kłęby burych chmur, i księżyc w pełni, co i rusz przez te chmury zakrywany. Nawet lekka mżawka, która właśnie zrosiła uniesioną do nieba twarz, jakoś mu nie przeszkadzała. To wszystko miało swój urok.

Był w tylu miastach na świecie, większych, wspanialszych, piękniejszych niż Warszawa, ale nigdy nie zapomniał, że tu jest jego dom, stąd pochodzi i tu będzie wracał z dalekich podróży za każdym razem z taką samą tęsknotą w sercu. Zupełnie jak Marcin i Wiktor. Wszyscy trzej mieli domy na Florydzie i apartamenty na Manhattanie, a mimo to jak magnes przyciągała ich Warszawa. Żaden nie mógł zrozumieć dlaczego i żaden nie mógł się wyleczyć z tego uzależnienia, aż w końcu uznali, że tak po prostu jest, chociaż Wiktor zaraz na początku istnienia ich firmy wykupił zapluskwioną ruderę, gdzie mieszkali przez pierwsze lata po ucieczce, i zrównał ją z ziemią. Ot tak.

Pokręcił głową.

Komórka zadźwięczała mu w dłoni. O wilku mowa. Wiktor. Nie darowałby sobie tego telefonu…

– Co tam, bracie? – rzucił Patryk, wiedząc, jaka będzie odpowiedź.

– Dotarłeś do tej speluny? Pilnujesz Marcina? – Wiktor nigdy nie tracił czasu na przyjacielskie pogawędki o pogodzie. Zawsze przechodził do sedna sprawy. Był zimny i do bólu precyzyjny, choć dawno, dawno temu było zupełnie inaczej… ale to stare dzieje i już nie wrócą.

– Jestem w drodze – odparł Patryk, odrywając wzrok od pochmurnego nieba.

– Powinieneś być już na miejscu, nie w drodze.

– Wiktor, litości… Chciałem się przejść…

– Znasz swego postrzelonego brata. Znasz go tak dobrze, jak ja. Wiesz, że nie można spuścić go z oka, bo natychmiast pakuje się w jakąś awanturę…

– Wiem… Wszystko to wiem…

– To dlaczego pętasz się po mieście, zamiast siedzieć w tej spelunie z Marcinem?!

– Bo jak już dzisiaj wspomniałem, nie jestem jego niańką, a twoim pieprzonym niewolnikiem!!! – wykrzyknął i zaraz umilkł, sam zdziwiony tym wybuchem i tymi słowami. To chyba nie był ich najlepszy dzień…

Po drugiej stronie panowała cisza, co było chyba gorsze od ciętej riposty.

– Wiktor… – zaczął Patryk pojednawczo, bo zrobiło mu się wstyd. Po prostu wstyd, że rzucił te słowa komuś, kto zrobił dla niego i Marcina tak wiele. Wszystko. Zacisnął powieki, czując niemęskie łzy. Obrazy z dzieciństwa wróciły. Szczególnie ten jeden, najgorszy. Zakrwawiona głowa Wiktora tuż obok jego twarzy. Przerażone do obłędu oczy małego Marcina, wbite w poczerniałe z bólu i szoku źrenice starszego brata, w których mimo to był bezgłośny rozkaz: „Ani drgnij. Nie oddychaj. Milcz".

Uniósł załzawiony wzrok ku niebu i odezwał się:

– Masz rację, przepraszam. Zaraz tam będę.

– Dzięki, Pat – usłyszał spokojną odpowiedź i odetchnął. – Właściwie ja powinienem ciebie przepraszać, że nie pozwalam ci żyć własnym życiem, ale wiesz, że tego skurczybyka trzeba pilnować.

Każdy inny odparłby: „Marcin ma trzydzieści dwa lata, najwyższy czas, by wziął odpowiedzialność za własne życie i własne czyny", ale... w tamtą noc, dwadzieścia siedem lat temu, patrząc w zalewane krwią oczy starszego brata, Patryk coś przyrzekł sobie i jemu. I zamierzał tej przysięgi dotrzymać.

– Może znajdziemy mu jakąś rozsądną kobietę, która zrobi to za nas? – odparł na wpół poważnie, na wpół żartem.

Jego bliźniak z tą swoją zniewalająco męską urodą nie mógł narzekać na brak powodzenia u kobiet. Lgnęły doń jak pszczoły do miodu. Szkoda tylko, że – jak twierdził sam zainteresowany – jeszcze ma czas na żonę, dom i gromadkę dzieci. Jeszcze się nie wyszalał...

Patryk westchnął. Skoro brat się jeszcze nie wyszalał, on musi szaleć z nim.

– Zaraz tam będę. To dwie przecznice stąd – zapewnił Wiktora, usłyszał krótkie: „Dzięki, zawsze można na ciebie liczyć" – i było po rozmowie.

Nigdy nie zapytał starszego brata, dlaczego – skoro tak się o Marcina troszczy – on sam nie uda się z nim na całonocną imprezę albo po prostu nie zabroni mu tych eskapad. Przecież Marcin by Wiktora posłuchał. Co do tego nie było wątpliwości. On też był tamtej nocy w tamtym domu. Też tulił się, zapłakany, zasmarkany, do Wiktora, któremu Patryk rękawem piżamki próbował otrzeć krew z twarzy, i też słyszał wyszeptane przez starszego brata słowa. Przysięgę, której Wiktor dotrzymał do dziś, choć Bóg jeden wie, ile go to kosztowało wysiłku i straconych lat. I właśnie dlatego każda prośba czy polecenie starszego brata były dla dwóch młodszych rozkazem.

Patryk skierował się szybszym krokiem ku dochodzącej z oddali muzyce. I jak ruszył, tak nagle stanął. Po prostu wmurowało go w chodnik. W następnej chwili krzyknął:

– Co ty wyrabiasz, kobieto?! – i rzucił się biegiem, mając nadzieję, że zdąży.

ROZDZIAŁ VI

Majka stanęła w drzwiach klubu, omiatana pełnymi podziwu spojrzeniami ochroniarzy. Wyglądała olśniewająco i miała tego pełną świadomość. Na dzisiejszy wieczór wybrała włoską sukienkę ze złotych cekinów, lśniącą na jej zgrabnym ciele niczym rybia łuska. Sięgała kolan, a rozcięcie na boku przy każdym ruchu odsłaniało długie, szczupłe, opalone uda. Włosy podpięła wysoko, odsłaniając piękną twarz, podkreśloną makijażem z drobinkami złota.

I taka właśnie, lśniąca wewnętrznym i zewnętrznym blaskiem, stała przez chwilę w drzwiach, omiatając salę pełną ludzi leniwym, ale uważnym spojrzeniem i pozwalając, by oni także dokładnie się jej przyjrzeli. Może „przyjrzeli" to nieco za słabe słowo, bardziej adekwatne byłoby „pożarli". Kobiety wzrokiem pełnym zawiści, mężczyźni – pożądania.

No, wystarczy tego przedstawienia, czas na rozpoczęcie polowania.

Przeszła swobodnym, niemal tanecznym krokiem, mimo wysokich obcasów, w róg sali, gdzie znajdowało się kilka stolików, usiadła przy tym najbardziej oddalonym i spokojnie zaczęła przyglądać się mężczyznom. Po kolei. Wybierała swoją ofiarę. Bo to ona była łowczynią. Nie pozwalała się poderwać pierwszemu lepszemu, tylko namierzała cel i bez względu na to, czy był sam, czy z towarzyszką, jeśli tylko Majka go zechciała, wychodził z lokalu z nią.

Tego faceta wypatrzyła po długich kilku minutach, bo siedział przy barze, po drugiej stronie, zasłonięty przez podrygujący w rytm muzyki tłum i otoczony wianuszkiem kobiet. I już wiedziała, że musi być jej. Był świetny. Mniej więcej w jej wieku, opalony, jakby przyleciał prosto z Florydy, w błękitnej koszuli, pasującej do błękitnych oczu, i o jasnych, spalonych słońcem włosach. Od czasu do czasu błyskał w uśmiechu śnieżnobiałymi zębami, ale Majka wiedziała, że ten uśmiech jest zdawkowy, podobnie jak uwaga, którą poświęca otaczającym go kobietom. On też był łowcą.

I wtedy jego wzrok napotkał spojrzenie Majki, tak intensywne, że niemal hipnotyzujące. Wstała powoli, nie spuszczając zeń oczu, by mógł ją sobie obejrzeć… Nagle zerwała kontakt, odwróciła się i tym samym lekko tanecznym krokiem ruszyła ku drzwiom, ukazując głęboki dekolt na plecach, szczupłą talię i długie nogi.

– Już nas pani opuszcza? – zagaił jeden z ochroniarzy.

– Odetchnę świeżym powietrzem… – zaczęła i usłyszała:

– A dokąd to, syrenko?

To był on. Mężczyzna, który widząc odchodzącą zdobycz, ruszył za nią, nawet się nie żegnając z otaczającymi go kobietami. Miał męski, niski głos. Przyjemny, czarujący. Rzuciła mu spojrzenie spod długich czarnych rzęs.

– Trochę za głośno tam, jak na mój gust – odrzekła głosem równie uwodzicielskim co jego.

– Na górze są przyjemne salki, akurat dla takich syrenek jak ty, pozwolisz się zaprosić na drinka?

Uśmiechnęła się i już miała odpowiedzieć, gdy w tym momencie zadzwoniła jej komórka. Niecierpliwym ruchem sięgnęła do miniaturowej torebki. Zerknęła na wyświetlacz. Julia.

„Sorry, kochana, nie teraz" – pomyślała i wyłączyła telefon.

– Mówiłeś coś o salkach i drinkach? – wróciła spojrzeniem do mężczyzny.

Ujął ją lekko pod łokieć, aż całe jej ciało przeniknął przyjemny dreszcz, i poprowadził z powrotem do środka, a potem na górę.

Znaleźli zaciszną lożę.

– Czego się napijesz? – zapytał.

Przechyliła głowę, tak że kosmyk czarnych włosów spadł jej zalotnie na policzek.

– A co do mnie pasuje?

Zaśmiał się.

– Co pasuje do słodkiej, gorącej syrenki, która przed chwilą wynurzyła się z morskiej toni? Coś, co natychmiast rozgrzeje ją jeszcze bardziej. Cointreau.

– Chyba nie chcesz mnie od razu upić?!

– Cointreau z lodem?

Westchnęła. Skąd ten drań wiedział, że uwielbiała ten cholernie mocny pomarańczowy likier, pod którego wpływem stawała się nieco nieobliczalna?

– Trafiłeś. Poproszę cointreau z lodem. Ty oczywiście szkocką?

– Oczywiście – odparł, posyłając jej przez ramię uśmiech. – Tylko mi stąd nie zwiej. I nie pozwól się poderwać jakiemuś lalusiowi.

Interesujesz mnie tylko ty – pomyślała, odprowadzając go wzrokiem. Ależ był zbudowany... Wyobraziła go sobie bez tej koszuli i dżinsów i poczuła gorąco między nogami. Alkohol nie był potrzebny. Całe dalsze podchody również nie. Równie dobrze mogli wzywać taksówkę już teraz i jechać do najbliższego hotelu...

Marcin miał jednak swoje plany, a do nich należało najpierw parę kieliszków whisky, a potem seks z tą oszałamiającą istotą. Najlepiej na tylnym siedzeniu srebrnego volvo...

Patryk nie zdążył.

Kobieta, która przed chwilą wybiegła na balkon drugiego piętra, przełożyła nogi przez barierkę, opuściła się jak najniżej, zawisła na chwilę w powietrzu i puściła się, nim zdołał do niej dobiec i próbować ją złapać. Spadła na nogi, ale te ugięły się pod nią. Uderzyła kolanami i rękami o chodnik, jęknęła i wtedy jej dopadł.

– Na miłość boską, co pani wyprawia?! – zaczął, sięgając po telefon trzęsącymi się ze zdenerwowania dłońmi. – Proszę się nie ruszać. Wezwę karetkę.

Chwyciła go za nadgarstek z taką siłą, że opuścił dłoń z telefonem, zdzwiony.

– Żadnych karetek, żadnej policji – wyszeptała, patrząc nań błagalnie wielkimi, przerażonymi oczami. – Nic mi nie jest. Trochę potłukłam kolana. Jeżeli... jeżeli pomoże mi pan wstać...

Chwycił ją delikatnie pod łokcie i postawił na nogi. Skrzywiła się, ale stanęła prosto.

– Na pewno niczego sobie pani nie złamała? Ma pani pół twarzy we krwi i zakrwawioną bluzkę!

– Jestem cała. A ta krew... to on mi zrobił.

– Boże, dlaczego wy na to pozwalacie – jęknął Patryk. Miał przed sobą ofiarę przemocy domowej, która z drugiego piętra uciekała przez balkon przed nawalonym i agresywnym bydlakiem, a jutro jak gdyby nigdy nic do niego wróci.

To nie tak, jak pan myśli – odrzekła, spuszczając wzrok. Mówienie przez rozbite pięścią, krwawiące usta sprawiało jej coraz większą trudność. – Ja chciałam odejść. I tak to się skończyło...

Kolana się pod nią ugięły i zemdlała.

Marcin niespiesznie wracał z dwiema szklaneczkami w dłoniach, pozwalając swojej „syrence", by obserwowała go z góry, gdy nagle zadzwonił telefon. Ten telefon. Aż zdrętwiał, słysząc melodyjkę przypisaną Patrykowi. Wszyscy trzej, oprócz normalnych komórek, których używali na co dzień, nosili zawsze, ale to zawsze! drugą, której numer znali tylko obaj bracia. I której używali tylko wtedy, gdy stało się coś naprawdę poważnego. Skoro Patryk z niej dzwonił, nie znaczyło to, że zabłądził i pyta o drogę, ale że potrzebuje pomocy. Teraz.

Postawił szklaneczki na stoliku przed dziewczyną, nawet na nią nie patrząc, i odszedł kilka kroków.

– Co się stało? – rzucił do telefonu.

– Jestem niedaleko klubu z ranną kobietą. Musisz mi pomóc.

– Dobra, gdzie dokładnie? – Słuchał przez chwilę. – Okej, zaraz tam będę.

Wrócił do stolika, ujął dłoń Majki i ucałował pospiesznie.

– Nie tym razem, syrenko – rzucił z przepraszającym uśmiechem i już po chwili ruszał szybkim krokiem w stronę drzwi. Nawet o imię nie zdążyła go zapytać, o numerze telefonu nie wspominając. Przez chwilę oniemiała patrzyła w ślad za nim. Nikt jej jeszcze tak nie potraktował. Potem przeniosła wzrok na obie szklanki. Wypiła najpierw whisky, skrzywiła się, poprawiła likierem. Skoro nie udało się z tym facetem, może napatoczy się jakiś inny? A jeśli nie, to przynajmniej się porządnie upije. Dobre i to.

Marcin podbiegł do Patryka, gdy Julia odzyskiwała przytomność, a on okrywał ją własną marynarką.

– Chryste, co jej się stało? Wezwałeś pogotowie?

– Prosiła, żeby nie wzywać…

– A ty, głupku, posłuchałeś pobitej, rannej i nie wiadomo co jeszcze dziewczyny?! – już sięgał po komórkę, gdy Patryk warknął:

– Oj, zamknij się! Na moich oczach wyskoczyła przez balkon z drugiego piętra. Nie wiesz, z jakim psychopatą miała do czynienia i co jej zrobi, gdy ją dorwie ponownie. Skoro więc prosi: „żadnych karetek", trzeba ją zawieźć...

– Do przyjaciółki – poprosiła błagalnie Julia. – Ja nie chciałabym panom zawracać głowy... wczwałabym taksówkę, ale nie mam... nie mam...

– Żaden taksówkarz nie weźmie ciebie do samochodu, dziewczyno, bo mu siedzenia krwią zachlapiesz – prychnął Marcin. – Wiktor nas pewnie za to zabije, ale podrzucimy cię jego wymuskanym volvo ze śliczną, beżową tapicerką, gdzie tylko zechcesz. – Bez namysłu wziął dziewczynę na ręce, nie zważając na jej słabe próby wyswobodzenia się.

– Dobrze wiesz, że Wiktor zrobiłby to samo – rzucił przez ramię Patryk. – Biegnę po samochód.

Po chwili zniknął w mroku wolskiej ulicy.

– Zamiast skakać przez balkon, nie mogłaś jak człowiek, przez drzwi? – zażartował Marcin, niosąc dziewczynę w kierunku, w którym pobiegł Patryk. Nie ciążyła mu wcale, była drobna i szczupła. Ciążyło mu za to jej milczenie.

– Spił się i zasnął pod drzwiami. Nie mogłam ich otworzyć – odrzekła cicho.

– Ale gdy tylko wykurujesz się u przyjaciółki, a on zadzwoni, błagając, byś wróciła, polecisz do niego jak na skrzydłach, co?

Poczuł, że dziewczyna sztywnieje w jego ramionach.

– Nikt wcześniej mnie nie pobił i nikomu więcej na to nie pozwolę – w jej głosie nie było już skomlenia zbitego psiaka. – Temu aż tak odwaliło pierwszy i ostatni raz. Nie wrócę, choćby błagał i obiecywał, że już nigdy więcej.

– I tak trzymaj, laska, to mi się podoba.

Próbowała się uśmiechnąć, ale żałośnie jej to wyszło.

Chodnik omiotły światła samochodu. Po chwili Marcin kładł delikatnie dziewczynę na tylnym siedzeniu i przypinał ją pasami, Patryk siadał za kierownicą.

– Dokąd teraz? – rzucił przez ramię.

– Muszę zadzwonić… – wyszeptała znów tym głosem zbitego psa. Wyciągnęła z kieszeni komórkę i wybrała numer. – To ja, kochana. Czy mogę zatrzymać się na jakiś czas u ciebie? Ja… uciekłam. – Głos się jej załamał i zaczęła cicho łkać. – Dziękuję. Będę za parę minut. – Rozłączyła się i spojrzała w lusterko, we wpatrzone w nią oczy kierowcy. – Przyjaciółka na mnie czeka. Czy mogłabym prosić na Kochanowskiego 24? To Bielany.

– Wiem, gdzie to jest. – Patryk ruszył z piskiem opon, sam nie pojmując do końca, na co, czy właściwie na kogo, jest wściekły. Na bydlaka, co katuje kobiety – to na pewno, na kobiety, które na to pozwalają, również, ale… dlaczego był wkurzony na samego siebie?

– Bracie, zwolnij. – Poczuł na ramieniu rękę Marcina. – Miało nie być karetek ani policji. Jak nas zatrzymają za przekroczenie prędkości, raczej się nie wytłumaczysz z zakrwawionej dziewczyny na tylnym siedzeniu.

Marcin i słowa rozsądku?

Zdjął nogę z gazu.

– Piłeś coś? – rzucił.

– Nie zdążyłem. – Marcin westchnął ciężko na wspomnienie nie tyle szklanki whisky, co olśniewającej istoty, którą z tą szklanką zostawił. – Wezwałeś mnie w momencie, gdy poznałem syrenkę w złotej sukni... kobietę mojego życia...

– Dzięki, że odebrałeś. A kobietę swojego życia poznasz jutro, pojutrze, popojutrze... Dopóki Wiktor nie powie „dość", będziesz mnie tak ciągał po tych spelunach...

– Takiej jak ta nie znajdę tak łatwo. Gdybyś ty ją widział...

– Zadzwonisz jutro, przeprosisz, umówicie się...

– Nie zdążyłem wziąć jej numeru telefonu. Nawet o imię nie zdążyłem zapytać. – W głosie Marcina zabrzmiał prawdziwy żal. Patryk posłał mu kpiące spojrzenie przez wsteczne lusterko.

– Sierota, a nie Casanova z ciebie.

– Powiedział ten, który w wieku trzydziestu dwóch lat jeszcze żadnej...

– Lepiej nie kończ – warknął Patryk. – Obaj z Wiktorem mylicie się co do tego. – Zahamował gwałtownie. – To tutaj.

Wysiadł, wziął Julię na ręce i postawił przed sobą. Zdjęła z ramion marynarkę i oddała mu.

– Dziękuję panom z całego serca. Naprawdę bardzo. Moja przyjaciółka już się mną zajmie.

Nacisnęła guzik domofonu i słysząc brzęczenie, otworzyła drzwi na klatkę schodową. Odwróciła się jeszcze...

– Gdybym mogła się jakoś odwdzięczyć... zapłacić... ale nie mam ani grosza...

– Proszę do niego nie wracać, to wystarczy za całą wdzięczność – odezwał się Patryk, patrząc na twarz dziewczyny, która gdyby nie była tak pobita, byłaby pewnie ładna, uśmiechnięta, radosna…

– Nie wrócę – odrzekła i zniknęła w czeluści klatki schodowej. Drzwi zamknęły się za nią cicho.

Wrócił do samochodu. Marcin przez ten czas przesiadł się na miejsce pasażera.

Patryk opadł ciężko na fotel kierowcy i odgiął głowę do tyłu, wpatrując się przez chwilę w panoramiczny dach samochodu. Wiatr nadal gnał po niebie ciężkie chmury. Ciągle siąpił dokuczliwy deszcz, a on, Patryk, był tak samo wkurzony jak pół godziny wcześniej.

– Co jest, stary? Wiem, że jesteś wykończony, ale to coś więcej, no nie? – usłyszał cichy głos Marcina. Może ten i był lekkoduchem, postrzelonym utrapieniem swoich braci, ale tak naprawdę był jednym z nich. Wyczuwał nastrój Patryka i chyba wiedział, o co mu chodzi… I to właśnie powiedział na głos:

– Bydlaki, jak Tamten, załapują się na takie dziewczyny jak ta, a my ciągle sami…

Trafił w samo sedno. Patryk już wiedział, dlaczego jest wściekły na samego siebie.

– Obaj marzymy o tym samym: dobrej, kochającej żonie, gromadzie dzieciaków, szczęśliwej rodzinie, której sami nigdy nie mieliśmy – zaczął, ruszając powoli spod bloku. – Tymczasem otaczają nas zblazowane córeczki bogaczy, których jedynym zajęciem jest polerowanie tipsów, a jedynym problemem, co sobie jeszcze poprawić u chirurga plastycznego. Ty czasem, to znaczy co przyjazd do Warszawy, zaliczasz przygodę na jedną noc, ja snuję się po mieście, wypatrując tej jedynej. Nawet

Wiktorowi się nie udało. Co z nami nie tak, Marcin? Przeklęci jesteśmy, że omijają nas wartościowe, fajne dziewczyny?

– Nie wiem, Pat – oparł tamten, patrząc w zamyśleniu przez okno – ale ja mam chyba dosyć jednonocnych przygód. Naprawdę chciałbym się załapać na żonę, a nie na HIV-a. Trzeba podpytać Wiktora, gdzie on znalazł tę swoją księżniczkę, bo nie za wiele zdążył nam o niej opowiedzieć, zanim puściła go kantem.

– Rzeczywiście, Wiktor może być w tej dziedzinie ekspertem. – Patryk parsknął śmiechem, mimo że wcale mu do śmiechu nie było. – *À propos* Wiktora, mówimy mu o zakrwawionej tapicerce czy od razu odstawiamy do myjni i jutro będzie jak nowa?

– Sam zapyta, co się stało. Obaj wracamy przed północą, ja trzeźwy…

– Wiesz, możemy jeszcze wrócić do tamtego klubu. Ta twoja, jak ją nazwałeś? – syrenka? – może jeszcze czeka.

– Takie dziewczyny nie czekają trzech sekund, aż je któryś wyrwie. Była naprawdę świetna.

– A ty nawet o imię nie zapytałeś… – Patryk pokręcił głową.

– A ty tę swoją Julię zapytałeś? – odparł złośliwie Marcin.

– Jaką Julię?

– No tę, co ci z balkonu prosto w ramiona wpadła.

– Ona pewnie jutro wróci do mężusia…

– Oj, coś mi się wydaje, że nie wróci. Przez chwilę sprawiała wrażenie dziewczyny z charakterem.

– Przez chwilę – mruknął Patryk zniechęcony, zaparkował przed hotelem i oddał kluczyki postojowemu. – Tapicerka będzie do wyczyszczenia – uprzedził chłopaka, wciskając mu w rękę kilka banknotów. Tamten zapewnił, że się tym zajmie. Jeszcze tylko rozmowa z Wiktorem i błogi sen...

Gdy weszli do apartamentu brata, zastali go dokładnie w tym samym miejscu, co parę godzin temu. Przy dębowym stole w części jadalnej salonu, wpatrzonego w ekran laptopa. Na widok krwi na koszuli obu braci, o której ci już zapomnieli, podniósł się powoli.

– W coś ty się znowu wpieprzył? – wysyczał do Marcina, ruszając w jego kierunku.

Patryk zrobił krok naprzód, stając między nimi.

– Wiktor, przystopuj z lekka! – Zatrzymał brata na wyciągnięcie ręki. – Jeżeli już, to ja, a nie on. Ratowaliśmy ranną dziewczynę. Uciekała przed pijanym mężem czy kochankiem przez balkon. Była pobita i zakrwawiona. Mieliśmy ją zostawić, a sami czyści i wymuskani wrócić do hotelu Bristol?

Wiktor potarł oczy zmęczonym gestem.

– Sorry, chłopaki. Poniosło mnie. Myślałem...

– Tak, tak, że czarna owca rodziny Prado znów wdała się w awanturę – zaczął z goryczą Marcin. – A ciebie ostatnio często nosi. I to raczej ty powinieneś się rozejrzeć za jakąś słodką żoneczką, która cię nieco utemperuje.

Wiktor posłał mu wściekłe spojrzenie, ale Marcin nic sobie z tego nie zrobił.

– I my go chcieliśmy o radę pytać – prychnął. – Idę się umyć i spać. Mam dosyć imprez, syrenek i scen balkonowych.

– Dobry pomysł – mruknął Patryk, ruszając za nim. – Aha – rzucił jeszcze przez ramię – masz zakrwawioną tapicerkę w swoim srebrnym cudzie, ale kazałem ją wyczyścić. Następnym razem jadę taksówką i piję razem z Marcinem.

Za bliźniakami zamknęły się drzwi. Wiktor został sam pośrodku pokoju. Imprezy? Syrenki? Sceny balkonowe? Nic z tego nie zrozumiał, ale w jednym jego nieznośni młodsi bracia mieli rację: szybki prysznic i długi sen. O słodkiej żoneczce pomyśli jutro…

ROZDZIAŁ VII

Majka obudziła się z takim bólem głowy, jakby właśnie miała pęknąć. Następnym po bólu wrażeniem, jakie dotarło do jej otępiałego umysłu, był smród. Cały pokój – i ona sama – śmierdziały alkoholem, męskim potem i spermą. Zakrztusiła się własnym oddechem, spojrzała w bok i aż usiadła, zatykając usta dłonią, by nie zwymiotować. Na hotelowym łóżku spał rozwalony na wznak obleśny, otyły, zarośnięty jak zwierzę facet po pięćdziesiątce, z wielkim brzuszyskiem i małym nic między nogami.

– Jezu... – sapnęła, poderwała się i rzuciła do łazienki. W ostatniej chwili zdążyła się pochylić nad klozetem.

Wymiotowała tak strasznie i tak długo, jakby jej żołądek chciał się przenicować na lewą stronę. Podniosła się w końcu z kolan, na miękkich nogach podeszła do umywalki, by opłukać twarz zimną wodą, spojrzała mimowolnie w lustro i... zamarła. Patrzyły na nią półprzytomne, przekrwione, okolone rozmazanym makijażem oczy starej, zmęczonej życiem, przechodzonej dziwki.

Tylko że dziwka brała przynajmniej za takie upodlenie pieniądze. Ona, Majka, robiła to za friko.

– Coś ty z siebie zrobiła? – wyszeptała przerażona.

Nie pamiętała, jak znalazła się w tym hotelu, jak, z kim i kiedy wyszła z klubu. Miała nadzieję, że tylko z tym obleśniakiem. Że nie zaliczyli jej jeszcze jego kumple...

„Boże jedyny, jak nisko upadłam..."

Raz jeszcze spojrzała sobie prosto w oczy, wypełniające się powoli łzami.

– Kończysz z tym, idziesz na terapię albo... kończysz ze sobą.

Odwróciła się od lustra z odrazą. Weszła pod prysznic i szorowała ciało do bólu dotąd, aż nie czuła już smrodu tamtego faceta. Wróciła do pokoju. Jej śliczna włoska sukienka wyglądała jak psu z gardła wyjęta. Ramiączka były pęknięte i śmierdziała jak cały pokój, ale Majka nie miała się w co przebrać. Znalazła bolerko, dziękując Bogu, że je zabrała, nałożyła szpilki, których jeden obcas był złamany, wyciągnęła spod łóżka torebkę, sprawdzając, czy portfel i telefon są na miejscu, po czym wymknęła się z pokoju niczym złodziej, by przypadkiem nie obudzić tego faceta.

Kulejąc, bo po drodze oderwała złamany obcas, dotarła do recepcji.

– Rachunek za pokój 312... – zaczęła.

Recepcjonistka uśmiechnęła się do niej uprzejmie.

– Pan senator ureguluje.

Pan senator?!

Dziewczyna z tym samym zawodowym uśmiechem zawahała się i dodała po chwili:

– Sąsiedzi skarżyli się na hałas w środku nocy. Następnym razem będę cię musiała, kochanie, wyprosić.

– Przepraszam, to już się nie powtórzy – wyszeptała Majka.

„Cię"? „Kochanie"? Tak obsługa hotelowa zwracała się właśnie do prostytutek. Grzecznie, ale protekcjonalnie.

„Do domu... chcę do domu..." – pomyślała rozpaczliwie, znów czując łzy napływające do oczu, odwróciła się i pokuśtykała ku wyjściu, wsunęła na tylne siedzenie taksówki i wymamrotała adres swego apartamentu na Powiślu.

– Co, pracowita nocka? – Taksówkarz uśmiechnął się porozumiewawczo i puścił oczko.

Odwróciła głowę do okna.

„Chcę do domu!"

Wykąpać się, zmyć z siebie raz jeszcze cały ten brud, wypieprzyć sukienkę, buty i bolerko od razu do zsypu, zagrzebać się pod własną kołdrą i zapomnieć, po prostu zapomnieć o tym, czego i tak właściwie nie pamiętała.

Ostatnim wspomnieniem był niebieskooki facet, który przyniósł dwa drinki i się ulotnił. Na taką „syrenkę", jaką Majka była w tej chwili, nawet by nie splunął. Niee, on nie pozwoliłby ani jej, ani sobie doprowadzić się do stanu takiego upodlenia, była tego dziwnie pewna.

Samochód zatrzymał się pod klatką, podała taksówkarzowi banknot i wysiadła, nie czekając na resztę. Gdy w końcu wpadła do mieszkania, zamknęła za sobą na obie zasuwy drzwi, osunęła się po nich, skuliła i zaczęła szlochać.

– Gabrysiu, pomóż mi – łkała, kiwając się w tył i w przód. – Jula, pomóż...

Trzęsącymi się rękami wyciągnęła z torebki telefon, włączyła go i... szloch zamarł jej w gardle. Jedno nieodebrane połączenie, drugie, trzecie, dziesiąte, jeden esemes, drugi, trzeci.

„Majka, gdzie jesteś?! Odezwij się!"

„Majka, co się dzieje, czemu nie odbierasz?! Oddzwoń!"

„Majka?!?! Jestem z Julią w szpitalu! Z tobą wszystko okej?! Odezwij się, proszę!"

Zdrętwiałymi z przerażenia palcami już miała nacisnąć numer ostatniego połączenia, gdy telefon rozdzwonił się jej w dłoni.

– Gabry...

– Majka, do cholery!!! Wszystko z tobą w porządku?! – Przyjaciółka nie dała jej wypowiedzieć nawet jednego słowa. – Gdzie jesteś?! Przyjechać po ciebie?!

– Jestem u siebie, w domu – wyszeptała. – Właśnie wróciłam z imprezy. Przepraszam, że wyłączyłam...

– Boże, dzięki ci, że chociaż z tobą wszystko w porządku – w głosie Gabrieli brzmiała ulga zmieszana z niedawną paniką, a Majka w tym momencie przypomniała sobie jeden z esemesów i przerażenie znów ścisnęło jej gardło.

– Napisałaś, że jesteście z Julią w szpitalu. Co się stało?

– Pobił ją. Ten bydlak ją pobił! Skoczyła z drugiego piętra przez balkon, żeby jakoś uciec...

Majka zacisnęła powieki. Pamięć uprzejmie podsunęła jej jedno z ostatnich wspomnień minionej nocy. Dźwięk komórki. Rzut oka na wyświetlacz. „Sorry, Juleczka, nie teraz".

I wyłączenie telefonu, żeby przyjaciółka nie przeszkadzała jej w podrywie. A Julia skakała wtedy z drugiego piętra...

– Czy bardzo jest połamana? – zdobyła się na szept.

– Ma coś ponadrywane i pęknięte w obu kolanach, poranione dłonie, pobitą twarz, ale żadnych złamań. Jacyś dwaj faceci znaleźli ją i przywieźli do mnie, całą zakrwawioną, bo zarzekała się, że nie chce na pogotowie. Wciąż istnieją na tym świecie dobrzy ludzie... Mogli ją przecież jeszcze bardziej skrzywdzić... Ja wpakowałam ją pod prysznic, przebrałam w czyste ciuchy i czy chciała, czy nie, zawiozłam prosto do Bielańskiego. Wygląda strasznie... – Gabrieli załamał się głos.

– Przebiorę się i zaraz do was przyjadę.

– Przyjedź. – Przyjaciółka rozłączyła się.

Majka patrzyła jeszcze sekundę czy dwie na ciemniejący wyświetlacz, a potem wyszeptała do siebie:

– Ależ ja cię nienawidzę...

Poderwała się, wzięła szybką kąpiel, narzuciła wygodne ciuchy i parę minut później wzywała taksówkę, po drodze wyrzucając do pojemnika na śmieci reklamówkę z sukienką, bolerkiem, torebką i szpilkami. Zatrzasnęła pokrywę, jakby zatrzaskiwała za sobą drzwi do przeszłości, i wsiadła do tego samego samochodu, którym tu przyjechała.

– Proszę, proszę, co za zmiana... – zaczął taksówkarz.

– Niech pan patrzy na drogę – ucięła zimno i tym razem poczekała, aż wyda jej resztę co do złotówki. Klnąc, odjechał spod szpitala, ale Majka, biegnąc na oddział chirurgii urazowej, miała jego przekleństwa głęboko gdzieś.

Wreszcie jest, sala numer pięć, drugie piętro. Wsunęła się cicho do pokoju, gdzie stały trzy łóżka. Dwa wolne, na trzecim... Majka, wstrzymując oddech, podeszła do śpiącej Julii i przytrzymała się ramienia Gabrieli, żeby nie upaść. Wczoraj wieczorem Julia przypominała jeszcze człowieka, ale dziś, gdy pobita twarz obrzmiała i zsiniała...

– Zabiję go – wyszeptała Majka przez łzy. – Zabiję tego skurwysyna.

– To ja powinnam zabić ciebie – odparła gniewnym szeptem Gabrysia. – Bałam się, że tobie też się coś stało. Gdzie byłaś?! Zresztą... Widać po tobie, gdzie byłaś i co robiłaś. – Gabriela, z jakąś taką rezygnacją, czy nawet pogardą, machnęła ręką. Zabolało, jakby wymierzyła Majce policzek, ale należał się jej.

– Byłam może dwie przecznice od domu Tomusia Łajzy. Dzwoniła do mnie. Powinnam była odebrać i jej pomóc, ale... – Urwała. Ten nieznajomy, niebieskooki facet. On odebrał. Odebrał telefon od kogoś, kto prosił go o pomoc, i natychmiast wybiegł, by tej pomocy udzielić, być może ratować właśnie Julię. – Jestem świnia, nie przyjaciółka. Podła świnia.

Po policzkach spłynęły jej gorące łzy.

W innym przypadku Gabriela poderwałaby się natychmiast, przytuliła ją i zaczęła pocieszać, teraz jednak siedziała jak wmurowana na krześle przy łóżku Julii i głaskała lekko kołdrę obok jej ręki, tak żeby nie obudzić śpiącej.

– Gabrysia, przepraszam... – wyszeptała Majka błagalnie. Jeżeli przyjaciółka ją odrzuci, po tej ohydnej nocy i jeszcze gorszym przebudzeniu, naprawdę jeszcze dziś ze sobą skończy.

Ale Gabriela oderwała niewidzące spojrzenie od opuchniętej twarzy Julii i spojrzała na Majkę łagodniej, cieplej niż przed chwilą.

– Ja się nie gniewam, tylko naprawdę się o ciebie bałam, szczególnie po tym. – Wskazała śpiącą Julię.

Majka pochyliła się i ucałowała ją w policzek.

– Dziękuję – szepnęła. I dodała w myślach: „Nawet nie domyślasz się, za co ci dziękuję...". – Co mogę zrobić? Masz pieniądze?

Głupie pytanie. Gabriela nigdy nie miała zbędnych pieniędzy. Majka wyjęła z torebki portfel i wcisnęła jej w garść wszystkie banknoty, jakie miała.

– Po co...? – zaczęła zdziwiona, ale Majka ucięła stanowczo:

– Julii niczego nie może zabraknąć. Jeśli trzeba będzie zapłacić za dodatkową opiekę albo osobny pokój, wezmę z konta więcej, tylko przyrzeknij, że niczego ani tobie, ani jej nie zabraknie.

– Przyrzekam, przyrzekam, chociaż pieniędzmi z poczucia winy się nie wykupisz, kochana.

Majka kiwnęła tylko głową.

– Zmienić cię? Posiedzieć przy niej?

– Jeszcze nie, ale jakbyś mogła zajrzeć do mojego taty, czy u niego wszystko w porządku, i wrócić wieczorem, byłabym wdzięczna. Zabrałam ze sobą komputer, dokończę tutaj te kosztorysy. Mam co robić.

– Wrócę. I... jeszcze raz cię przepraszam i dziękuję, Gabryniu.

Gabriela wstała, objęła przyjaciółkę i wyszeptała jej wprost do ucha:

– Dlatego jesteśmy we trzy. Jednej brakuje, jest druga. Nie pozwólmy, by to się zmieniło.

Majka uścisnęła ją mocno, z całych sił, raz jeszcze ucałowała w policzek i wyszła. Już wiedziała, co zrobi z resztą dnia. Najpierw zajrzy do pana Antoniego, tak jak obiecała, a potem podjedzie pod pewien mały, biały domek, by go zdobyć dla kogoś, kto przed chwilą, nawet o tym nie wiedząc, uratował jej życie...

*

Antoni Leszeński miał czternaście lat, gdy u boku ojca, jako łącznik majora Leszeńskiego, z dumą i zawadiackim uśmiechem wychodził do Powstania.

– Wrócimy jutro, może jeszcze dzisiaj! – krzyknął matce na pożegnanie.

To „jutro, może jeszcze dzisiaj" trwało sześćdziesiąt trzy dni, a potem jeszcze długie miesiące poniewierki po niemieckich lagrach.

Mieli szczęście. Wielu mówiło pierwszego sierpnia to samo swoim matkom, siostrom czy dziewczynom, ale nieliczni wrócili... Tylko po to, by spotkał ich los gorszy niż śmierć od kuli znienawidzonego wroga.

Ojciec Antka, przedwojenny oficer, mieszkający w pięknej willi na Żoliborzu, został aresztowany pierwszego dnia. Zaraz, gdy przestąpił próg domu. Sąsiedzi nie zdążyli uprzedzić Alojzego Leszeńskiego, że w willi zamiast żony czeka na niego UB.

Nie bronił się, ale nie pozwolił się skuć niczym bandyta. Wsiadł do czarnego samochodu, który podjechał pół godziny później, zdążył jeszcze posłać Marii, swojej żonie, która przybiegła zaraz po aresztowaniu, pożegnalny uśmiech i to był ostatni raz, gdy widziano majora Leszeńskiego żywego. Nigdy nie pozwolono Marii na widzenie z mężem, nie powiedziano jej, jak i kiedy zginął ani gdzie został pochowany. Czekała nań przez resztę życia z nadzieją, że kiedyś wróci. Ale z katowni na Rakowieckiej nie wychodzi się tak szybko i tak łatwo...

Miał się o tym przekonać Antek, jedyny syn Leszeńskich, gdy przyszli także po niego.

Trochę odczekali, zajęci widocznie ważniejszymi figurami „przestępczej organizacji", ale nadszedł czas i na tych mniej ważnych. O synu majora Leszeńskiego UB przypomniało sobie w Wigilię czterdziestego siódmego. Siadał właśnie z matką do skromnie zastawionego stołu, na którym jedno nakrycie zawsze czekało na ojca, gdy zapukali grzecznie do drzwi i już mniej grzecznie we czterech wpadli do środka. Antek nie zamierzał sprzedać skóry tak tanio jak ojciec. On już wiedział, że z podziemi X Pawilonu się nie wraca. Na jednego zamierzył się krzesłem, ale gdy ten, co wszedł ostatni, zagarnął niespiesznie jego matkę i przyłożył jej pistolet do skroni, chłopak uniósł ręce do góry.

Nie padło ani jedno słowo. Skuli go brutalnie. Matka przyskoczyła do syna i zdążyła jeszcze nakreślić mu krzyżyk na czole, zanim wyprowadzili go z mieszkania. Wsiadając do samochodu, obejrzał się, tak jak ojciec, posłał łkającej matce pożegnalne spojrzenie. Miał osiemnaście lat, był tak młody, ale już wysoki i przystojny... Takim go zapamiętała. Tak wyglądał na zdjęciu zrobionym tuż przed Powstaniem.

Teraz czekała i na męża, i na syna. Całymi dniami siedziała w oknie maleńkiego, dwupokojowego mieszkanka, dwie przecznice od ich dawnej willi – bo piękny, wielki dom odebrano „wrogom ludu i burżujom" i oddano któremuś ze „swoich" – i wypatrywała powrotu najbliższych, cerując rzeczy sąsiadom, łatając podarte przez ich dzieci spodnie i koszule. W ten sposób zarabiała na posiłek. Tak przesiedziała w oknie ponad trzy lata.

Gdy jej syn wrócił do domu, w pierwszej chwili go nie poznała. Wyniszczony torturami i głodem, siwowłosy starzec otworzył któregoś dnia drzwi, wszedł do środka i wyszeptał na jej widok:

– Mamo, wróciłem.

W następnej chwili, gdy w tym starcu rozpoznała Antosia, zemdlała. Po prostu osunęła się po ścianie.

Nigdy nie doszła do siebie po tym wstrząsie. Nadal czekała i na syna, i na ojca w tym samym oknie, cerując rzeczy sąsiadom. Antoni opiekował się nią, jak tylko mógł, czy raczej jak pozwalało na to okaleczone ciało. Zarabiał na życie tłumaczeniami, bo od dzieciństwa miał niezwykłe zdolności językowe. W lot złapał francuski swojej niani, potem miał opiekunkę Angielkę, a w czasie wojny nauczył się mówić po niemiecku jak rodowity Prusak. Teraz pracował od świtu do nocy, chociaż stukanie w klawisze maszyny do pisania trzykrotnie łamanymi i źle zrośniętymi palcami musiało sprawiać mu nieznośny ból.

Gdy matka któregoś dnia zgasła, siedząc tam, gdzie zwykle, w oknie z widokiem na furtkę, opłakał ją, pochował i żył dalej, czekając, aż i jego zabierze śmierć wybawicielka, o którą tyle razy modlił się w więziennej celi. Ale życie miało jeszcze dla niego niespodziankę, a właściwie trzy. Któregoś dnia, idąc powoli, bo złamana żelaznym prętem noga też nie zrosła się tak, jak powinna, zobaczył na ulicy zapłakaną kobietę, ciągnącą za sobą dwie małe dziewuszki.

Zatrzymał ją, zapytał, co się stało. Rozejrzała się jak przerażony królik, po czym wyznała, że jej męża zabito podczas strajku, a ją z dziećmi wyrzucono na bruk. Przyjechała do rodziny w Warszawie, ale najbliżsi bali się ją przyjąć pod swój dach. Antoni Leszeński nie wahał się ani chwili.

I chociaż on miał pięćdziesiąt lat, a wyglądał na starca, a ona była ładną, dwadzieścia lat młodszą od niego kobietą, co to mogła „lepiej trafić", jak szeptały po kątach zbulwersowane sąsiadki, wzięli ślub i stworzyli szczęśliwą, kochającą się rodzinę.

On, Anna i ich dwie córeczki: starsza Zuzia i młodsza Gabrysia.

To szczęście trwało zaledwie sześć lat. Anna z Zuzią zginęły w wypadku. Ktoś potrącił je na przejściu dla pieszych, ponoć przez niesprawne hamulce, i uciekł. Nigdy go nie złapano. Antoniego ta śmierć pewnie by w końcu złamała, gdyby nie pozostała mu istota, dla której musiał i chciał żyć: dziesięcioletnia Gabrysia.

Razem przeżyli rozpacz i żałobę, razem się z niej podnieśli, razem nauczyli żyć od nowa. Antoni powrócił do tłumaczeń,

Gabrysia chodziła do szkoły i prowadziła dom. Sąsiadki znów sarkały, że stary dziad dzieckiem się wyręcza, do roboty małą goni, że do sierocińca powinien ją oddać, ale Leszeńscy nie słuchali plotek. Trzymali się życia na przekór wszystkiemu i wszystkim.

Ona mówiła do przybranego ojca „tatusiu", sama będąc dlań całym światem, „córeńką", ukochaną Gabrysią. Skończyła liceum ekonomiczne – chociaż marzyła o architekturze – bo biedowali, żyjąc z jego skromnej renciny i jeszcze skromniejszych zarobków, a potem zaraz po szkole zaczęła pracę jako kosztorysantka i usamodzielniła się, co Antoniego jednocześnie smuciło, jak i napawało dumą.

Wynajęła maleńkie mieszkanko w bielańskim blokowisku i tak sobie żyli z dnia na dzień, chociaż jej spędzało sen z oczu pogarszające się zdrowie ojca, a jemu samotność córki. Ona nie miała jednak czasu na randki. Pracowała od świtu do nocy, bo renta Antoniego nie pozwalała nawet na opłacenie czynszu, a ojczyzna, dla której tyle uczynił, nie refundowała mu leków, których potrzebował.

Gabrysia stawała się własnym cieniem. Jej ojcu zaś, który na przekór wszystkiemu trzymał się życia, bo go o to błagała, krwawiło serce, że nie może pomóc swojej córeczce inaczej, niż przeżywając kolejny dzień. Ona powtarzała jednak: „Nie opuszczaj mnie, tatusiu. Jesteś mi potrzebny. Masz dopiero siedemdziesiąt jeden lat. Zostań jeszcze ze mną...".

I nagle stał się cud.

Któregoś dnia, gdy Antoni stukał już nie w klawisze maszyny, a klawiaturę komputera, do małego mieszkanka na

Żoliborzu wpadła jego córka, rozpromieniona niczym małe słoneczko, prowadząc za sobą przystojnego, czarnowłosego mężczyznę, i powiedziała z dumą i miłością, którą widać było w jej oczach i słychać w każdym słowie:

– Tatusiu, poznaj mojego narzeczonego. To jest Wiktor Prado.

ROZDZIAŁ VIII

Wiktor obudził się jak zwykle z samego rana. Wysłał braciom sygnał, że już wstał i bierze się do pracy. Miał na oku pewną kamienicę w Krakowie i pałac tutaj, w samym sercu Warszawy. Dlaczego nikt się tymi dwiema perełkami do tej pory nie zainteresował? Nie miał pojęcia, ale się dowie.

Studiował uważnie wszelkie dostępne w internecie dokumenty i historię pałacu na Miodowej, gdy jako pierwszy wpadł do jego apartamentu Patryk.

– Cześć, bracie, masz coś dla mnie?

Tak jak Marcin lubił imprezować, Patryk kochał pracę. Rozwiązywanie szczególnie trudnych i zawiłych problemów prawnych sprawiało mu prawdziwą frajdę.

Wiktor posłał mu uśmiech.

– Mam. Chodź i zobacz, jakie cudeńko.

Obaj pochylili się nad laptopem, oglądając pałac wystawiony na sprzedaż, za – bagatela – dwadzieścia milionów.

– Nawet jeśli Marcin starguje do piętnastu, drugie tyle trzeba będzie włożyć w remont i...? – Patryk zawiesił głos.

– I będziemy mieć pałac w Warszawie! – Wiktor klepnął go w plecy i roześmiał się serdecznie na widok jego miny. – Pamiętasz tę pierwszą norę, w której zamieszkaliśmy po ucieczce?

Patryk przytaknął. Żaden z nich nigdy jej nie zapomni...

– A dzisiaj bracia Prado mogą sobie kupić pałac na warszawskiej Starówce. Nie cieszy cię to?

– Wiesz, Wiktor... – zaczął Patryk, uważnie dobierając słowa – gdybyś robił to dla siebie, dla własnych ambicji, satysfakcji czy po prostu zwykłej radochy, bardzo by mnie to cieszyło. Naprawdę. Ale ty robisz to na przekór J e m u.

Uśmiech znikł. Czarne oczy, jeszcze przed chwilą błyszczące prawdziwą radością, zwęziły się lekko.

– Potępiasz mnie za to? – zapytał młodszego brata obcym, zimnym tonem.

– Nie! Skąd! Źle mnie zrozumiałeś! Życzę mu jeszcze gorzej niż ty, bo ty przynajmniej raz mu oddałeś, ale chciałbym, byś ty, ty sam – Patryk dźgnął go w mostek – sprawiał radość sobie. Korzystał z życia, na które ciężko zapracowałeś, wydawał pieniądze, które ciężko zarobiłeś, kupował jachty, wille i pałace, żeby cieszyć siebie, a nie wkurzać jego. Rozumiesz?

Nawet nie zdawał sobie sprawy, jak mocno zaciska palce na ramieniu starszego brata. Dopiero gdy ten chwycił go za nadgarstek, rozwarł dłoń.

– Rozumiem – odparł Wiktor cicho. – Masz rację. Ale ja się nie zmienię. I dopóki to bydlę żyje, zrobię wszystko, by go wkurzać tym, jak mimo jego starań sobie poradziliśmy. A ty mi w tym pomożesz.

– Oczywiście, że pomogę. Z przyjemnością, bo nienawidzę go tak samo jak ty. – Patryk, ta zdawałoby się chodząca łagodność, gdy mówił te słowa, miał w oczach ten sam wyraz zimnej morderczej furii, co jego starszy brat. Ale ona po chwili zgasła. Zastąpiła ją zwykła u tego młodego mężczyzny pogoda ducha. – To co, zabierać się za ten pałac?

Wiktor pokręcił głową.

– Jest coś pilniejszego. – Wyjął telefon, zapisał na kartce numer i podał go bratu. – Ten stary dom na polanie, który wczoraj widzieliśmy. Chcę go mieć. Za wszelką cenę. Jak najszybciej.

– Nie ma problemu. – Jasnowłosy mężczyzna wzruszył ramionami. – Mówisz serio czy półżartem?

Mówię bardzo serio, dzieciaku. – Wiktor ujął brata za ramiona i uścisnął lekko. – Ten dom to pamiątka po jedynym roku, w którym byłem naprawdę szczęśliwy.

– Z Gabrielą?

– Tak. Z Gabrielą.

– Nie lepiej więc o nim zapomnieć? Puściła cię kantem w taki sposób... – Patryk urwał, bo tym razem palce brata zacisnęły się na jego ramionach, aż zabolało.

– Nie wiesz, kto tu kogo puścił kantem i dlaczego, więc nie osądzaj. Chcę mieć ten dom. Zrób wszystko, by jak najszybciej stał się moją własnością. Nie firmy. Moją osobistą. Spłacę was.

Wiktor puścił go i wrócił do biurka.

Patryk prychnął.

– Daj spokój. „Spłacę was". Idiota. Gdybyśmy zaczęli spłacać swoje długi wobec ciebie, życia by nam nie starczyło.

– Zasady są zasadami – uciął Wiktor. Jedna z nich głosiła, że bez względu na to, ile który z nich się nad daną sprawą napracował, zawsze dzielili zyski na trzy równe części.

– Tylko te, które ty wprowadzasz. Nasze już ciebie nie obowiązują, co? – Patryk miał z nim jeszcze chęć się trochę podroczyć. Czasami wkurzanie Wiktora dawało zaskakujące rezultaty…

– Jeżeli będą choć w połowie tak inteligentne jak moje, czemu nie – zaśmiał się złośliwie jego czarnowłosy i czarnooki brat.

Brat… Tak naprawdę nie łączyły ich więzy krwi. Ich ojczym, który przy każdej okazji nazywał całą trójkę bękartami, najpierw przygarną ciężarną matkę Wiktora, potem, gdy zginęła w rzekomym wypadku, zaopiekował się śliczną blondynką, będącą również przy nadziei, którą rodzina pogoniła z domu.

Ale dla Wiktora, Patryka i Marcina to, że w ich żyłach nie płynęła ta sama krew, nie miało żadnego znaczenia. Łączył ich zupełnie inny rodzaj braterstwa. Na śmierć i życie.

Wiktor po babci Prado, rodowitej Hiszpance, którą widział raz w życiu, odziedziczył smagłą cerę, latynoską urodę, czarne włosy i oczy tak ciemnogranatowe, że również niemal czarne. Oglądała się za nim każda kobieta i dziewczyna na ulicy, plaży czy gdziekolwiek się pokazał. On nie zwracał jednak uwagi na żadną z nich. Miłość swojego życia odnalazł i utracił raz. To Wiktorowi Prado, jak widać, wystarczyło…

Bliźniacy byli zaś jasnowłosi, wspaniale zbudowani i zawsze opaleni na brąz, a ich oczy przypominały barwą morze.

Ni to błękitne, ni szmaragdowe. Oj, równie wiele dziewczyn z chęcią zatraciłoby się w tych oczach. Patryk jednak szukał tej jedynej, a Marcin twierdził z uporem, że na żonę i dzieci ma jeszcze czas.

– Mówicie o dzieciach? – padło od progu pytanie Marcina właśnie. – Moje może nie będą tak obłędnie inteligentne jak naszego starszego brata-geniusza, ale na pewno będą bardziej urocze. Ty spojrzeniem potrafisz ciąć szkło, a głosem miażdżyć diament.

– Mówimy o zasadach, nie o dzieciach – wyjaśnił Wiktor, przemilczając uwagi brata o spojrzeniach i głosie. Sam doskonale zdawał sobie sprawę z tego, że potrafi być... trudny. – Możesz dziś jechać do Krakowa czy jeszcze się nie wyszumiałeś?

– Mam dosyć imprez na jakiś czas – odmruknął Marcin, choć wspomnienie pięknej nieznajomej w olśniewającej złotej sukience sprawiło, że westchnął w duchu.

Zaraz potem przypomniał sobie jednak to zakrwawione nieszczęście, które ratowali z Patrykiem, i spochmurniał. Chciałby wiedzieć, co się stanie z tą dziewczyną. Czy przyjaciółka wyrwie ją z łap tamtego sukinsyna, czy też jak pokorne cielę wróci do swojego oprawcy, ale nie znali nawet jej imienia. Nie mieli kogo o pobitą nieznajomą zapytać. Do szpitala nie pozwoliła się przecież odwieźć.

– Jadę do Krakowa. Mów, gdzie i po co. Patryk jedzie ze mną?

– Ja kupuję tę chatę w lesie. Wiktor chce ją mieć na wczoraj.

– Ciekawe po co. – Marcin wzruszył ramionami. – Mogę wziąć porsche?

– Nie możesz, bo prowadzisz jak kretyn – tym razem odpowiedział mu Wiktor. – Ty bierzesz volvo. Patryk porsche.

– Jezu, ten z tym swoim volvo. – Marcin przewrócił oczami. – Nie będę jeździł samochodem dla starych pryków bez jaj!

– Mówiąc o starych prykach bez jaj, masz na myśli mnie? – Wiktor rzucił mu to swoje tnące szkło spojrzenie, ale zaraz uśmiechnął się złośliwie, wyciągnął z szuflady kluczyki z symbolem porsche i pomachał nimi Marcinowi przed nosem.

– Nauczysz się jeździć po ludzku, dostaniesz coś lepszego – oznajmił, rzucając je Patrykowi.

Tamten zaśmiał się równie złośliwie i wyszedł, wiedząc, co ma robić. Kupić pamiątkę po jedynej miłości Wiktora Prado. Proste.

Pan Antoni siedział pochylony nad klawiaturą komputera, stukając w nią zawzięcie. Wzrok miał już tak słaby, że nawet okulary mu nie pomagały, i coraz częściej odrzucano jego tłumaczenia ze względu na błędy, ale nie zamierzał się poddać aż do końca. Tak jak nie poddał się siedemdziesiąt dwa lata temu, gdy bił się o Wolną Polskę, i przez ponad trzy lata w mokotowskiej katowni, gdy dzień po dniu walczył o przeżycie.

Słysząc dzwonek do drzwi, podniósł się z trudem i powlókł, by otworzyć.

– O, Majeczka, moja średnia córcia! – Ucieszył się jak zawsze na widok dziewczyny.

Obie przyjaciółki Gabrysi nazywał swoimi córeczkami, wiedząc, że ani Julia, ani Majka rodziców właściwie nie miały, i darzył je serdeczną wdzięcznością za to tylko, że są. I że będą przy jego córce – taką miał nadzieję – gdy on w końcu się podda. Tak chciałby doczekać jednak dnia, gdy komu innemu oddałby Gabrysię pod opiekę... Westchnął, ale zaraz znów poweselał.

– Wchodź, dziecko kochane, opowiadaj, co u Julci. Jak wygląda? Bardzo źle z nią?

Majka, wchodząc do niewielkiego mieszkanka, spłonęła rumieńcem wstydu. To pan Antoni już wiedział o tym, co spotkało Julkę, i się o nią troszczył, podczas gdy Majka...

– Wygląda bardzo źle, panie Antosiu, ale Gabriela mówi, że nie ma żadnych złamań. Same stłuczenia. A u pana wszystko w porządku? Gabi martwiła się, że sama nie może zajrzeć, ale kończy na gwałt pilny kosztorys, więc pomyślałam, że wpadnę i pogadamy sobie. Co pan na to?

– U mnie powolutku, moje dziecko, powolutku do końca. Jak zaparzysz herbatki, to pogadam z tobą z przyjemnością. Nawet bez herbatki bym pogadał, notabene.

Uśmiechnęła się i wstawiła wodę.

Mieszkanie było czyste i zadbane. Już ich trzech – Gabrieli, Majki i Julii – w tym głowa, by człowiekowi, który tyle wycierpiał, na starość mieszkało się przyjemnie. Przez okno wpadały promienie lipcowego słońca.

Majka wyjęła ze zmywarki – Gabriela uparła się, że ojciec nie będzie mył naczyń tymi biednymi, pogruchotanymi rękami, i kupiła mu niewielką zmywarkę – dzbanek, dwie filiżanki, bo tutaj nadal pijało się herbatę w filiżankach, dwa małe talerzyki i jeden większy.

– Kupiłam po drodze ptysie z bitą śmietaną. Może pan jeść ptysie?

– Właściwie nie mogę, ale kto by się tam przejmował jakąś cukrzycą. O ile nie doniesiesz na mnie Gabrysi…

– Panie Antoni, nie chcę mieć pana na sumieniu – pogroziła mu palcem.

– Skuszę się na jednego, dobrze? Siadaj, dziecino, i opowiadaj, z czym przychodzisz, bo zgaduję, że nie tylko z ptysiami.

Majka skończyła nalewać herbaty do filiżanek, położyła na talerzykach po jednym ptysiu i… nadal, po tylu latach, nie potrafiła oderwać oczu od rąk pana Antoniego, gdy próbował widelczykiem odkroić kawałek ciastka. Palce, kiedyś pewnie długie i szczupłe, miał powyginane i zgrubiałe w tak wielu miejscach, iż to, że w ogóle potrafił uchwycić widelec, zakrawało na cud.

On sam nigdy nie wspominał przeszłości. Jedyne zdjęcie, jakie stało na jego komodzie, oprócz fotografii żony i córek, było tym sprzed Powstania, gdy młody, szczupły i uśmiechnięty patrzył wyzywająco wprost w obiektyw. Ale Gabrysia za pierwszym razem, gdy zaprosiła przyjaciółki do mieszkania ojca, który koniecznie chciał je poznać, uprzedziła, że pan Antoni był torturowany przez ubeków. Palce łamali mu młotkiem trzy razy… Jeden po drugim, kość po kości… Paznokcie wyrywali również nie raz… Ponieważ zawsze nosił koszule z długimi rękawami, Majka nie widziała innych blizn, oprócz jednej, na której widok odebrało jej głos, ale te palce… za każdym razem patrzyła na nie jak zahipnotyzowana, nie potrafiąc zrozumieć, jak człowiek człowiekowi może zadać taki ból…

Pan Antoni podniósł na nią łagodne spojrzenie.

– Czemu nie jesz, córciu? To twoje własne ptysie. Pyszne zresztą.

Zamrugała. Upiła łyk herbaty.

– Właściwie przychodzę do pana, panie Antosiu, w konspiracji.

– Mów śmiało. Uwielbiam konspirować.

– Wczoraj byłyśmy z Gabrysią w terenie oglądać domek. Wie pan, jakiego ona ma fioła na punkcie wszelakich domków.

Przytaknął i posmutniał. Gdyby mógł, sprzedałby to mieszkanie i kupił mniejsze, w gorszej dzielnicy, byle jego Gabrynia miała pieniądze na wymarzony domek, ale ona nie chciała o tym słyszeć.

„Nie będę ci zabierać resztek majątku, z którego okradło cię państwo polskie" – mówiła z niezwykłą jak na nią stanowczością. Co mógł więc poradzić? Który bank dałby kredyt choćby i pod zastaw mieszkania, jemu, niemal dziewięćdziesięcioletniemu starcowi? I to jeszcze mieszkania, które i tak było zadłużone, o czym Gabriela nie wiedziała.

– Domek jak domek. Mały, biały, z czerwoną dachówką, balkonikiem na piętrze... – ciągnęła Majka. – Na pięknej polanie w środku lasu. Leśna Polana, tak się zresztą nazywa... Panie Antoni? – przestraszyła się, bo starszy pan nagle pobladł i upuścił widelczyk.

– Nic, nic, mów dalej, moje dziecko – odezwał się z trudem.

– Pan zna tę nazwę i ten dom, prawda? – zapytała cicho.

– Tak. To miał być ich dom. Gabrysia opowiadała mi o nim tyle razy... Była taka szczęśliwa, gdy mówiła, jak posadzi róże pod oknami... – Umilkł. Oczy mu powilgotniały. Otarł je wierzchem dłoni. Majka przytrzymała tę dłoń, mówiąc cicho, ale stanowczo:

– On jest na sprzedaż, a ja chcę go dla niej kupić. Płakała, gdy odjeżdżałyśmy, a ja nie potrafię spokojnie patrzeć na jej łzy. Gabriela pragnie mieć ten domek i będzie go miała.

– Nie przyjmie go od ciebie, dziecinko. Jest zbyt dumna – odezwał się ze smutkiem.

Majka uśmiechnęła się.

– I tu dochodzimy do konspiracji, drogi panie Antoni. Mnie będzie podejrzewała o podstęp, ale pana nie. To pan kupi dla niej ten dom.

– O tym też myślałem, kochana moja, ale żaden bank nie da mi...

– Pieprzyć banki! Ja panu dam pieniądze na tę chałupkę!

Antoniego zatkało.

– A ile... on kosztuje? – zapytał powoli.

– Właściciele chcą sto pięćdziesiąt tysięcy, ale utarguję do stu. Tyle mam na koncie i jeszcze trochę na opłaty. Stać nas na Leśną Polanę dla Gabrysi, panie Antoni! – Zaśmiała się, opadając na oparcie krzesła.

– Kupisz dom za sto tysięcy złotych dla przyjaciółki? Dla obcej właściwie kobiety? – zapytał z niedowierzaniem.

– Po pierwsze, Gabriela jest mi bliższa niż własna matka, którą w całym moim życiu widziałam może z pięć razy, po drugie, owszem, kupię, a właściwie pan kupi, pod jednym wszakże warunkiem...

– Jakiż to warunek? – zapytał ostrożnie Antoni.

Majka spojrzała mu prosto w oczy:

– Powie mi pan, czy to o Gabrieli…

Pochyliła się ku niemu, wyjęła z portfela wycinek gazety i przeczytała go na głos:

– „Tragedia w przeddzień ślubu! Jedna z mieszkanek naszej miejscowości, Gabriela L., została wczoraj w godzinach nocnych trzykrotnie postrzelona przez swojego narzeczonego, Jacka Z., który następnie popełnił samobójstwo. Tym większa to strata, że Gabriela L. była w szóstym miesiącu ciąży. Dziecka nie udało się uratować. Lekarze walczą o życie młodej kobiety".

Majka skończyła czytać. Zapadła martwa cisza. Antoni siedział ze zwieszoną głową. Dziewczyna błagała go wzrokiem, by coś powiedział. Żeby zaprzeczył. Żeby powiedział, że zbieżność imienia i pierwszej litery nazwiska jest przypadkowa, ale on milczał…

– Mówiłem jej, by za niego nie wychodziła. Że to zły człowiek – odezwał się wreszcie cicho. – Ale nie chciała mnie słuchać.

Więc jednak… Majka wypuściła wstrzymywany oddech. To o Gabrieli pisano w gazecie. Postrzelona trzy razy. Straciła dziecko… A narzeczony – ładny mi narzeczony – strzela sobie na koniec w łeb. Jak można żyć po czymś takim i nie zwariować?

– Nie rozumiem, dlaczego chce domu, który będzie jej tylko przypominał o tamtej tragedii – odezwała się, kręcąc głową.

– Ach… Ty nic nie wiesz? Nic wam nie powiedziała? – W jego smutnych oczach jakby zapaliło się światełko. – W tym domku miała zamieszkać z innym mężczyzną, z kimś, kto był miłością jej życia.

– No i?! Dlaczego się rozstali, a ją postrzelił jakiś psychopata?!

Starszy człowiek wyprostował się nagle.

– On musiał zerwać zaręczyny – odparł zupełnie innym tonem niż przed chwilą. Było w nim coś, czego Majka nie potrafiła zrozumieć. Chłód, tak, ale jeszcze coś… współczucie? Bezradność? – A ona uparła się, że wyjdzie za innego.

– Nic nie rozumiem! Przecież ten pierwszy był jej miłością! – krzyknęła dziewczyna, sfrustrowana do granic. – Mówił pan, że byli szczęśliwi, kochali ten domek, i co się stało? Nagle temu kretynowi przeszła cała miłość czy co?!

– Musiał zerwać zaręczyny – powtórzył Antoni twardo, a Majka nagle umilkła. Może to ojciec Gabrysi miał coś przeciwko temu mężczyźnie? Boże, tyle niewiadomych… Jedno jednak jest pewne:

– Jeżeli Gabriela pragnie tego domu, pomoże mi pan go kupić? – poprosiła błagalnie.

Wzrok starego człowieka złagodniał.

– Pomogę.

Majka z radości aż podskoczyła na krześle.

– Powiedz mi jeszcze, moje dziecko, jaką bajeczkę wciśniesz mojej córce, żeby uwierzyła, że nagle spadło mi z nieba sto tysięcy?

– Gra pan w lotto?

– Nie gram.

– To trzeba kupić los!!!

Poderwała się na równe nogi, gotowa natychmiast przystąpić do działania.

Bardziej przydałby ci się jednak nie los, a trochę więcej czasu, droga Majeczko, bo Patryk Prado właśnie wysiadał z czarnego porsche przed Leśną Polaną i wyciągał na powitanie rękę do jej właściciela...

– Ile pan chce za tę... – Patryk skrzywił się lekko – chatę?

– To dobry dom, panie, porządna, przedwojenna robota – oburzył się właściciel. – Nie to, co tera, że parę patyków, wata w środku i masz pan dom. Ten jest z cegły, solidny, murowany, jeszcze i pana przeżyje.

– Ten dom to ruina do kompletnego remontu albo rozbiórki – odparł spokojnie Patryk. – Ile pan za niego chce?

Sto pińdziesiąt tysięcy.

– Nie ma mowy. Jest wart najwyżej sto.

– Ale tu jest sześć hektarów lasu!

– I z tym lasem jest wart najwyżej sto.

Patryk patrzył obojętnie a to na dom, a to na właściciela, a to na jego żonę, która szarpała teraz męża wściekle za rękaw kurtki, że mało mu tego rękawa nie urwała. Widział, jakim spojrzeniem ogarnęli jego czarne porsche. Miał przed sobą dwoje chciwych ludzi. A pazerność drugiej strony to połowa wygranej. On sam wiedział, że Wiktor zapłaci za dom każdą cenę, ale tamci nie mieli o tym pojęcia. Wiedza zaś to druga połowa wygranej. Dom został pewnie wystawiony na sprzedaż już dawno. Nikt za taką cenę go nie kupi. Oprócz

Wiktora, jeśli Patryk na to pozwoli. Ale dlaczego miałby nabijać kabzę dwojgu chciwcom?

– To ile pan dasz za ten dom? – zapytała kobieta.

– Z lasem? Sto.

– A bez lasu?

O, tu Patryka zaskoczyła. Nie mógł teraz dzwonić do Wiktora i pytać go, czy chce tę ruinę z lasem, czy bez – jak grać, to do końca...

– Nie interesuje mnie sam dom. Albo z lasem, albo w ogóle.

– Musimy się zastanowić. Jest spore zainteresowanie tą posiadłością... – wtrącił facet.

„Akurat!" – prychnął Patryk w duchu.

– To niech się państwo zastanowią. Mają państwo czas... powiedzmy do jutra.

– Do jutra?!

– Ja dziś sprawdzę w urzędzie parę dokumentów i albo podpisujemy jutro akt notarialny, albo nie zawracajmy sobie głowy. Nie mam czasu przyjeżdżać tu po sto razy. – Odwrócił się i ruszył do samochodu. To było ostre zagranie i ryzykowne, ale...

– A za sto dwadzieścia kupi go pan? Żebyśmy tak mniej więcej pośrodku się spotkali – zatrzymał go błagalny głos kobiety. – Syn swoją chałupę kończy i potrzebuje tych pieniędzy...

Patryk trwał przez chwilę z ręką na klamce samochodu, po czym rzucił przez ramię:

– Wzruszyła mnie pani tym synem. Kupię Leśną Polanę za sto dwadzieścia. Dam znać, o której się spotykamy u notariusza. Jeszcze dziś jakiegoś znajdę i umówię nas na jutro.

– Tylko tutaj, w Pułtusku, czy we Warszawie?

– W Pułtusku, nie ma potrzeby fatygować państwa do stolicy.

– A nie rozmyśli się pan aby?

Patryk odwrócił się do nich powoli.

– Możemy nawet teraz podpisać umowę przedwstępną. Mam przy sobie z dziesięć tysięcy.

Obojgu rozbłysły oczy.

– A ma pan wzór takiej umowy?

– Jestem prawnikiem. Na pewno coś znajdę. – Uśmiechnął się i wyjął z samochodu elegancką skórzaną teczkę.

Umowę przedwstępną miał już wcześniej przygotowaną i wydrukowaną w trzech egzemplarzach, jeden dla niego, jeden dla nich, trzeci dla notariusza. Wystarczyło wpisać dane właścicieli, numer działki, który on już znał, i księgi wieczystej, którą też zdążył już przejrzeć. Na masce samochodu rozłożył dokumenty, spisał dane z ich dowodów osobistych, które na wszelki wypadek mieli ze sobą, wpisał dane Wiktora, podpisali się we troje na każdej ze stron. Jeszcze tylko wcisnął im w trzęsące się ręce dziesięć tysięcy złotych zaliczki, facet przeliczył, kobieta też i...

„Gratuluję, braciszku. Właśnie kupiłeś Leśną Polanę, która nie wiadomo do czego jest ci właściwie potrzebna. Chyba żeby rozdrapywać stare rany" – pomyślał, żegnając się z już niemal byłymi właścicielami domu uściskiem dłoni. Jeszcze tylko dość ostentacyjnym gestem usunął tabliczkę „Na sprzedaż" z numerem telefonu i mógł jechać do Pułtuska umawiać się z notariuszem.

Ten nie miał oczywiście wolnych terminów „tak na już", ale za dodatkowe trzy tysiące jednak jakiś znalazł, nazajutrz o szesnastej.

Majce zostało naprawdę mało czasu…

Powolutku, tak by pan Antoni nadążał, Majka prowadziła go do kancelarii notarialnej. Potrzebne były jej dwa dokumenty: pełnomocnictwo, by mogła kupić dom w imieniu pana Antoniego, i akt darowizny na rzecz Gabrieli.

Chociaż podjechali niemal pod samą kancelarię, starszy człowiek szybko się męczył i co chwilę musieli przystawać. Widać było, że każdy krok złamaną kiedyś prętem kata nogą sprawia mu ból, ale musiał dotrzeć do celu. Oboje musieli. Dla Gabrysi.

Dopiero w jasnym świetle kancelaryjnych lamp zauważyła, że pan Antoni jest śmiertelnie zmęczony całym tym dniem: telefonem od Gabrieli, że pobito jej przyjaciółkę, a drugiej nie może znaleźć, wizytą Majki, niełatwą rozmową, potem jej szalonym pomysłem i teraz tą eskapadą do naprędce umówionego notariusza. Ona natomiast była w swoim żywiole. Uwielbiała tak właśnie działać: szybko i skutecznie. Ale miała trzydzieści dwa lata, a nie była schorowanym starcem, który przeszedł piekło ubeckiej katowni…

– Proszę usiąść, panie Antosiu, to trochę potrwa – pochyliła się ku niemu z troską.

– Wytrzymam – mruknął.

– Na pewno wszystko w porządku? Dobrze się pan czuje? – pytała go o to już chyba piąty raz.

– Dziecko drogie, siedziałem w X Pawilonie ponad trzy lata, to posiedzę godzinę albo i dwie w kancelarii notarialnej! Zamiast się troszczyć o mnie, dopilnuj, by wszystkie dokumenty były w porządku. Bo jeśli będziemy musieli tu wrócić, tego mogę już nie wytrzymać.

Tym ją skutecznie zniechęcił do dalszego okazywania troski. Mógł oprzeć się wygodnie w skórzanym fotelu, wyciągnąć przed siebie bolącą nogę, przymknąć powieki i odpocząć.

„To mój narzeczony, Wiktor Prado" – wspomnienie rozpromienionej córki było takie żywe... Młody mężczyzna czeka grzecznie, aż Antoni pierwszy wyciągnie do niego rękę. Widząc powyginane palce, ściska ją delikatnie, ale z szacunkiem. Gabriela musiała go uprzedzić... Jest bardzo przystojny, aż za przystojny – niepokoi się Antoni. – Pewnie żadnej spódniczce nie przepuści. Z drugiej strony patrzy na jego córkę z taką miłością...

– Jestem inwestorem – mówi tamten. Ma przyjemny, męski głos. – Gabrysię polecił mi znajomy i tak się poznaliśmy.

Tu oboje uśmiechają się na to wspomnienie. Wiktor spontanicznym ruchem przyciąga dziewczynę do siebie i całuje jej kasztanowe kędziorki. Ten gest, niewymuszony, prawdziwy i serdeczny, porusza Antoniego do głębi. Jego córka jest i będzie kochana przez tego człowieka miłością, jaka zdarza się raz na całe życie. W tej chwili jest tego pewien.

Pół roku później, gdy ten sam młody mężczyzna klęczy przed nim, płacząc, a on próbuje podnieść go z kolan i jakoś pocieszyć, choć jego samego łzy dławią w gardło, nadal jest pewien, że tych dwoje, Gabriela Leszeńska i Wiktor Prado, nigdy nie przestaną się kochać, ale musi powtórzyć to, co – choć serce mu krwawi – powiedział przed chwilą:

– Zerwij te zaręczyny. Natychmiast. Jeśli kochasz Gabrielę, a wiem, że tak jest, po prostu odejdź i nie wracaj, dopóki ona nie będzie bezpieczna.

Wiktor kiwa głową. Podnosi się z kolan. Ociera twarz wierzchem dłoni. Nie jest w stanie wykrztusić ani słowa. Starszy mężczyzna przytula go po raz ostatni, z całych sił, tak by czuł, że nie jest sam w tej rozpaczy, że jest ich dwóch, a za chwilę dołączy Gabriela.

– Napiszę do niej – szepce Wiktor, bo głos nadal odmawia mu posłuszeństwa. – Nie dam rady złamać serca kobiecie, którą kocham nad życie, patrząc jej prosto w oczy.

– Napisz. Przekażę jej list zaraz po twoim wyjściu. – Antoni odwraca się i patrzy na drzwi pokoju, w którym leży jego córeczka. Może potrwa to już niedługo? Może tych dwoje doczeka tego, na co czeka od tylu lat on sam?

Gdyby wiedział, jak zareaguje Gabriela na list Wiktora, gdyby mógł przewidzieć, do jakiej tragedii się przyczyni... Trzy strzały. Dwa w nienarodzone dziecko, jeden w serce...

– Panie Antosiu? Dobrze się pan czuje? – dobiegł go zatroskany głos.

Gwałtownie otworzył oczy. Zawstydzony otarł łzy, które spływały mu po policzkach.

– Tak. Tak, Majeczko. Cieszę się, że moja dziewczynka dzięki tobie będzie choć trochę szczęśliwsza.

– Notariusz już kończy, zaraz wszystko podpiszemy i odwiozę pana do domu. Ach, i po drodze muszę kupić los. – Majka uśmiechnęła się. – Jak konspiracja, to konspiracja.

ROZDZIAŁ IX

Nad Warszawą powoli zapadał wieczór.

Wiktor stał na balkonie wspaniałego apartamentu, oparty o framugę okna, patrzył na rozświetlające się latarniami Krakowskie Przedmieście i słuchał Marcina, który przez telefon zdawał mu dokładną relację ze stanu kamienicy.

– Wiesz co? – przerwał mu w końcu. – Zostaw to urzędnicze pieprzenie. Interesuje mnie twoja i tylko twoja opinia. – W tych słowach nie było cienia kpiny. Marcin był współwłaścicielem firmy należącej do nich trzech. Jego słowo w tych sprawach liczyło się tak samo jak Wiktora i Patryka.

– Moim zdaniem szkoda zachodu.

– To wracaj.

– Skoro już tu jestem, rozejrzę się na miejscu. Wpadło mi w oko coś innego...

– Chyba ktoś, a nie coś. Czy ty kiedykolwiek dorośniesz?

– Wyobraź sobie, że mówię teraz o innej kamienicy, sto razy lepszej niż ta twoja – obraził się Marcin. – Gdybym chciał iść w miasto, to powiedziałbym otwarcie, że zostaję na noc, by zaszaleć tym razem w Krakowie, z dala od was dwóch.

– Okej, okej – odezwał się pojednawczo Wiktor, myśląc jednocześnie, że chyba naprawdę trzyma młodszych braci na zbyt krótkich smyczach.

Wiedział, że nigdy nie znajdą swoich wymarzonych miłości, jeśli on nie pozwoli im na poszukiwania. Marcin kilka razy odważył się przyprowadzić na wspólną kolację czy lunch potencjalną narzeczoną. Czekał potem na opinię starszego brata w takim napięciu, jakby Wiktor jednym słowem mógł przekreślić jego szczęście. I tak było. Nawet nie musiał nic mówić. Lekkie uniesienie brwi, niemal niezauważalne skrzywienie ust i dziewczyna więcej się nie pojawiała. Patryk nie odważył się przedstawić bratu jeszcze żadnej.

Ta myśl zmroziła Wiktora. Despotą czy sadystą można być na wiele sposobów. Niekoniecznie trzeba brać do ręki pas albo kabel i bić do nieprzytomności. Ciągłe potępianie, poniżanie czy podłe słowo boli czasem bardziej niż uderzenie.

– Oglądać tę kamienicę czy nie? – przerwał mu te rozmyślania zniecierpliwiony głos młodszego brata. No tak, przecież nadal rozmawiają przez telefon.

– Obejrzyj i... wiesz co, dzieciaku? Wykorzystaj okazję, że faktycznie obaj jesteśmy daleko, i zabaw się w tym Krakowie. Gdyby cię przyskrzynili, masz prawo do jednego telefonu. Patryk cię wyciągnie.

– A ty swoje... – żachnął się Marcin, ale Wiktor mówi poważnie:

– Wystarczy, że ja w tym naszym popieprzonym trio nie potrafię korzystać z życia. Chociaż wy dwaj się tego nauczcie. Zaszalej, bracie, masz moje błogosławieństwo. Patrykowi, gdy tylko wróci, powiem to samo.

Po drugiej stronie zapadła na chwilę cisza, a potem odezwał się pełen zdumienia głos Marcina:

– Słyszycie to, niebiosa? Mój starszy brat normalnieje! Alleluja! Wypiję dzisiaj twoje zdrowie, Wiktor. Twoje i Patryka. I…

– Pij do woli, bylebyś dożył do rana i wrócił w miarę cały do domu.

Rozłączył się i uśmiechnął. Chyba uszczęśliwił właśnie swojego młodszego brata. I to nie pozwoleniem na picie do rana, a… na normalność. Bo przystojny, wolny i bogaty facet w wieku Marcina to właśnie powinien robić po pracowitym dniu: dobrze się bawić, a nie udawać, że się dobrze bawi pod kontrolą wściekłego i znudzonego Patryka.

Wiktor nadal stał w oknie i patrzył na wieczorne niebo.

Jak można pomóc drugiemu z braci?

Patryk nie ustępował urodą i inteligencją Marcinowi, a jeśli chciał, potrafił przyćmić ich obu urokiem lub krótką, celną ripostą, ale tylko w biurze czy w kancelarii prawniczej. Na co dzień był – do czego nie przyznałby się nawet na torturach – nieśmiały i wycofany. Zamknięty we własnym świecie, do którego nawet dwie najbliższe mu istoty, którym ufał bezgranicznie – jego bracia – nie miały wstępu.

Marzył jednak o tym samym, co oni: szczęśliwej, pełnej rodzinie. Żonie. Dzieciach.

Spotykał kobiety, to oczywiste, w pracy, na ulicy, w klubach, do których ciągnął go Marcin, a mimo to... ciągle oceniał je oczami nie swoimi, a Wiktora. Co starszy brat powiedziałby o tej? A co o tamtej? Ta by się mu pewnie nie spodobała, zbyt wyzywająco ubrana, a ta ma za ostry makijaż, z tą zaś nie można porozmawiać o niczym więcej niż tipsach...

Wiktor potarł twarz. Boże, co on tym swoim dzieciakom zrobił?! Tak ich wytresował, że stali się jego kopiami, zamiast pozostać sobą! A przecież chciał ich przed tym ocalić! Pragnął tylko i wyłącznie ich szczęścia!

Opadł na kanapę, pokonany przez samego siebie. Pod powiekami poczuł palące łzy. Mimowolnie zaszczepił braciom strach przed miłością, czy raczej jej utratą. Nie kochaj, bo będziesz cierpiał. Ile mieli lat, gdy spotkał Gabrysię? Dwadzieścia trzy. Widzieli jego rozpacz. Widzieli, jak codziennie wychodzi w środku nocy, by chociaż spojrzeć w okna jej domu. Słyszeli, jak czasami walił pięścią w poduszkę, albo dla odmiany wgryzał się we własną pięść, by powstrzymać szloch.

Taką miłość im obu pokazał.

Pochylił się, wpił palce we włosy, nienawidząc w tej chwili samego siebie. Wiedział, co powinien zrobić już dawno temu, tego dnia, kiedy wrócił od Antoniego Leszeńskiego, po drodze kupując flaszkę parszywej wódki, a potem pierwszy i ostatni raz upił się do nieprzytomności, szlochając i bełkocząc coś bez sensu. Patryk i Marcin byli przy nim przez całą noc, nic nierozumiejący, przerażeni. Gdy się ocknął, jakimś cudem we własnym łóżku, siedzieli wpatrzeni w jego półprzytomne oczy.

– On wrócił? – odważył się zadać pytanie Marcin.

Już wtedy, w tamtej chwili powinien odpowiedzieć: „Tak. Wrócił i przypieprzył mi jak nigdy dotąd". Ale skłamał. Dla ich dobra.

– Nie. Zerwałem z Gabryśką. Dajcie mi spokój.

Wstał, odepchnął ich i zataczając się jak byle żul, w śmierdzącej, wymiętej marynarce, wyszedł, by do nocy włóczyć się po mieście, a potem stanąć pod domem Gabrysi i choć popatrzeć w jej okna.

Teraz nadszedł czas na wyznanie prawdy, albo zniszczy Patrykowi i Marcinowi życie. Musi się tylko zebrać w sobie. Musi się zdobyć na odwagę, by powrócić do tamtych dni, do samego początku, gdy oni mieli po pięć lat, a on leżał we krwi pośrodku pokoju i po raz pierwszy mówił bez słów swym braciom, skulonym pod łóżkiem niczym dwa przerażone króliki: „Milcz. Ani drgnij. Nie waż się nawet głośniej odetchnąć. Wytrzymaj. Milcz".

Majka odwiozła pana Antoniego do domu, upewniła się, że jest jedynie bardzo zmęczony, ale dożyje jutra, po czym jak na skrzydłach pobiegła do szpitala. Wcześniej jednak zawiozła bezcenne dokumenty do domu, by przypadkiem nie wpadły w ręce Gabrysi.

Teraz wchodziła do sali numer pięć, gdzie nadal na jednym z łóżek, tym pod oknem, leżała Julia z kroplówką podłączoną do przedramienia. Spojrzała na Majkę i próbowała się uśmiechnąć, ale słabo jej to wyszło. Jedno oko miała tak opuchnięte, że nie widziała przez nie wcale. Druga połowa twarzy była w nieco lepszym stanie, lecz i tak przyjaciółka wyglądała makabrycznie.

– Cześć, kochana, jak się czujesz? – Majka, czując, jak gardło ściska się jej w bolesny węzeł, pochyliła się nad przyjaciółką i pocałowała ją delikatnie w policzek.

– Tak jak wygląda – odpowiedziała za Julię Gabriela.

– A, czyli całkiem, całkiem – zażartowała Majka, gładząc przyjaciółkę po włosach. – Zadbałaś, by dostała leki przeciwbólowe i żeby zrobili jej wszystkie niezbędne badania? I zbędne też? – zwróciła się surowo do Gabrysi.

– A ty zadbałaś, by nie musiała wczoraj uciekać przez balkon? – Ta odgryzła się niespodziewanie dla samej siebie. Była zmęczona i zła. Nie tylko na Majkę, na siebie samą również, więc zaraz dodała: – To pytanie również do mnie. Co my dwie jako jej przyjaciółki zrobiłyśmy, by nie zostawić jej samej na pastwę tego psychopaty? Miałyśmy poczekać, aż zabierze swoje rzeczy, zejdzie do samochodu i przeniesie się do ciebie? Miałyśmy.

– Owszem, miałyśmy, ale Julia wyraźnie oraz trzykrotnie powiedziała, że zostaje z Tomusiem Łajzą. Jednym słowem: kazała nam spadać – odezwała się Majka obronnym tonem. Julia kiwnęła głową: tak było.

– Jeżeli trzeba, musimy chronić siebie nawzajem nawet przed nami samymi. Czy wiesz, Majka, jak wyglądałaś dzisiaj w południe, gdy tu wpadłaś?

Dziewczyna spłonęła rumieńcem wstydu. Dobrze, że Gabriela nie widziała jej rano, gdy się obudziła. Ale czy musi prać im sumienia właśnie tu i teraz? Nie może z tym poczekać, aż Julia wydobrzeje, wróci do domu – którego, swoją drogą, nie ma – i we trzy zastanowią się, co dalej? O to właśnie zapytała na głos.

– A co cię właściwie ugryzło, że wyżywasz się dzisiaj na mnie i na Julii? – dodała w następnej chwili. – Julia od pięciu lat trafia z rąk jednego Tomcia Łajzy w ręce drugiego, ja od pięciu lat kończę dzień z innym facetem, ty równie długo szukasz nie wiadomo właściwie czego. Co ci odbiło właśnie dzisiaj, Gabrielo Leszeńska?

– Właśnie to – odezwała się cicho, porażona słowami przyjaciółki, w których nie było złości czy gniewu. Jedynie proste stwierdzenie trzech faktów. – Że minęło pięć lat, a my stoimy w tym samym miejscu. Na progu psychiatryka. Nic się nie zmieniło.

W niewielkiej sali zapadła cisza. Długa, przerażająca cisza. Jakby nawet powietrze przestało krążyć.

Julia zacisnęła drugą powiekę. Majka nagle przyklękła przed Gabrielą, ujęła jej zimne dłonie w swoje i zaczęła łagodnie, cicho, jakby mówiła do rannego zwierzęcia:

– Gabi, wracaj do domu, odpocznij, miałaś ciężki dzień. Jutro rano, zanim tutaj przyjdziesz, zastanów się, kiedy zaczniesz być z nami szczera. Zasługujemy na prawdę. Kochamy cię jak siostrę. Byłyśmy z tobą w lepszych i gorszych czasach. Wiesz o nas wszystko, my o tobie nic. Tak. Racja. Stoimy na progu psychiatryka, tego samego, co pięć lat temu, ale ty wiesz, dlaczego my się tam znalazłyśmy, a swoją przeszłość przed nami zataiłaś, a to cholernie nie fair, bo w żaden sposób nie możemy ci pomóc. Jeżeli nie zdobędziesz się na ten krok, na szczerość, czy może odwagę, zostaniesz na tym progu do końca życia. Ale sama. Ja wyjdę i zabiorę ze sobą Julię. Przyrzekam to w tej chwili wam obu. Twój wybór, kochana, czy wychodzisz z nami, czy zostajesz.

Gabriela patrzyła w poważną twarz Majki wielkimi, pełnymi łez oczami. Każde słowo bolało, każde było jak uderzenie. A wszystkie prawdziwe.

Majka wstała powoli i przytuliła Gabrysię lekko, ale serdecznie.

– Chcę, żebyś wyszła z nami, Gabisiu – wyszeptała i wypuściła ją z objęć.

Gabriela kiwnęła głową, wzięła laptop i torbę, pogładziła Julię po ręce i wyszła krokiem człowieka pokonanego. Wyglądała w tej chwili dokładnie tak jak Wiktor Prado.

Prawda wyzwala, owszem. Ale czasami tym, co wyzwala, są demony przeszłości...

Słowa Majki wstrząsnęły mną bardziej, niż się jej wydawało. Bardziej, niż sama bym się jeszcze wczoraj do tego przyznała. Odkąd zobaczyłam ten domek, Leśną Polanę, powróciły wszystkie wspomnienia, i te dobre, najlepsze, i te straszne, z którymi jakoś nauczyłam się żyć.

Gdybyś chociaż powiedział mi prosto w twarz, wytłumaczył, a nie napisał jedno, zdawkowe zdanie, jakbym nic dla ciebie nie znaczyła: „Wybacz, ale muszę zerwać nasze zaręczyny", i jeszcze drugie, jakby miało mnie pocieszyć po takim ciosie: „Zawsze będę

Cię kochał"... Podrzuciłeś ojcu list i uciekłeś w nocy jak tchórz, Wiktor, a ty nie jesteś i nigdy nie byłeś tchórzem. Co się więc stało, że opuściłeś mnie w takiej chwili, gdy twoja miłość i wsparcie były mi najbardziej potrzebne?

Gdybyś odszedł w inny sposób, wyjaśnił, dlaczego nie możemy być razem, nawet jeśli przyczyną była inna kobieta... może nie popełniłabym błędu, jakim był Jacek? Może nie pozwoliłabym się tak głupio mu podejść, może nie pozwoliłabym, by zajął twoje miejsce, nie zgodziłabym się na ślub? A wtedy nie wydarzyłoby się to, co do dziś boli najbardziej...

Gabriela podwinęła bluzkę i spojrzała na dwie okrągłe blizny po kulach, szpecące brzuch. Dotknęła trzeciej, niedaleko serca.

Szkoda, że nie umiał lepiej celować... – pomyślała z goryczą. – *Umarłabym tego dnia razem z synkiem. Twoim synkiem, Wiktor. Nie ty do nas strzelałeś, ale ty masz naszą krew na rękach i życie naszego dziecka na sumieniu. Żałuję, że nigdy ci tego nie powiedziałam. Może cierpiałbyś tak jak ja, a nie bawił się w prezesa świetnie prosperującej rodzinnej firmy. Ale ja nie potrafię cię skrzywdzić, bo nadal, idiotka, kocham cię tak, jak pokochałam pierwszego dnia, gdy się spotkaliśmy...*

Życzę ci wszystkiego, co najlepsze, Wiktor. Miłej żony, ślicznych dzieci. Dom, i to niejeden, już pewnie masz. Ja jeszcze długo nie będę miała własnego, a dziecka już nigdy.

Majka miała rację. Stoję w tym samym miejscu, w którym byłam pięć lat temu, ale... nie chcę już nigdzie iść, o nic walczyć. Byłeś moją pierwszą i jedyną miłością, Wiktor, i niech tak zostanie. Nigdy więcej nikomu nie pozwolę się zranić. Zaufałam ci. Przyrzekałeś. I odszedłeś bez słowa wyjaśnienia... Życie bez miłości nie ma sensu, a ja nie chcę już żadnej innej. Poczekam, aż Julia wydobrzeje, i... pozwolę obu moim przyjaciółkom pójść dalej, swoją drogą. Zrobię to, przed czym ostrzegała mnie Majka. Ja dla siebie nie widzę już żadnej przyszłości. Przepraszam, moje kochane, najdroższe przyjaciółki. Przepraszam, tatusiu. Patrzę prosto w otchłań i widzę, jak ona patrzy we mnie...

Stała w środku nocy na balkonie dziewiątego piętra i wpatrywała się w dół. Boże, to byłoby takie łatwe. Jak Julia wczoraj: przełożyć jedną nogę przez barierkę, potem drugą, stanąć na chwilę prosto, pożegnać się ze światem, rozewrzeć ramiona jak do lotu i skoczyć w dół. Już nigdy więcej bólu, wspomnień i łez. Nigdy więcej zamartwiania się, skąd wziąć pieniądze na czynsz, na jedzenie, na leki...

W kieszeni dżinsów piknął esemes, cicho, ale Gabriela aż drgnęła. Nagle zdała sobie sprawę, że połową ciała zwisa z barierki balkonu, wpatrzona w czerń. Cofnęła się. Oderwała oczy od hipnotyzującej otchłani i sięgnęła po komórkę.

Wiadomość była od Majki: „Kochamy Cię obie: Jula i ja. Nie jesteś sama. Bez ciebie nigdzie się nie ruszamy, kpw?". Uśmiechnęła się przez łzy. Pogładziła ekran palcem i wróciła do pokoju, czując przenikliwe zimno, którego dotąd nie zauważała.

Usiadła przy biurku, otworzyła tabelę z kolejnym kosztorysem i znów poczuła tę samą beznadzieję co przed chwilą.

Bez względu na to, ile będzie harować, nigdy nie wystarczy jej na godne życie. Na utrzymanie dwóch mieszkań, na coraz droższe leki ojca, na prąd, wodę, ZUS, podatki. Wynajmowała najtańsze mieszkanie w ohydnym bloku na Bielanach.

Mogłaby zamieszkać z ojcem, ale wiedziała, że on by tego nie chciał. Dopóki jeszcze radzi sobie sam, nie jest zniedołężniały, chce pozostać mężczyzną, a nie warzywem, mytym i podcieranym przez przybraną córkę. Mimo blizn, które szpeciły całe jego ciało, a może właśnie dzięki nim, nosił w sercu godność i Gabriela nie śmiała jej deptać. Raz, kilka lat temu, gdy ciężko zachorował i opiekowała się nim po powrocie ze szpitala, na widok „pamiątek" po tym, co mu zrobiono, nie mogła powstrzymać się od płaczu. Łzy same cicho, bezgłośnie, zaczęły skapywać na jego przypalane papierosami piersi, na plecy siekane bez litości batem, prętem, drutem, na ramię przecięte pięcioma głębokimi szramami…

– Gabrysiu, proszę – wyszeptał z głową odwróconą do ściany.

Przełknęła łzy. Dokończyła przecieranie trawionego gorączką ciała ojca wilgotną gąbką. Ucałowała jego zapadnięte policzki. Nazajutrz poprosił, by wezwała pielęgniarkę, i już nigdy nie pozwolił córce, by opiekowała się nim w chorobie sama. Jej łzy bolały go nie mniej niż te blizny.

Rozumiała to i szanowała. Dlatego będzie pracować tyle, ile trzeba, i utrzymywać dwa mieszkania, dopóki ojciec radzi sobie sam. Nie prosił o litość oprawców i nie chciał litości od Gabrieli.

Tylko z pieniędzmi, do czego mu się nie przyznała, ale pewnie się tego domyślał, było coraz bardziej krucho... Kiedyś marzyła o studiach. O zaocznej architekturze. Dzisiaj jej marzenia ograniczały się do przeżycia od pierwszego do pierwszego. Bez względu na to, ile weźmie zleceń i jak długo będzie harować, nigdy nie wyjdzie z tej matni. Nigdy.

Myśl, że po śmierci ojca mogłaby sprzedać jego mieszkanie, kupić wymarzony domek i odetchnąć finansowo, nawet nie powstała Gabrieli w głowie. Nie miała pojęcia, jak to będzie, gdy zostanie kiedyś sama, i nie chciała sobie tego wyobrażać.

Zdecydowanym kliknięciem otworzyła plik i zaczęła wypełniać kolejne wiersze i kolumny niekończących się tabel. To było pilne, a dzięki temu ekstrapłatne zlecenie...

Ledwo żywa przywlekła się nazajutrz koło południa do szpitala.

– Wyglądasz jak zombie – zauważyła z troską Majka, po której również było widać nieprzespaną noc.

– Dzięki. Ty nie lepiej. Jak się czujesz, Julijka? – Gabriela pochyliła się nad przyjaciółką, wyglądającą najgorzej z nich wszystkich, i odgarnęła kosmyk włosów z jej czoła.

– Nieźle – wyszeptała z trudem Julia.

Popękane i spuchnięte usta nadal sprawiały jej nieznośny ból, a jedno oko nie dawało się otworzyć. Prawdę mówiąc, to „nieźle" było trochę na wyrost, bo czuła się jak przejechana przez pociąg, ale nie chciała przysparzać zmartwień przyjaciółkom. I tak była wdzięczna Bogu, że je ma. Gdyby nie

Majka i Gabrysia, leżałaby tu zupełnie sama, od czasu do czasu kontrolowana przez pielęgniarkę z jej zdawkowym „i jak tam?".

– Wracaj do domu, odeśpij tę noc. – Gabriela zwróciła się do Majki. – Ja jak zwykle mam co robić.

Usiadła na krześle obok łóżka chorej i położyła na kolanach laptop, gdy nagle poderwała głowę i znów spojrzała na przyjaciółkę:

– Ty nie powinnaś być w pracy? Jeśli wyrzucą cię z firmy...

– Nie wyrzucą. – Majka machnęła niefrasobliwie ręką. Tyle razy robiła szefowi dobrze pod biurkiem, że niechby tylko śmiał ją wyrzucić... – Mam zaległy urlop, to go sobie wzięłam. – Patrzyła na Gabrielę trzymającą na kolanach otwarty laptop. – Tobie się to jeszcze nie znudziło?

– Co? – w pierwszej chwili nie zrozumiała.

– Te tabelki. Ile lat już je tak wypełniasz?

Gabriela zamyśliła się na moment.

– Dwadzieścia trzy. Zaczęłam w pierwszej klasie liceum.

– Od ponad dwudziestu lat wypełniasz tabelki... One się chociaż czymś różnią?

– Nieszczególnie. A co, chcesz mnie zastąpić? O co ci w ogóle chodzi? – Te pytania stawały się coraz bardziej irytujące. Gabriela siedziała nad cholernym kosztorysem niemal do rana, zdrzemnęła się zaledwie parę godzin i jeśli nie skończy go do piętnastej, z premii nici. Czy Majka może już sobie iść?

– O nic. Tylko... – Tu Gabriela westchnęła ciężko i przewróciła oczami, ale przyjaciółka ciągnęła niezrażona:

– Jesteś zdolna i inteligentna. Nie mogłabyś robić czegoś bardziej ambitnego niż wypełnianie tych cholernych tabelek?

– Nie mam bogatych rodziców, którzy zafundują mi studia i dom, księżniczko. Już o tym rozmawiałyśmy.

– Pod mostem nie mieszkasz, a jakiś kurs czegoś bardziej zajmującego nie jest chyba taki drogi.

– Na kurs trzeba mieć siły i czas, pracowita pszczółko, a ja, gdy mam czas, biorę dodatkowe zlecenie, a potem nie mam już ani jednego, ani drugiego. Daj mi spokój, co? Wczoraj o psychiatryku, dzisiaj o tabelkach. Zajmij się swoim arcyciekawym życiem, Majeczko. Wpadł tu w nocy jakiś przystojny doktorek czy spędziłaś ją w towarzystwie li tylko Julii?

Cios był celny.

– Mogłabym ci pożyczyć pieniądze na studia. Wiesz o tym – odparła Majka z ledwo hamowanym gniewem.

– Nie chcę pożyczek. Nie chcę litości.

– To nie jest żadna litość! Jesteś taka sama jak twój ojciec: uparta i dumna! Oboje odrzucacie pomoc przyjaciół, bo Leszeńscy muszą sobie radzić sami!

– Jak wiesz, to nie jest mój biologiczny ojciec, a porównaniem do niego raczej mi pochlebiłaś, zamiast obrazić – odparła Gabriela. – Dopóki radzimy sobie sami, będziemy sobie radzić. Gdy przestaniemy, poprosimy o pomoc.

– Nigdy żadne z was nigdy nie poprosi o pomoc – odrzekła cicho Majka. – Będziecie przymierać głodem, ale o pomoc nie poprosicie. Nasza wczorajsza rozmowa nic nie dała. Jesteś niereformowalna – dokończyła z beznadzieją w głosie.

Julia od dłuższej chwili błagała ją wzrokiem, by dała spokój.

Gabriela siedziała nieruchomo, zaciskając palce na laptopie coraz silniej. Wreszcie powoli uniosła pociemniałe z gniewu oczy i wycedziła:

– Zacznij zmieniać świat od siebie. Ja może wypełniam od dwudziestu lat te same tabele, ale mogę sobie co rano bez wstydu spojrzeć w oczy. Ty to potrafisz?

Majka chwyciła swoją torebkę, odwróciła się na pięcie i wybiegła z sali.

Gabriela powoli rozwarła palce zaciśnięte tak mocno, że aż bolało. Opadła na oparcie krzesła i zacisnęła powieki. Była śmiertelnie zmęczona. Pracą, życiem i przyjaciółmi. Otchłań zdawała się coraz bardziej kusząca...

– Ona chce ci tylko pomóc – rozległ się cichy szept Julii. – Podzielić się z tobą tym, co ma, żeby dostać to, czego nie ma.

Gabriela powoli otworzyła oczy. Wpatrywała się w sufit.

– Nie musi kupować mojej miłości. Ma ją za darmo.

– A szacunek?

Przeniosła spojrzenie z sufitu na Julię. Patrzyły na siebie długą chwilę. Gabriela pierwsza odwróciła wzrok.

Pół godziny później Majka, przebrana w elegancką garsonkę i lekko umalowana, prowadziła czerwoną mazdę wściekle szybko i nieuważnie. Już parę razy ją otrąbiono, ale miała to gdzieś. Gnała – choć nie wiedziała, dlaczego jej tak spieszno – do tej durnej chałupy, żeby spisać numer telefonu i pogadać z właścicielami o kupnie.

Kupnie domu dla przyjaciółki, która nią gardzi.

– Ale z ciebie naiwna idiotka... – zaśmiała się gorzko. – Gabi nawet nie okaże ci wdzięczności za tę chałupę, bo nie dowie się, że to ty dałaś na nią pieniądze. A co do pogardy... „Jesteś tego warta" – jak to mówią w reklamie. Zasłużyłaś sobie na to, Majeczko.

Na wspomnienie wczorajszego przebudzenia żółć podeszła jej do gardła. Zahamowała z piskiem opon, tak że jadący z tyłu samochód omal się o nią nie rozbił, i nie zważając na wściekłe trąbienie nie mniej wściekłego faceta, wyskoczyła z auta, obiegła je i zwymiotowała na poboczu.

Tamten przestał ujadać, cofnął, minął ją i odjechał.

Majka oparła się o drzewo. Była zlana zimnym potem. W ustach miała ohydny, kwaśny smak. Musi sobie zafundować lobotomię, bo ilekroć wspominała rozwalonego, spasionego basiora, obok którego się wczoraj obudziła... o, znów... Nagle zmroziła ją inna myśl. Znacznie gorsza niż wspomnienie wczorajszej nocy.

Na miękkich nogach wróciła do mazdy, trzęsącymi się rękami przekręciła kluczyk. Chwilę potem parkowała pod najbliższą apteką. Kwadrans później wbiegała bez tchu do toalety na stacji benzynowej.

Czekała wymagane pięć minut, zaciskając powieki z całych sił i modląc się gorąco do Boga, po czym otworzyła oczy, wstrzymując oddech, spojrzała na wynik testu i rozpłakała się.

ROZDZIAŁ X

– Słuchaj, bracie, czy jestem wam pilnie potrzebny, czy mogę zabalować w tym Krakowie trochę dłużej? – rozległ się w telefonie Wiktora głos Marcina. Ponieważ w pokoju był Patryk, Wiktor przełączył na głośnomówiący.

– Tak ci się wolność spodobała?

– Gdy wrócę i wam opowiem, gdzie i z kim spędziłem ostatnią noc, nie uwierzycie… – Zaczął się śmiać. Tak szczerze i serdecznie, że Wiktor posłał Patrykowi zdumione spojrzenie.

– Jak ciebie znam… – zaczął, ale Marcin przerwał mu:

– Nawet nie próbuj zgadywać. Mogę zostać czy mam wracać?

– Ćpałeś coś? – zapytał podejrzliwie Patryk. Tak radosnego bliźniaka o tak wczesnej porze chyba nigdy nie słyszał.

– Ja nie ćpam, od kiedy przyrzekłem wam, że więcej tego nie zrobię – wycedził tamten. – I jestem niemal zupełnie trzeźwy. Nie byłem również na dziwkach.

– To nie wiem, z czego możesz być tak zadowolony...

Tamten znów się roześmiał.

– Mnie samego to dziwi, ale okazuje się, że można super spędzić noc bez picia na umór, kobiet i narkotyków, jeśli się znajdzie fajne towarzystwo. Opowiem wam jutro, bo dziś jesteśmy umówieni na powtórkę. Nara.

– Umówieni? Był w klubie dla gejów czy co? – Patryk patrzył na gasnący wyświetlacz telefonu Wiktora równie zdumiony co starszy brat.

– Tak się kończy spuszczenie ze smyczy – mruknął Wiktor. – Ciebie chyba przytrzymam na niej nieco dłużej.

– Jak będę chciał, to sam się zerwę – prychnął Patryk. – Jestem pełnoletni, braciszku, choć często zdajesz się o tym zapominać. Jedziesz ze mną do Pułtuska kupować tę swoją ruinę czy mam cię wyręczyć?

– Jedź sam. Za bardzo mi na niej zależy. Gdyby coś poszło nie tak, chybaby mnie krew zalała.

– Mam umowę przedwstępną, Gomółkowie już pewnie przepili zaliczkę, więc co może stanąć nam na przeszkodzie? – Patryk wzruszył ramionami, pożegnał się żartobliwym salutem i ruszył do drzwi, pobrzękując kluczykami od porsche.

Pewnie by się zdziwił, gdyby mu powiedziano, że to coś, czy raczej ten ktoś, kto stanie braciom Prado na drodze do Leśnej Polany, właśnie podjeżdża pod nią śliczną czerwoną mazdą.

Majka wysiadła pod domem, skąpanym w promieniach popołudniowego słońca, już zupełnie spokojna. Wcześniej poprawiła w lusterku wstecznym makijaż, przejechała błyszczykiem po ustach i teraz, brodząc w niekoszonej od dawna trawie, wdychała świeże, leśne powietrze i cieszyła się mimo wszystko urokiem tego miejsca. Zapachem kwitnącej lipy, śpiewem ptaków, żywą zielenią otaczającej ją przyrody. Może taki domek w lesie to niegłupi sposób na rozpoczęcie nowego życia? Może ona sama powinna znaleźć podobny azyl dla siebie i uciekać przed swoimi demonami do leśnej głuszy zamiast w ramiona coraz to nowych, obcych facetów? Trzeba się nad tym zastanowić...

Usiadła na ławeczce pod lipą, przymknęła powieki i przez długą chwilę rozkoszowała się spokojem panującym dookoła. Nagle gwałtownie otworzyła oczy i wbiła spojrzenie w okno, gdzie powinna być tabliczka z numerem telefonu.

Zniknęła!

Majka poderwała się na równe nogi. Błogi spokój prysł jak bańka mydlana.

Może spadła? Podbiegła pod dom, przeszukała okolice, obiegła go dookoła. Tabliczki nigdzie nie było.

Szarpnęła za klamkę. Drzwi ani drgnęły.

I co teraz? Przecież nie zadzwoni do Gabrieli jak gdyby nigdy nic zapytać o ten numer telefonu! Musi znaleźć właścicieli, tylko gdzie ich szukać?!

U sołtysa – podpowiadał rozsądek. Tyle że Majka nie wiedziała nawet, co to za wieś! Na szczęście wiedział to jej smartfon...

– Bardów Duży – powtarzała za aplikacją, wskakując za kierownicę i ruszając tak gwałtownie, jakby od znalezienia sołtysa miało zależeć jej życie. – Może być i Bardów, nawet Duży, byle ten dom był nadal na sprzedaż, bo jeśli się okaże, że to już nieaktualne… – Wolała nawet nie myśleć, co wtedy. Musiałaby siłą wyrwać go z gardła nowym właścicielom, bo może jej życie od posiadania Leśnej Polany nie zależało, ale już życie Gabrysi owszem.

Nawigacja co chwila traciła zasięg i orientację, gdzie w ogóle się znajdują, więc Majka błądziła nieco, zanim wyjechała w końcu na główną drogę wsi. Potem – a wokół żywego ducha, którego można podpytać – musiała jeszcze odnaleźć dom sołtysa, odszukać go w oborze, odganiając ujadającego kundla i…

– Nie, pani, ta chałupa w lesie nie należy do Bardowa. Ej, Kazek, ta chałupa w lesie…

– Jaka chałupa? – rozległo się z drugiej strony obory, zupełnie jakby ów Kazek nie przysłuchiwał się przez cały czas, o czym sołtys rozmawia z miastową.

– No ta, z balkonem.

– Aaaa, ta. To już chyba Środoń.

– A nie Przygodne czasem?

Kazek podszedł, zdjął czapkę i zafrasowany drapał się długą chwilę w łysą czaszkę.

– Może być i Przygodne.

– Taaa, to chyba Przygodne. Pani tam popyta.

– A gdzie jest to Przygodne? – Majka naprawdę starała się być grzeczna i cierpliwa, ale kosztowało ją to coraz więcej wysiłku. Czuła, że czas się kończy, i to przeczucie jeżyło jej włosy na karku.

Sołtys wyszedł na drogę i zaczął tłumaczyć tak zawile, że Majka straciła orientację już po „starej wierzbie na rozstajach".

– Ale prościej będzie, jeśli wrócisz pani na główną asfaltówkę i skręcisz w pierwszą w lewo, za drogą do tej chałupy. Na końcu to właśnie Przygodne.

Majka miała ochotę go skląć, bo od tego mógł zacząć, zamiast tego jednak podziękowała grzecznie, zawróciła niemal w miejscu swoją mazdą i pognała wyboistą drogą ku asfaltowi, tak jak ją ponownie ogłupiała nawigacja usiłowała poprowadzić.

Na szczęście drogę do Przygodnego znalazła szybciej. Ale już sołtysa wcale. Dom z czerwoną tabliczką był zamknięty na głucho.

Za to zza płotu wychylił się ciekawski sąsiad. Takie samochody – nieco już przykurzone – i takie kobiety, całkiem przyjemne dla oka, rzadko w tych okolicach widywano.

– Sołtys w mieście, do doktora pojechał z dzieciakiem – wyjaśnił, zanim zdążyła zadać pytanie.

Szczęśliwa, że ktoś życzliwy chce jej pomóc, podbiegła do rosłego, barczystego faceta, który taksował ją wzrokiem, żując od niechcenia źdźbło trawy.

– Ja właściwie nie o sołtysa chciałam zapytać, a o właścicieli domu w lesie, tej starej chałupy z balkonem – wyjaśniła na jednym oddechu.

– Aaa... O Gomółków...

– T-tak, o Gomółków. Wie pan może...?

– Co sobie będziemy „panować", Marian jestem. – Wyciągnął do niej przez płot wielką jak łopata, spoconą rękę. Uścisnęła ją i rzuciła pospiesznie:

– Majka. Więc ci Gomółkowie, to…

– Może wstąpisz na herbatę albo kawę? Żona jeszcze w pracy… – zawiesił głos z nadzieją, że ta piękna istota rzeczywiście skorzysta z zaproszenia, a wtedy… kto wie, co mu da za informację o Gomółkach.

– Z chęcią, ale nie teraz. Spieszę się. To sprawa życia i śmierci – odparła, rzeczywiście coraz bardziej wierząc, że tak jest.

– Młodzi Gomółkowie opijają sprzedaż tej chałupy… – zaczął.

Majka jęknęła. Nogi się pod nią ugięły i musiała się przytrzymać płotu.

– A starsi u notariusza, podpisują papiery.

Natychmiast się wyprostowała.

– U którego notariusza? Wiesz może? Proszę… – Złożyła błagalnie dłonie.

– A dasz chociaż buziaka? – Uśmiechnął się szeroko.

– Dam, ale nie teraz. U którego…?

– W mieście.

– W Warszawie?! – Znów jęknęła. W oczach rozbłysły jej łzy frustracji i zawodu.

– Nie we Warszawie, tutaj, w Pułtusku.

I znów przypływ nadziei. W Pułtusku musi być nieco mniej notariuszy niż w Warszawie. To pewne.

– Wiesz może, u którego? Na jakiej ulicy?

Ale Marian już wzruszał ramionami, a ona już biegła do mazdy, pytając swój smartfon o kancelarie notarialne w Pułtusku.

W pierwszej żadnych Gomółków nie znalazła. W drugiej również nie. Dopiero w trzeciej…

Była dokładnie szesnasta trzydzieści osiem, gdy po odczytaniu aktu notarialnego państwo Gomółkowie złożyli pod nim podpisy.

Patryk Prado właśnie wyjmował z kieszeni marynarki wieczne pióro, które miał na takie okazje, by przypieczętować w imieniu i z pełnomocnictwa brata zmianę właściciela Leśnej Polany, gdy do pokoju wpadła jakaś dziewczyna i łamiącym się głosem krzyknęła:

– Nie! Stop! Ten dom nie może być sprzedany!!!

Za nią wsunęła się skruszona sekretarka i rozłożyła ręce, widząc osłupiałe spojrzenia wszystkich zgromadzonych w środku osób.

– Ta pani zapytała o państwa Gomółków, więc…

Patryk, z piórem w uniesionej nad dokumentem dłoni, patrzył na nieznajomą z takim samym zdumieniem jak pozostali. I jako najprzytomniejszy zapytał łapiącą oddech dziewczynę:

– Z jakiego niby powodu? Kim pani jest?

– Z powodu roszczeń! – wypaliła Majka, bo nic innego nie przyszło jej na myśl.

Gnała przez wieś Pogodną, czy Przygodną, niech ją szlag, potem do Pułtuska, potem jego ulicami, z kancelarii do kancelarii w takim tempie, że na pewno przejechała po drodze jakąś kurę, jeśli nie dwie. Ale zdążyła. Tylko nie miała czasu wymyślić dobrego powodu, dla którego Leśnej Polany nie może kupić ten człowiek, który... wydał się jej podejrzanie znajomy. Oczy jej zokrąglały. Albo to był tamten bajeczny facet z klubu, albo... Nie, to nie mógł być on, bo tamten nie pytałby, kim ona jest, tylko poznałby Majkę od razu, zresztą nieważne...

– Mam roszczenia do tego domu! – powtórzyła z uporem.

– Co ta kobita bredzi?! – krzyknął nagle Gomółka. – I kim ona jest? Dom kupilim legalnie, od Jaślaków, ze dwadzieścia lat temu, i nikt nam nie mówił o żadnych roszczeniach!

– Ma pani jakieś dokumenty na potwierdzenie swoich słów? – zapytał urzędowym tonem notariusz.

– Mam pełnomocnictwo... – zaczęła Majka, wiedząc, że to nie wystarczy. Nie miała żadnych praw do wstrzymywania sprzedaży. Mogła jedynie próbować...

Zwróciła się do niebieskookiego mężczyzny, który mierzył ją uważnym i, co oczywiste, mało przyjaznym spojrzeniem.

– Proszę pana, to sprawa życia i śmierci. Moja przyjaciółka, Gabrysia, chciała kupić ten dom. Już dawno temu chciała go kupić...

Na słowo „Gabrysia" młody mężczyzna nagle się wyprostował, powoli chowając pióro z powrotem do kieszeni. Majka, widząc w tym swoją nadzieję, mówiła coraz szybciej:

– Ona... ten dom... był i jest jej marzeniem. Jej ojciec, to znaczy ja, wspólnie właściwie, zebraliśmy pieniądze na ten domek. Ona musi go mieć, rozumie pan. Nie może go stracić po raz drugi. To całkiem złamie jej serce. Ja odkupię ten dom po takiej cenie, jaką pan sobie zażyczy. Może być wyższa, tylko proszę... – głos się jej załamał. Była gotowa paść tutaj, przed tym człowiekiem na kolana, jeżeli to mogło w czymkolwiek pomóc.

– Zebrała pani pieniądze na dom dla przyjaciółki, Gabrysi...? – Patryk zawiesił głos i wstrzymał jednocześnie oddech, bo jeśli padnie to nazwisko...

– Tak. Gabrysi Leszeńskiej.

Więc jednak!

– Powinna pani wiedzieć – zaczął powoli, ważąc każde słowo – że Wiktor też chce go mieć. Z tych samych powodów.

Majka uniosła brwi.

– A kim jest Wiktor?

Patryka zatkało.

– Jest pani przyjaciółką Gabrieli Leszeńskiej i nie wie pani, kim jest Wiktor?!

– Niewiele wiem o jej przeszłości. Znam ją od pięciu lat, ale... jest bardzo skryta – odparła, przeklinając w duchu Gabrielę i jej tajemnice. Wyszła właśnie na idiotkę przed tym facetem.

Patryk spojrzał na Majkę z politowaniem.

– Wiktor był jej narzeczonym, którego ona bardzo nieładnie puściła kantem.

Majka zmrużyła lekko oczy, a potem wycedziła podobnym tonem:

– Którym narzeczonym? Tym, co zerwał z nią zaręczyny, czy tym, co do niej strzelał?

Patryk oniemiał. Podszedł do Majki, wziął ją pod łokieć, rzucił przez ramię: „Przepraszamy państwa na chwilę", i wyprowadził ją z pokoju, a potem z kancelarii.

Drżała na całym ciele tak, że odruchowo zdjął marynarkę i nałożył jej na ramiona. Podziękowała mu spojrzeniem. On wyciągnął z kieszeni telefon, wybrał numer i gdy tylko brat odebrał, rzucił:

– Wiktor, mamy problem.

– Wiedziałem – usłyszał syknięcie po drugiej stronie.

– Ten problem nazywa się Gabriela Leszeńska.

Zapadła cisza.

Majka słyszała bicie własnego serca.

– Jest tam Gabriela? – padło wreszcie pytanie, zadane zduszonym tonem.

– Jest tu ze mną jej przyjaciółka, która chce w imieniu Gabrieli, czy na mocy jej pełnomocnictwa, kupić Leśną Polanę. Nie zdążyliśmy tego ustalić, ale jeśli chcesz, zaraz to zrobię.

– Nie chcę – uciął Wiktor. – Zabezpiecz dom tak, by nikt inny nie mógł sprzątnąć go nam sprzed nosa, a przyjaciółkę Gabrieli przywieź tu do mnie. Jeżeli będzie miała coś przeciwko, kupuj dom.

– Nie mam nic przeciwko – zapewniła pospiesznie Majka. – Wszystko wyjaśnię.

– Okej, bracie, spodziewaj się nas za jakieś półtorej godziny – odrzekł Patryk.

Wiktor rozłączył się bez pożegnania.

Zaraz po rozmowie z bratem Patryk poprosił Majkę, by poczekała w sekretariacie. Potem zrobiło się małe zamieszanie, coś zmieniali w akcie, liczyli jakieś pieniądze, a przynajmniej tyle zdążyła podejrzeć, po czym młody mężczyzna wyszedł, uśmiechając się lekko, i rzucił do niej:

– Załatwione. Dom jest bezpieczny. Przyjechała pani własnym samochodem czy mam panią podwieźć? Jeśli własnym, spotykamy się pod hotelem Bristol na Krakowskim. Wie pani, gdzie to jest, oczywiście?

– Wiem. Będę tam.

Gdy dojechała, już czekał w jednym z wygodnych foteli w hallu. Na widok Majki, pospiesznie poprawiającej włosy i garsonkę, wstał.

– Musi pani wiedzieć...

– Bardzo proszę mówić mi po imieniu – zwróciła się doń błagalnie.

Wyczuwała w nim sprzymierzeńca, zaś legendarny Wiktor, którego imienia do dziś nie znała... Coś czuła, że nie zostaną przyjaciółmi...

– Z przyjemnością. Musisz więc wiedzieć, że Wiktor jest dość drażliwy na punkcie Gabrieli.

– Ale w sensie pozytywnym czy negatywnym? To on z nią zerwał, z tego, co wiem. Ona nadal go kocha. Jest sama. Nigdy nie słyszałam, by mówiła o jakimś innym mężczyźnie...

– Skoro nie mówiła nawet o Wiktorze... Najbliższej przyjaciółce... – Przepuścił ją w wyjściu z windy.

– Nawet nie wiesz, jakie przeszła piekło... – zaczęła Majka.

– Ale wiem, jakie piekło przeszedł mój brat – przerwał jej. – Zapraszam – dodał, otwierając przed nią drzwi. Zatrzymała się na progu długiego korytarza z mocno bijącym sercem i wstrzymanym oddechem, jakby zaraz miała skoczyć na głęboką wodę, weszła do środka, gdzie po drugiej stronie wielkiego, wspaniałego apartamentu stał, wbijając w nią wilcze spojrzenie, Wiktor Prado.

Majka wyobrażała sobie wielką miłość Gabrysi... właściwie nie miała żadnych wyobrażeń. Gdyby miała opisać, jaki typ mężczyzny pasuje do jej zazwyczaj cichej, przygaszonej, łagodnej przyjaciółki, musiałaby sama przed sobą przyznać, że raczej taki, który uparcie wybierała Julia: Misio-Pysio, któremu Gabi obiadek ugotuje i kapcie poda, a potem wtuleni w kanapę będą oglądali Teatr Telewizji. Nigdy, ale to nigdy w życiu nie przypuszczała, że Wiktor Prado będzie... tak fascynujący z jednej strony i tak... przerażający z drugiej.

Stał oparty plecami o balustradę balkonu, z rękami splecionymi na piersiach i mierzył ją ostrym, przenikliwym spojrzeniem czarnych oczu. Nie tyle przystojny, co wręcz piękny, ubrany w czarną koszulkę polo i czarne spodnie, normalnie wywołałby u Majki żywsze bicie serca, ale ona zapragnęła zrobić w tył zwrot i zacząć tę znajomość może w innych okolicznościach.

Patrzył na nią jak wilk oceniający swoją ofiarę. Długo będzie się bronić czy nie?

Gdy ruszył ku niej, Majka zmieniła zdanie. To był lew zastanawiający się od niechcenia: zagryźć od razu czy zostawić na później?

Mimo to zrobiła krok w przód, wyprostowała się i uniosła lekko głowę. Była gotowa na konfrontację. W imię Gabrieli i dla niej.

Wiktor rzeczywiście był wściekły z powodu tak niespodziewanej komplikacji. Jego plan był prosty: kupi Leśną Polanę i gdy przyjdzie wreszcie ten czas, podaruje ją Gabrieli, tak jak kiedyś to przyrzekł właśnie tam, pod drzwiami tego domu, wsuwając na jej serdeczny palec pierścionek z dwoma szafirowymi serduszkami. Ten sam, który teraz nosił na łańcuszku, ukrytym pod koszulą.

Tymczasem pojawia się ta dziewczyna – przelotnie zauważył jej ognistą, latynoską urodę, która na nim, co takich dziewczyn mógł mieć na pęczki, nie zrobiła żadnego wrażenia – i przewraca jego plan do góry nogami z bliżej nieznanych mu powodów.

Gdy ruszył ku niej, miał mordercze zamiary, które oczywiście wyczuł jego młodszy brat. Patryk stanął u boku młodej kobiety i rzucił jak gdyby nigdy nic:

– Oto nasza niespodzianka: panna Majka Trojanowska, serdeczna przyjaciółka twojej byłej ukochanej. Może się zresztą okazać, że nie takiej byłej…

– Choć raz byś się, Patryk, zamknął – warknął Wiktor, ale twarz mu złagodniała, co nie uszło uwagi Majki. – Zabezpieczyłeś dom?

– Owszem. Podpisałem akt warunkowo. Warunkiem jest to, iż Gabriela Leszeńska osobiście lub przez pełnomocnika zrzeknie się swoich ewentualnych roszczeń, o ile takowe istnieją…

– Przecież wiemy, że nie istnieją.

– Gdybyś pozwolił mi dokończyć…

– Kończ – zatrzymał się dwa kroki przed nimi obojgiem, ignorując na razie Majkę, za co była wdzięczna losowi.

– Czas, by to stwierdzić, mamy do jutra. Jutro o szesnastej Gomółkowie spotykają się z nabywcą domu u tego samego notariusza. Na wszelki wypadek, gdyby pojawił się ktoś trzeci, podniosłem zadatek do stu tysięcy. Gdyby chcieli sprzedać dom komu innemu niż tobie albo Gabrieli, muszą zwrócić dwieście, a jestem pewien, że część jeszcze dziś przehulają.

Wiktor, dotąd gotowy wgryźć się komuś w krtań, nagle... uśmiechnął się do brata, ciepło, serdecznie i z prawdziwym rozbawieniem, a Majka niemal zakochała się w tym uśmiechu. Za męża Wiktora Prado by nie chciała, za bardzo ją przerażał, ale chciałaby takiego brata albo przyjaciela, który teraz serdecznie zaciska dłoń na ramieniu Patryka i rzuca krótkie, pełne wdzięczności:

– Dobrze się spisałeś, Pat. Zawsze można na ciebie liczyć.

Przeniósł spojrzenie na Majkę i uśmiech zgasł.

– Proszę mi teraz wyjaśnić, pani Trojanowska, jakie to roszczenia może mieć... no właśnie: kto?

– Wolałabym, żeby mówił mi pan po imieniu – zaczęła z niezwykłą jak na siebie nieśmiałością.

– Nie ma sprawy. Ja wolałbym jednak, byś zwracała się do mnie „panie Prado".

Majkę zatkało. Czegoś takiego się po tym człowieku nie spodziewała. Nagle poczuła wściekłość – co ona tu w ogóle robi?! – i gniew. Naprawdę dużo ją kosztowało, by odpowiedzieć powoli i spokojnie:

– Gdy przestanie pan, panie Prado, sobie panować, wrócimy do rozmowy. Na razie żegnam ozięble.

Odwróciła się i ruszyła do drzwi.

Zatrzymał ją cichy śmiech tego mężczyzny i słowa Patryka skierowane do Wiktora: – Idiota, ty jak coś palniesz… – oraz do Majki: – On żartuje, czasem ma takie odbicia, ale to tylko dziwne poczucie humoru mojego durnego brata.

Majka zatrzymała się z ręką na klamce drzwi. Wiktor podszedł do niej, przytrzymał tę dłoń i odezwał się już zupełnie innym tonem, w którym pobrzmiewał to samo ciepło co wtedy, gdy zwracał się do Patryka:

– Przepraszam, Majka. Rzeczywiście lubię sprawdzać nowo poznanych ludzi, szczególnie tych, co stają mi na drodze do celu. Cieszę się, że to zrobiłaś, cieszę się, że pokazałaś charakter. Mam cię w garści, a ty mimo to potrafisz się postawić…

– Mylisz się, Wiktor – odparła, patrząc poważnie w jego czarne oczy. – To nie mnie masz w garści. Mnie ta chałupa zwisa i powiewa, mógłbyś ją kupić i zrównać z ziemią albo przerobić na kurnik. Ten dom potrzebny jest komuś, kogo kocham i kogo ponoć kochasz także ty. A wiesz po co? By ten ktoś ze sobą nie skończył, tak jak już nie raz próbował. Gabrysia ma na koncie próbę samobójczą. Podejrzewam, że niejedną. Dostała dwa strzały w brzuch i jeden w pierś. Straciła najpierw ukochanego – ciebie, później nienarodzone dziecko. Myślisz, że zniesie utratę tego domu? Jeżeli tak, to spróbuj zacisnąć tę garść.

Mężczyzna słuchał jej uważnie, mrużąc lekko czarne oczy. Podobała mu się. Nie jako kobieta, bo nie przepadał za singielkami w okolicach trzydziestki, które – świadomie czy nie – uwodzą każdego faceta w zasięgu wzroku, a ta taka była. Po samym sposobie, w jaki weszła do apartamentu: zachęcająco kręcąc biodrami, pozwalając, by na policzek spadł jej kosmyk ciemnych włosów, by w odpowiednim momencie odgarnąć go wdzięcznym gestem wymanikiurowanej dłoni i – był pewien, że zupełnie nieświadomie – oblizując na jego widok usta koniuszkiem języka, wiedział od razu, że to urodzona łowczyni, uwodzicielka. Piękna, to prawda, ale jego, Wiktora, piękno zewnętrzne nie zadowalało.

Na Patryka – w pewnym momencie rzucił krótkie spojrzenie bratu – jej hipnotyzująca kobiecość również nie działała. Traktował Majkę jak klientkę, przeszkodę, z którą trzeba się uporać po drodze do celu, niewielkie, ale jednak wyzwanie, tyle że nie w sensie seksualnym. Oj, Patryk, gdyby zechciał, potrafiłby zdobyć każdą dziewczynę, Wiktor nie miał co do tego wątpliwości. Ale młodszy brat nie szukał łatwych zdobyczy, a miłości swego życia. Żony, przyjaciółki i partnerki, matki swoich przyszłych dzieci. Majka Trojanowska na pewno nie była najlepszą kandydatką.

Lecz... Wiktorowi przyszedł nagle do głowy ktoś, z kim utworzyłaby parę idealną. Marcin. Ten sam typ, uwodzący dla sportu, ale w głębi ducha szukający swojej drugiej połowy, pod pozorem luzactwa ukrywający silny, zdecydowany charakter, czy raczej charakterek. Dokładnie jak ta dziewczyna.

Musi ich ze sobą poznać. Pasują do siebie. Szkoda, że Marcin został w Krakowie. Byłby tu teraz z nimi i – Wiktor mógłby się założyć o stówę – po spotkaniu, bez względu na jego wynik, wyszliby z tego apartamentu razem.

Ale Marcina nie było, za to Majka czekała na odpowiedź Wiktora.

– Ostatnie, czego bym chciał, to skrzywdzić Gabrielę – odezwał się.

Gabriela. Gabrysia Leszeńska...

Miał jej obraz przed oczami, gdy budził się i gdy zasypiał. Nawet teraz, po dziewięciu latach, mógłby opisać najdrobniejszy szczegół jej twarzy. To, jak się śmieje, jak nieświadomie wysuwa i przygryza koniuszek języka, gdy zajęta jest wypełnianiem kosztorysu, jak odgarnia z oczu kasztanowe kędziorki, spięte zwykle jakąś śmieszną spinką albo poskromione kolorową opaską, a szczególnie to, jak... Na wspomnienie pierwszego pocałunku serce zacisnęło mu się w bolesny węzeł. Tyle musiał się o nią starać, tak długo do siebie przekonywać, by mu w końcu zaufała...

ROZDZIAŁ XI

Poznali się w pewien czerwcowy wieczór, gdy on kończył trzydzieści jeden lat, a ona była rok młodsza. Wiktor pracował nad pierwszym projektem, zakupem pewnej kamieniczki, przy którym wszystko postawił na jedną kartę: jeśli się powiedzie, ich firma zacznie prosperować, jeśli zaś nie, przepadną pieniądze ze sprzedaży pierwszego własnego mieszkania. Niedługo się nim we trzech nacieszyli, chociaż i tak był to dar od losu, czy raczej babci Prado, której Wiktor nie znał zupełnie i która również nigdy się nim nie zainteresowała, a jednak w spadku zapisała mu trzypokojowe mieszkanie na Bielanach...

Po długich rozmowach z braćmi i długiej – zbyt długiej – pracy jako wyrobnik w czyjejś firmie Wiktor postanowił otworzyć ich własną, od razu w Stanach Zjednoczonych, z filią w Polsce: Prado Ltd. Ależ byli dumni, wszyscy trzej, gdy dostali do ręki dokumenty potwierdzające powstanie ich rodzinnego biznesu. A jakie snuli marzenia i plany...!

Trzeba było jednak od czegoś zacząć i ta kamieniczka miała być pierwszym krokiem do spełnienia wszystkich marzeń. A te bywają kosztowne.

Musiał mieć dobry biznesplan, by bank w ogóle chciał z nim rozmawiać o pożyczce, a jego podstawą był wiarygodny, szczegółowy, dobrze przygotowany i, co równie ważne, niedrogi kosztorys podziału kamieniczki na kilka małych mieszkań oraz ich remontu i adaptacji pod najem krótkoterminowy. Taki był właśnie pomysł Wiktora na ich firmę.

Sam skończył zaocznie zarządzanie i obrót nieruchomościami, Patryk był na czwartym roku prawa, Marcin – marketingu i promocji. Wszyscy trzej mieli stanowić zwartą drużynę, w której oprócz pracowników nie był potrzebny nikt więcej.

Do tej pory Wiktor pracował w jednej ze stołecznych firm jako nadzorca budowlany, czyli zwykły robol, tylko na wyższym stanowisku, nadal mając braci na utrzymaniu, chociaż ci dorabiali, gdzie tylko mogli. Wszyscy trzej wiedzieli, że chwila, gdy założą własną spółkę i pójdą na swoje, zbliża się wielkimi krokami, a może właśnie nadeszła?

To Patryk podsunął braciom pomysł najmu krótkoterminowego. Wiktor myślał o kupnie kilku mieszkań pod wynajem, ale to było ryzykowne, mało opłacalne i bardzo kosztowne przedsięwzięcie, Marcin rozważał inwestycję we własny hotel, jednak hotelarstwo nie było marzeniem żadnego z pozostałych braci. Ale znalezienie jakiejś perełki i dostosowanie jej pod najem krótkoterminowy, z podziałem na kilka samodzielnych mieszkań, w których ludzie zatrzymują się na parę dni, nie trzeba przy nich skakać, nie trzeba dla nich gotować, wystarczy tylko posprzątać i zmienić pościel? A jeśli inwestycja się powiedzie, sprzedać ją i kupić następną?

Tak, to wszystkim trzem spodobało się bardzo.

Trzeba było jedynie znaleźć coś w naprawdę dobrej lokalizacji, na co, przede wszystkim, było ich stać. I tu znów błysnął nieprzeciętną inteligencją Patryk, który jeszcze często miał ich potem zaskakiwać.

– Dlaczego właściwie ma to być Warszawa albo Kraków? – zapytał któregoś wieczoru, gdy z Marcinem wkuwali do zaliczenia, a Wiktor, zmordowany po długim dniu pracy, przeglądał kolejne strony z nieruchomościami na sprzedaż i widząc ceny, zatrzasnął wreszcie laptop, zupełnie zniechęcony. Posłał młodszemu bratu wściekłe spojrzenie.

– A gdzie mam szukać? W Koziej Wólce?

– W Warszawie, Krakowie czy Trójmieście ceny są z kosmosu, a mieszkań na wynajem setki – ciągnął Patryk, niezrażony ani jego wzrokiem, ani tonem. – Trzeba kupić coś, gdzie ludzie przyjeżdżają, ale takich mieszkań nie ma. Są jakieś hotele czy motele, są prywatne kwatery, lecz brakuje ładnych, niedrogich samodzielnych apartamentów na dwa–trzy dni.

Wiktor zaczął go słuchać uważniej. Marcin też oderwał wzrok od notatek i patrzył na brata.

– No mów, mów, bo wiem, że wpadłeś już na jakiś pomysł – ponaglił Patryka.

On zastrzegł się:

– Tylko nie obśmiejcie mnie od razu... Ja bym szukał jakiejś niewielkiej, uroczej kamieniczki w miejscu jakiegoś kultu, gdzie przybywają pielgrzymi. Prawdę mówiąc, myślałem o Wadowicach.

Wiktor i Marcin wpatrywali się w niego, nie wiedząc, czy kpi, czy mówi poważnie. Nagle odezwał się ten pierwszy:

– Patryk, jesteś genialny. Mówię serio: to fantastyczny pomysł. Do Wadowic ludzie będą przyjeżdżali przez następne dziesięciolecia. Sprawdzę, jaka jest tam baza noclegowa, jakie są ceny i… – zawiesił głos. – Zresztą zaraz się tym zajmę.

Otworzył laptop, zyskując nowe siły i nową nadzieję. Takich miejsc, do których zjeżdżają ludzie z Polski i całego świata, jest wiele, ale Wadowice, miejsce urodzenia Jana Pawła II, to był strzał w dziesiątkę. Wymarzona perełka jakby czekała właśnie na nich: kamieniczka przy rynku, której okna wychodziły z jednej strony na dom Papieża Polaka, z drugiej – na spokojną uliczkę. Cenę miała wprawdzie wysoką, ale sądząc ze zdjęć, wydawała się być w dobrym stanie technicznym.

Pojechał tam następnego dnia, pal licho robotę, i wrócił z Wadowic rozpromieniony.

– Dom sprawia wrażenie rudery, dlatego odstrasza potencjalnych nabywców. Prawdę mówiąc, to kompletny bajzel – opowiadał braciom z podekscytowaniem, jakiego nie widzieli u niego chyba nigdy. – Będę szczery: przypomina naszą pierwszą kwaterę, tylko wielopiętrową. Pluskwy są tam na bank.

Tu młodsi bracia wzdrygnęli się, lecz słuchali dalej.

– Ale ja widzę w nim potencjał. Naprawdę! Gdyby zająć się tą kamienicą i wyremontować ją na tip-top, byłoby to piękne miejsce. Z klimatem.

– I pluskwami – wtrącił Marcin.

Patryk parsknął śmiechem.

– Mów dalej – zwrócił się do Wiktora, który jakby przygasł. – Ten głupek żartuje i tak samo chce mieć własną kamieniczkę, jak ty i ja.

– Spokojnie da się wygospodarować dziesięć małych mieszkań, każde z łazienką i aneksem kuchennym. – W oczach Wiktora ponownie błysnął płomień. – Pięć z oknami na rynek i pięć od drugiej strony. Pojedziemy tam razem, gdy tylko skończycie zaliczenia i…

– Po co mamy jechać? – przerwał mu Marcin. – Mówisz, że dom jest okej, pluskwy są, cena i lokalizacja pasuje, to go bierzemy!

– Musielibyśmy sprzedać mieszkanie po babci, a to nasze wspólne pieniądze i nie chcę decydować o nich sam – zastrzegł Wiktor.

– Bracie, po pierwsze, to była twoja babcia i mieszkanie jest twoje, po drugie: oddaję ci trzecią część pieniędzy z niego. Zrób z nimi, co uważasz za stosowne. Mam do ciebie sto procent zaufania – odparł Marcin, wzruszając ramionami, i jakby z jego strony to było wszystko, wrócił do notatek, z których uczył się do egzaminu.

Wiktor, nieco oszołomiony, przeniósł spojrzenie na Patryka.

Tym mieszkaniem, w którym właśnie się znajdowali, trzypokojowym, z dwiema sypialniami, z których jedną zgodnie dzielili bliźniacy, a drugą, mniejszą, zajmował Wiktor, cieszyli się zaledwie przez rok po latach poniewierki. „Mieszkanie po babci" okazało się kompletną ruiną, którą notariusz radził od razu sprzedać, ale oni tak bardzo pragnęli własnego domu…

Odremontowali więc tę ruinę własnymi siłami. Wiktor, który od szesnastego roku życia harował na budowach, uczył braci kłaść gładź tynkową, glazurę i terakotę, robić przyłącza hydrauliczne, instalację elektryczną... Potrafił wszystko. A oni pomagali mu, jak mogli.

Teraz musieliby wrócić do akademika, on znaleźć sobie jakąś kwaterę, a to mieszkanie...

Rozejrzał się bezradnie po dużym pokoju, w którym we trzech zbierali się wieczorami i młodsi bracia się uczyli, a on odpoczywał po pracy, czy też – częściej – nadrabiał zaległości we własnych studiach. Lubili te wspólne, ciche wieczory w bezpiecznych, własnych czterech ścianach. Czy może zaryzykować utratę tego, co najcenniejsze, właśnie poczucia bezpieczeństwa, dla czegoś tak niepewnego, jak zakup tej kamieniczki?

– Popieram Marcina – odezwał się Patryk. – Nasza opinia w niczym nie jest ci potrzebna. Masz i doświadczenie, i wiedzę. I moją jedną trzecią tego mieszkania. – Uśmiechnął się, widząc błysk radości w zmęczonych zazwyczaj oczach Wiktora. Ta radość była warta każdych pieniędzy... – Działaj, braciszku – dokończył stanowczo – a my powrócimy do wykonywania twojego rozkazu sprzed piętnastu lat: „macie się uczyć, uczyć i uczyć".

Wiktor żachnął się.

– To była prośba, nie...

– To był rozkaz – wszedł mu w słowo Marcin, mając ochotę podroczyć się ze starszym bratem. – I jeszcze nieznoszące sprzeciwu: „Ty, Marcin, sprzątasz, ty, Patryk, gotujesz". Do dwóch ośmioletnich smarkaczy... – Pokręcił głową.

– Ja... – zaczął Wiktor obronnym tonem, bo to były rzeczywiście jego własne słowa, które wypowiedział tamtego, pamiętnego wieczoru, wiedząc, że od tej pory zdani są tylko na siebie.

– Ty, ty – zaśmiał się Marcin złośliwie. – Styranizowałeś i zagoniłeś do fizycznej roboty dwóch niepełnoletnich braci.

– I tyranizujesz do dziś – dorzucił tym samym tonem Patryk.

Widząc minę starszego brata – na wpół oburzoną, na wpół rozżaloną – wybuchnęli śmiechem.

– Wiktorek ma wyrzuty sumienia, że uratował młodszym braciom życie. Ale kretyn! – podsumował dosadnie Marcin to, co myśleli obydwaj.

Wkurzył się, poszedł do swojego pokoju, zatrzasnął za sobą drzwi.

– Będziesz miał większe, jak stracisz nasze pieniądze po babci! – doleciał go głos Patryka.

No tego się akurat po nim nie spodziewał.

– Pieprzcie się! Poczekam, aż skończycie studia, wyniesiecie się na swoje i otworzycie własne firmy! – krzyknął, czując nagle ciężar odpowiedzialności. Zupełnie jakby dobrowolnie nie dźwigał tego ciężaru przez ostatnie piętnaście lat, w pojedynkę wychowując i utrzymując młodszych braci...

Drzwi uchyliły się. Patryk wsadził przez nie głowę:

– Nie strasz, nie strasz. Sprzedawaj mieszkanie, kupuj kamienicę. A tak serio: nie wyobrażam sobie, byśmy nagle rozeszli się w trzy strony świata, każdy swoją drogą. Od początku przygotowywałeś nas do wspólnego biznesu, tak? Tak. Więc zaczynaj. Masz nasze pełne poparcie. Jutro mogę podjechać do Wadowic, sprawdzić papiery tego domu, Marcin przygotuje biznesplan. Będzie nam potrzebny dobry, porządny kosztorys. Musisz kogoś poszukać.

Gdy Patryk zniknął za drzwiami, Wiktor został z następnym zadaniem: wstępnie zaprojektować podział kamienicy na mieszkania, zamówić kosztorys i przekonać bank, że warto w firmę braci Prado zainwestować, chociaż istniała dopiero od kilku tygodni.

Gabrysię polecił mu kolega z firmy.

– To solidna dziewczyna, niedroga i szybka – puścił oczko.

– Nie szukam dziewczyny, tylko kosztorysantki – sprostował zimno Wiktor.

– Rozmawiamy właśnie o kosztorysantce – odparł tamten i roześmiał się. – A o czym ty myślałeś?

Te dwuznaczne wygłupy od razu Wiktora do Gabrieli Leszeńskiej zraziły, ale mimo to wziął karteczkę z jej numerem telefonu i po chwili do niej zadzwonił. Głos miała miły, dziewczęcy. Zgodziła się na spotkanie jeszcze tego samego dnia.

On został po godzinach, bo jak zwykle nie wystarczało mu czasu na rozliczenie pracowników. Biuro firmy było ciche i puste, gdy punktualnie o dziewiętnastej rozległo się pukanie do drzwi. Poszedł otworzyć i gdy tylko ją ujrzał – pełną uroku i wdzięku, o lekko kręconych włosach koloru dojrzałego kasztana i dużych, zielonych oczach w kształcie migdałów, rozjaśnionych uśmiechem – coś w jego sercu, które nie miało czasu pokochać, drgnęło.

– Dobry wieczór, jestem Gabriela Leszeńska. – Wyciągnęła doń drobną, szczupłą dłoń o krótko obciętych, nieumalowanych paznokciach. – Ponoć potrzebuje mnie pan pilnie, żeby nie powiedzieć: „na gwałt", z całym dobrodziejstwem inwentarza? Mówię oczywiście o kosztorysach. – Zaśmiała się cicho, rumieniąc ze zmieszania. – Przepraszam, ja mam takie dziwne poczucie humoru. Tylko ono, po czternastu latach wypełniania tych samych tabelek, ratuje mnie przed długimi wakacjami na oddziale zamkniętym. Proszę mi wybaczyć, jeśli czasem palnę coś niestosownego.

Był zauroczony i silnym, ale kobiecym uściskiem jej dłoni, i tym rumieńcem, i tymi słowami. Również sukienką: prostą, w ładnym gołębim kolorze, z białym kołnierzykiem, która na pewno nie była ostatnim krzykiem mody, ale która do niej, Gabrysi, pasowała i w której wyglądała niewinnie niczym pensjonarka. Tym zaś, że nie zaczęła od razu taksować go wzrokiem i szacować swoich szans – jak większość kobiet, które spotykał – chyba najbardziej. Zupełnie jakby nie zauważała jego urody...

Gabrysia w pierwszej chwili rzeczywiście nie zwróciła uwagi, jak przystojny jest jej potencjalny zleceniodawca. Biegła na to spotkanie, by się nie spóźnić, bo punktualność u siebie i innych ceniła wysoko, za co również była ceniona. Cieszyła się z dodatkowego zlecenia i związanych z nim pieniędzy. Zapukała do drzwi punkt siódma, a potem jak zawsze musiała coś palnąć i się z tego wytłumaczyć, ale była chorobliwie nieśmiała przy pierwszym spotkaniu z klientem, więc nie bardzo wiedziała, co mówi, i taką właśnie paplaniną próbowała tę nieśmiałość ukryć.

Na szczęście uśmiechnął się wyrozumiale i odrzekł:

– Od czternastu lat wypełnia pani tabelki? To kiedy pani zaczęła, w przedszkolu? Czy w pierwszej klasie podstawówki?

– Ej, to miał być komplement czy próba podważenia moich kompetencji? – żachnęła się pół żartem, pół serio. – Zaczęłam, drogi panie, w pierwszej klasie liceum ekonomicznego, a że lat mam trzydzieści, z prostego rachunku wynika…

Zaśmiał się cicho.

– Stanowczo miał to być komplement. Wygląda pani w tej ślicznej sukience jak uczennica z pensji dla dobrze urodzonych panien. Muszę następnym razem uważniej dobierać słowa i komplementować panią bardziej jednoznacznie.

Spojrzała po sobie i westchnęła.

– A myślałam, że sprawiam wrażenie kompetentnej, doświadczonej kosztorysantki.

– Zaręczono mi, że tak jest. Sukienka tylko dodaje pani uroku.

Pokręciła głową, choć w jej oczach igrały ogniki rozbawienia.

– Doba ma tylko dwadzieścia cztery godziny, a dobry kosztorys wymaga czasu, cena musi być więc wysoka. Nic pan nie ugra tymi komplementami.

– Gdybym jednak próbował? – Znów się uśmiechnął, a do niej nagle dotarły dwa fakty: że podczas całej tej niewinnej wymiany zdań on trzyma jej dłoń w swojej oraz że nigdy jeszcze w całym swoim samotnym trzydziestoletnim życiu nie spotkała tak przystojnego mężczyzny. Ciało miał szczupłe i wysportowane. Do tego piękne, szlachetne rysy twarzy, śniadą cerę i te typowe dla mieszkańców Południa czarne, lekko falujące włosy, oczy zaś tak ciemnogranatowe, że powinno się w nich wypatrywać gwiazd niczym na nocnym niebie.

Na parę uderzeń serca zatonęła w tych oczach, roztopiła się w jego uśmiechu, po czym natychmiast przywołała się do porządku, wyswobodziła delikatnie dłoń, spuściła wzrok na teczkę, którą trzymała do tej pory na ramieniu, i rzekła już zupełnie innym, dalekim, niemal odpychającym tonem:

– Skoro zlecenie jest pilne, przejdźmy do rzeczy.

Wiktor westchnął w duchu. Więc jednak zauważyła... I natychmiast się wycofała z tego niewinnego flirtu, nim w ogóle się rozpoczął...

On sam, choć mogło to zabrzmieć absurdalnie, nie potrafił uwodzić kobiet. Po prostu nigdy nie musiał. Jego męska, mroczna uroda przyciągała dziewczyny niczym magnes. Gdyby chciał, mógł korzystać do woli, jednak przelotne związki w ogóle go nie interesowały, zaś na coś poważniejszego nigdy nie znalazł czasu.

Od świtu do nocy harował jak wół na siebie i dwóch młodszych braci, by mieli gdzie mieszkać, co jeść i w co się ubrać. Nie jest łatwo młodemu chłopakowi utrzymać samego siebie, a co dopiero trzyosobową rodzinę?

Wieczorami i w weekendy, jeśli miał siłę, uczył się, bo nauka była dlań tak samo ważna jak praca. I to wpajał braciom. Oni też wkroczyli w dorosłość za wcześnie. Zamiast jechać z koleżankami i kolegami na wakacje, zrywali za psi grosz truskawki, maliny, wiśnie czy jabłka.

Gdy tylko mieli czas i możliwości – a Wiktor gonił ich do nauki niemiłosiernie – dorabiali także w weekendy, kiedy on się z kolei uczył. Żaden z nich nie miał czasu i siły na uganianie się za dziewczynami, które nie były zainteresowane.

Okazji na przelotne związki mieli bez liku. Marcin korzystał bez oporów, Patryk był romantykiem i poszukiwał tej jedynej. Wiktor zaś... właśnie tę jedyną spotkał, ale ona, czując jego zainteresowanie, natychmiast chłodno go odprawiła.

I co teraz?

– Tutaj jest lista dokumentów, których potrzebuję. – Wręczyła mu kartkę, w którą przez chwilę wpatrywał się bezmyślnie.

Czekała cierpliwie, wbijając wzrok w czubki własnych czółenek, aż on się zapozna z wielopunktowym wykazem. Urok tego mężczyzny sprawiał, że wewnątrz była cała rozedrgana jak naciągnięta i nagle puszczona struna. W nim można się było nie tyle zakochać, co zatracić, a takiego kłopotu jak zatracenie się w nieprzyzwoicie wręcz przystojnym facecie, który wieczorami pewnie wyrywał laski w klubie, Gabrieli nie było potrzeba. Nie miała na to czasu ani chęci. Leczyć później złamane serce? O nie, nie. Dziękuje, poczeka.

– Mam je wszystkie ze sobą – odezwał się nagle.

Zamrugała. Poderwała głowę.

– Może nie stójmy tak w tych drzwiach, przejdźmy do mojego pokoju – zaproponował, wskazując drogę. – I, jeżeli nie masz nic przeciwko temu, mówmy sobie po imieniu. Jestem tylko rok od ciebie starszy. – Ton jego głosu też się zmienił, ochłódł, co Gabriela zauważyła natychmiast.

Czyżby zrobiła coś nie tak? Owszem, jej żart na początku był głupi, wydawało się jednak, że taka swobodna rozmowa przypadła panu Prado do gustu, co się więc zmieniło?

Ruszyła przodem, weszła do bezosobowego pokoju. Żadnych zdjęć, kalendarzy na ścianie, żółtych karteczek z przypomnieniami. Niczego, co powiedziałoby cokolwiek o człowieku, którego miała obok siebie.

Otworzył laptop.

Spodziewała się na tapecie zdjęcia uśmiechniętej blond piękności, ale i tu musiała się zdziwić: zachód słońca nad oceanem, w oddali oświetlony ostatnimi promieniami jacht.

– To twój? – wskazała piękną, smukłą łódź.

– Kiedyś? Na pewno. – Uśmiechnął się. Złagodniał. – To moje marzenie. A ty o czym marzysz?

– O rodzinie – odparła bez namysłu. – Kochającej się, szczęśliwej rodzinie. Wydam ci się pewnie nudna i stereotypowa, ale marzę o małym białym domku pod lasem, mężu i dzieciach. W przerwach między gotowaniem, przewijaniem i karmieniem mogę wypełniać tabelki. – Dodała żartobliwie, by nie wydać się jednak aż tak nudna i pospolita. – Mam tylko przybranego ojca – wyjaśniła, widząc, że słucha jej słów uważnie i bez cienia politowania w oczach.

– A ja tylko dwóch młodszych przybranych braci – odparł cicho. – A szczęśliwa rodzina... Nie wiem nawet, co znaczą te słowa.

Oczy, i tak ciemne, pociemniały mu jeszcze bardziej. Patrzył na Gabrysię, ale jakby przez nią, jak przez szybę, za którą kryje się mroczna przeszłość. Poczuł delikatne dotknięcie jej dłoni na ramieniu.

– Hej, masz dopiero trzydzieści jeden lat. Jeszcze zdążysz te słowa poznać albo się ich nauczyć. – Ciepły, łagodny głos Gabrysi wyrwał go ze szponów przeszłości.

„Chciałbym, żebyś ty mnie ich nauczyła" – pragnął odpowiedzieć, ale wiedział, że jeszcze nie czas na takie wyznania. Tylko by ją nimi spłoszył.

– Zacznijmy od jachtu – zażartował, wręczając jej plik dokumentów.

– Tak, tak. Jacht to podstawa szczęśliwej rodziny – zaśmiała się, ale za chwilę dodała pół żartem, pół serio: – Myślę, Wiktorze Prado, że najpierw musisz znaleźć bezpieczną przystań, a potem dopiero dokupić do niej ten jacht.

Milczeli przez chwilę, patrząc na zachód słońca gdzieś tam, daleko nad nieznanymi wodami i lśniącą w jego promieniach łódź. Oboje myśleli o tym samym: o bezpiecznej przystani...

– Mądra dziewczyna z ciebie – odezwał się wreszcie cicho. – Gdzie znaleźć taką jak ty?

– Wśród tabelek i kosztorysów – uśmiechnęła się trochę smutno, a on znów zapragnął, by jej oczy rozświetlało szczęście. Gabriela odwróciła wzrok od pociemniałych źrenic mężczyzny. Spojrzała na trzymane w rękach teczki. – Jeszcze dziś przejrzę te dokumenty i dam ci odpowiedź, czy podejmuję się zlecenia, czy nie, jak szybko mogę wykonać kosztorys i o jaką kwotę zubożę twój budżet na to cudo. – Wskazała łódź.

– Nie strasz mnie! – odezwał się naprawdę zaniepokojony. – Bywa, że odrzucasz zlecenie? Nie mam nikogo innego!

– Oj, Wiktor, Wiktor... – pokręciła głową. – Taka szczerość to podstawowy błąd przy negocjacjach. Powinieneś wydąć usta i wycedzić: „To się za długo nie namyślaj, bo na twoje miejsce czeka kolejka chętnych i tańszych", a ty: „Nie mam nikogo innego"? Nigdy nie zarobisz na ten jacht!

Roześmiał się serdecznie, ona przyłączyła się do tego śmiechu. Miał ochotę przygarnąć tę dziewczynę i ucałować, ot tak, po prostu z wdzięczności za uratowany wieczór, bo dzień, jak co dzień, był zwykłym użeraniem się z robotnikami…

– W ramach negocjacyjnego zmiękczania zabieram cię na kolację – oznajmił.

– Bardzo proszę, ale nie dzisiaj. Jeżeli zależy ci na czasie, jak najszybciej musisz dostać odpowiedź, czy stać cię na tę kamienicę, czy nie.

Uniósł brwi. Kiedy ona zdążyła doczytać, że chodzi o kamienicę?

– To moja praca – rzekła konspiracyjnym szeptem, czym ponownie go rozbroiła. – Na kolację pozwolę się zaprosić, gdy skończę zlecenie. Będzie jego ukoronowaniem, zgoda?

– Trzymam cię za słowo.

– Jestem tak słowna jak ty szczery.

Oboje uśmiechnęli się ponownie. I jeśli nie stało się to do tej pory, to chyba w tej chwili właśnie przeskoczyła między nimi ta iskra, która sprawiła, że ona, Gabriela, postanowiła się jednak w nim zatracić, a on, Wiktor, postanowił zrobić wszystko, by to ona nauczyła go tych dwóch słów.

Czy mógł przypuszczać, że jego marzenie – piękny jacht – spełni się znacznie szybciej, a jej – szczęśliwa rodzina – chyba nigdy?…

– Halo, Ziemia do Wiktora Prado, jesteś tam? – Patryk pomachał bratu, który głęboko zapadł się we wspomnienia, ręką przed oczami. – Może jako gospodarz tej imprezy zaproponujesz, by nasz gość usiadł i czegoś się napił? Czy będziemy tak tkwić pośrodku twego wspaniałego apartamentu i się w ciebie wgapiać?

Potarł oczy, jakby Patryk obudził go ze snu. Rozejrzał się. Biuro, które opuścił dawno temu, zmieniło się w Apartament Paderewskiego w hotelu Bristol.

– Przepraszam cię – zwrócił się do Majki. – Twoje pojawienie się i imię Gabrieli przywołało masę wspomnień. Kochałem ją…

– I nadal kochasz – wtrącił Patryk, nic sobie nie robiąc ze wściekłego spojrzenia, jakie posłał mu w tej chwili Wiktor. – Kogo ty chcesz oszukać, człowieku? Masz czterdzieści lat, żadnej dziewczyny, nie mówiąc już o narzeczonej czy żonie, a na łańcuszku nosisz pierścionek znaleziony w Leśnej Polanie. Przecież to jasne, że wciąż kochasz swoją Gabrielę.

Majka słuchała tego z uniesionymi ze zdumienia brwiami. Czegoś tu nie rozumiała i, jak to ona, bez owijania w bawełnę od razu powiedziała to na głos:

– Czekaj, bo coś mi tu nie pasuje. Skoro ty kochasz ją, a ona ciebie… Oboje jesteście wolni i samotni… Oboje dorośli… To co, do cholery, stoi na przeszkodzie, byście do siebie wrócili?! Mogę… no nie wiem… przeprosić ją w twoim imieniu, paść na kolana i błagać o drugą szansę, przyrzec poprawę… Wierz mi, zrobię wszystko, by Gabrysia była znów szczęśliwa! Co cię powstrzymuje, by tego nie uczynić?!

Spojrzał na nią oczami tak pełnymi nienawiści, że aż ją zatkało.

– Nie co, a kto – zaczął, cedząc słowa. – Czekam, aż zdechnie ten, przez którego musiałem zerwać zaręczyny.

Majka... odzyskała oddech. Chociaż znów powinno go jej zabraknąć, tym razem z oburzenia.

– Jeżeli mówisz o ojcu Gabrieli i to on, stary, schorowany człowiek, tak ci przeszkadza, to nie używaj w mojej obecności słowa „zdechnie" – tym razem to ona cedziła zgłoska po zgłosce.

Wiktor zaśmiał się zimno.

– Ja nie mówię o ojcu Gabrieli, panno Trojanowska, ja mówię o s w o i m ojcu.

Majka patrzyła na Wiktora oczami wypełnionymi szokiem, po czym wyszeptała:

– Chyba muszę usiąść. I czegoś się napić.

Nie czekając na zaproszenie, osunęła się na najbliżej stojący fotel i tkwiła w nim, patrząc przed siebie bezmyślnie dotąd, aż Patryk podał jej szklankę wody z kilkoma kostkami lodu.

– To na początek. Myślę, że za chwilę przyda się naszemu gościowi coś mocniejszego. – Wiktor podszedł do barku i nie patrząc na dziewczynę, zapytał: – Co zwykle pijasz?

– Prowadzę. Wystarczy woda.

– Jeśli chcesz dzisiaj usłyszeć całą historię braci Prado i Gabrieli Leszeńskiej, potrzebne ci będzie coś mocniejszego. Najwyżej wrócisz taksówką. Możesz też przenocować tutaj, obok jest gościnna sypialnia. Albo wynajmę ci apartament w tym hotelu. Wierz mi, bez wspomagania nie wytrzymasz.

Spojrzała na niego pociemniałymi oczami.

– Ta historia... To horror czy kryminał?

– Dwa w jednym.

– To ja poproszę tequilę – wydusiła z trudem. Czterdziestoletni facet, który modli się, by jego ojciec zdechł, a on sam mógł w końcu poślubić kobietę, na którą czeka niemal od dekady?

– Złotą czy srebrną? – zapytał, podchodząc do barku.

– A masz tutaj złotą? Z cynamonem i pomarańczą? – zdziwiła się. Minibarki w hotelach, w których zwykle się zatrzymywała, były zazwyczaj skromnie wyposażone.

– Wiktor jest tu traktowany po królewsku – mrugnął do niej Patryk. – I cholernie na to zasłużył.

– To poproszę złotą.

Wiktor spojrzał na Patryka.

– Który z nas pozostaje trzeźwy, który opowiada?

– A nie możemy upić się solidarnie, we trójkę? – zapytała dziewczyna, czując dreszcze spływające po kręgosłupie, bo... zauważyła coś, na co do tej pory nie zwróciła uwagi. Spod rękawa koszulki polo na ramieniu Wiktora biegły takie same szramy, jakie miał pan Antoni. Ojciec Gabrysi. Jakby obu tym mężczyznom tygrys przejechał pazurami po barku. I chyba nie chciała już znać historii tych dwóch rodzin.

– Nie możemy – Wiktor odpowiedział na pytanie, o którym ona już zdążyła zapomnieć, patrząc na te głębokie blizny – bo mamy umowę, że jeden z nas trzech zawsze pozostaje trzeźwy.

– To jest was trzech? – jęknęła nieomal.

– Mam brata bliźniaka – wyjaśnił Patryk, podchodząc do barku. – Ja opowiadam, ja piję. Marcin imprezuje, więc sorry, Wiktor, ale dla ciebie sok pomarańczowy.

– Jakoś ci nie zazdroszczę – uśmiechnął się tamten, ale uśmiech ten nie sięgnął oczu. – Zaczynaj. Album rodzinny jest w mojej walizce. Ja idę się przejść. Puść mi sygnał, gdy skończysz.

Podszedł do Majki, postawił przed nią kieliszek z tequilą, talerzyk z cynamonem i paroma cząstkami pomarańczy, po czym zarzucił na ramiona marynarkę i wyszedł.

– Potrafi przerazić ten twój braciszek – rzekła półgłosem Majka, gdy drzwi się za nim zamknęły. – Kiedy ruszył ku mnie spod okna, myślałam, że za chwilę wgryzie mi się w gardło.

Patryk zaśmiał się cicho.

– Rzeczywiście na to wyglądało, ale nie dziw mu się. Już miał nadzieję, że mu się uda, że może los wreszcie się nad nim ulituje, gdy nagle pojawiasz się ty i stajesz między nim a nią.

– Przecież wyjaśniłam, że ta chata jest mi zupełnie obojętna!

– Między nim a Gabrielą – sprostował Patryk.

– Jesteśmy po tej samej stronie! – zaprotestowała ponownie.

– To się dopiero okaże... – odparł tym samym cichym głosem, zapatrzony gdzieś przed siebie. – To był najpiękniejszy rok w jego życiu, a więc i w naszym, bo nigdy nie widzieliśmy Wiktora tak szczęśliwego... A on, wierz mi, zasługuje na wszystko, co najlepsze. To najszlachetniejszy człowiek, jakiego znam, i zrobiłbym wszystko, by znów był tak szczęśliwy jak wtedy... Choć zgadzam się z tobą: czasem wygląda, jakby chciał ci się wgryźć w gardło – dodał już nieco innym, bardziej żartobliwym tonem. – Ale nas, Marcina i mnie, nigdy nie uderzył. Chociaż czasem zaleźliśmy mu za skórę. Zresztą...

wystarczy, że spojrzał tym swoim lodowatym wzrokiem i już obydwaj potulnieliśmy. Tak jest do dziś – zaśmiał się. – Bo widzisz… on dla nas, dwóch obcych właściwie gnojków, bo nie łączą nas więzy krwi, zrobił tyle, że nigdy mu się nie odwdzięczymy. Gdyby nie Wiktor… – Oczy mu pociemniały. Zacisnął powieki, by przegonić obraz zakrwawionej głowy brata, żeby nie słyszeć tłumionych jęków, gdy na jego ramiona, plecy, nogi spadały razy, zadawane tym, co Tamten miał akurat pod ręką.

– Po czym… po czym Wiktor ma te szramy na ramieniu? – wyszeptała naraz Majka, jakby słyszała myśli Patryka. A może zauważyła dwie łzy w kącikach jego oczu?

Oprzytomniał gwałtownie. Obrazy z przeszłości pierzchły. Upił duży łyk ze swojej szklanki i dopiero odpowiedział:

– Po własnoręcznie wykonanym pięciopalczastym pejczu z wplecionymi między rzemienie haczykami. Nasz ojczym czasem zapominał, że nie jest już oficerem śledczym, jak nazywano tych sadystów w X Pawilonie na Rakowieckiej, i potraktował Wiktora „pamiątką" właśnie stamtąd. Nie wiem, czy jesteś gotowa na opowieść o dzieciach katowanych do nieprzytomności…

– Nie jestem – odparła Majka słabym głosem. – Poproszę jeszcze ze dwie tequile. Tym razem na ostro. Cytryna i sól.

Patryk ze zrozumieniem kiwną głową i wychylił swoją szkocką do dna.

– Ja też jestem na razie zbyt trzeźwy… – mruknął, podchodząc do barku.

ROZDZIAŁ XII

Na tym dziwnym świecie już tak jest, że jedni rodzą się ludźmi dobrymi i szlachetnymi i nie zmieni tego nic. Ani trudne dzieciństwo, ani wyrywanie im dobroci i szlachetności z duszy torturami, ani katowanie tym, co jest pod ręką, ani lżenie i poniżanie nie zmieni tych ludzi w bestie. Oni codziennie do dnia śmierci, czy to przez strzał w tył głowy w ubeckiej katowni, w nocy, po cichu, w samotności, czy otoczeni kochającymi ich ludźmi, mogą spojrzeć sobie w oczy i powiedzieć: „Żyjesz tak, by stanąć przed Bogiem bez wstydu".

Większość jednak dba tylko o pełny żołądek, butelkę piwa wieczorem, pilota pod ręką i spokój w domu. Dzieciarnia spać, żona do garów. Pan domu wrócił z roboty i musi odpocząć. Często to żona zachrzania całymi dniami na pana domu, ale to już wybór żony. Oby nie była zmuszona do tego wyboru pięścią męża czy naciskiem rodziny.

Tacy ludzie są jak chorągiewki. Co powiedzą im w telewizorni, w to wierzą. Nie mają własnego zdania – oprócz tego, czy żubr jest lepszy od leżajska – i, prawdę mówiąc, gówno ich obchodzi, co się na świecie dzieje, byle mieć bebech wypełniony obiadkiem, piwko, coś w telewizyjnym pudle, co będzie im prało niewielkie mózgi, dzieciaki schodzące z drogi i żonę, którą można raz na jakiś czas wydupczyć.

Są też idealiści. O, ci bywają niebezpieczni dla każdego reżimu, bo będą głosić swoje ideały i trzymać się ich do końca. Nie mają nic wspólnego z tymi pierwszymi, ludźmi po prostu dobrymi, bo nie kierują się dobrem, ideały bowiem, które owi wyznawcy mają wszczepione albo nabyte, mogą być zarówno szlachetne, jak i zbrodnicze. Ale przynajmniej w coś wierzą. I przed sądem nie wyprą się „wykonywaniem rozkazów", przeciwnie, do śmierci będą wierzyć, że to, co robili, było słuszne i jedyne.

Oprócz mnóstwa innych rodzajów ludzkich charakterów jest też jeden, który każdego, bez wyjątku, nawet najbliższych współpracowników, nawet tych, którzy wykorzystują ich cechy, napawa podświadomym lękiem: są to prawdziwe bestie, które żyją tylko po to, żeby mordować, znęcać się, patrzeć na ludzkie cierpienie i czerpać z tego jakąś zupełnie niezrozumiałą dla normalnego człowieka satysfakcję. Te bestie nie wiedzą, co to sumienie, litość, miłosierdzie... Nie robi im różnicy, czy wyrywają paznokcie polskiemu patriocie, czy nadziewają na widły polskie dziecko. Sycą się cierpieniem. A im większe i bardziej pomysłowe tortury zadają bezbronnym ofiarom, tym bardziej ich to podnieca i tym bardziej są z siebie dumni. Już rekin ma w sobie więcej człowieczeństwa niż te nieludzkie monstra.

Adolf Kuchta, ojczym Wiktora, Patryka i Marcina, urodził się taką właśnie bestią.

Już jako dziecko nie przeszedł obojętnie obok ślimaka, nie zdeptawszy go, czy gąsienicy, nie nadziewając jej na kolec głogu i patrząc z satysfakcją, jak zwija się z bólu. Gdy znalazł gniazdko z pisklętami, urywał im łebki albo roztrzaskiwał je o ścianę. Dzieciaki z sierocińca szybko nauczyły się go unikać, bo – zbudowany jak byk – atakował szybko i za byle co. Czasem za nic.

Kto mu wymyślił takie imię i nazwisko? Może matka, która podrzuciła niemowlę na próg lwowskiej placówki? A może jakiś dowcipny pracownik? Grunt, że pasowało do niego, bo Adolf Hitler od razu stał się idolem tego chłopaka, a Kuchta... ze swoją inteligencją i niechęcią do nauki nadawał się tylko do mycia garów.

Wpisano mu więc datę urodzenia 1926, nadano imię i nazwisko i pozwolono żyć.

Gdy wyrósł z krótkich spodenek, urywanie łebków pisklętom przestało go zadowalać. On chciał większego widowiska. Kumple namówili go na podpalenie kota i to było to!

Znaleźli we czterech jakiegoś dachowca, wrzucili go do beczki, żeby nie mógł tak szybko uciec, oblali benzyną i... Adolf mało się w gacie nie spuścił, słysząc wycie płonącego żywcem zwierzęcia... Właśnie odkrył swoje powołanie! Tylko głupie chichoty kolegów mu przeszkadzały. On potrzebował ciszy i skupienia... Następną „przygodę", czy raczej doświadczenie, zafundował sobie sam. Zwabił kotkę z kociętami, cisnął ją do beczki i po chwili wyło już nie jedno zwierzę, ale pięć. A on, Adolf Kuchta, patrzył na zwijające się w cierpieniach istoty i umacniał się w wierze, że to jego pasja. Życiowa misja.

Taaak, mordowanie zwierząt szło Kuchcie coraz lepiej. Ale to jeszcze nie było szczytem jego ambicji. Głupie bydlę potrafi ukatrupić każdy, ale człowieka już nie. Żeby zabić człowieka, trzeba mieć jaja ze stali, a on miał. I wraz z wybuchem drugiej wojny światowej doczekał się pierwszej z wielu okazji.

Nie będąc ani Polakiem, ani Ukraińcem, ani Ruskim czy Szwabem, nie czuł się związany z żadną frakcją działającą na Kresach. Politykę miał zresztą gdzieś. Chciał tylko mordować. A że w tym najlepsi okazali się Ukraińcy, więc bez namysłu przyłączył się do UPA. Tam nauczył się znęcać i zabijać na trzysta sześćdziesiąt dwa sposoby. Kilka wymyślił sam, co napawało go prawdziwą dumą.

Miał dopiero siedemnaście lat i już się wsławił w swoim oddziale jako ten najokrutniejszy. Sława „Hitlerka", bo taką dostał ksywkę, zaczęła zataczać coraz szersze kręgi, a to znaczyło jedno: czas zniknąć. Bo może człowieczeństwa było w nim mniej niż u rekina, ledwo potrafił się podpisać, ale swój spryt miał. Wiedział, że Bandera za „riezanie Lachów" pogłaszcze go po głowie, ale AK-owcy, gdy tylko go dorwą, nadzieją go na pal, tak jak on nadziewał na sztachety płotów polskie dzieci.

Na kilka lat zapadł się pod ziemię, by wyłonić się, niczym Feniks z popiołów, w czasach, gdy tacy jak on, zwyrodniali sadyści, okazali się dla nowej, komunistycznej władzy Polskiej Rzeczypospolitej Ludowej wprost niezastąpieni.

Adolf Kuchta był chyba pierwszym i jedynym w historii mokotowskiej katowni, który jako ochotnik przyszedł na Rakowiecką, zgłosił się do naczelnika i bez ogródek rzekł:

– Potrafię bić tak, żeby zabić, bić tak, żeby nie zabić, i bić tak, żeby prawie zabić.

Naczelnik więzienia, który katów do „obróbki" więźniów sprowadzał dotychczas z NKWD i nie bardzo umiał się z nimi porozumieć w kwestii tego, czego potrzebuje od przesłuchiwanych, rozpromienił się na te słowa.

– Oto właściwy człowiek na właściwym miejscu! – wykrzyknął. – Zrobimy z was oficera śledczego, wstępnie ze stopniem podporucznika, a gdy awansujecie, damy ładny dom po sanacyjnych burżujach. Kariera stoi przed wami otworem... Musicie zmienić jednak imię. Adolf nie jest mile widziane, ale... no nie wiem. Józef? Od naszego wspaniałego wodza Józefa Wissarionowicza Stalina?

– Brzmi dobrze – zgodził się Kuchta. – To kiedy dostanę pierwszego więźnia do „obróbki"? – Już nie mógł się doczekać skutego kajdanami człowieka i bata w ręku.

– Musicie wiedzieć, że mamy tu trzy rodzaje więźniów – ostudził jego zapał naczelnik. – Zupełnie przypadkowi, którzy sami nie wiedzą, za co tu trafili, i my też nie bardzo wiemy, ale paragraf zawsze się jakiś znajdzie, choćby ten „za działalność na szkodę Polski Ludowej", i dziesięć latek, jak strzelił... Tym dajemy spokój. Od czasu do czasu wpierdol, żeby nie zapomnieli, gdzie są, ale prawdę mówiąc, sądy nie nadążają z przerobem i takie płotki siedzą tu bez wyroku czy nawet zarzutów po parę lat. Jeśli macie ochotę, możecie im co jakiś czas przypominać, że siedzą w pierdlu, a nie w sanatorium. Drugi rodzaj to skurwysyny AK-owcy, których zwożą tu coraz więcej, nie wiadomo po co. Ujawnili się. Coś tam może i kombinują, ale „coś tam" to za mało, by dać im w czapę. Nie nadążalibyśmy z zakopywaniem zwłok. Ale wpierdol dajemy częściej niż tym pierwszym. No i czasem trzeba coś z nich wyciągnąć metodami... naszymi, że tak powiem. Trzeci rodzaj to szychy i nimi nie będziecie się zajmować. Oni są urabiani pod pokazówki, czyli rozprawy przy pełnej sali i dziennikarzach, i są to sprawy za delikatne dla początkujących. Jacyś generałowie, ikony polskiego podziemia, ochotnicy do Auschwitz, takie tam barachło...

– To co właściwie mam robić? – zapytał Józef Kuchta, bo już go ręka świerzbiła do bata i widoku krwi na pociętych tym batem plecach.

– Zajmiecie się grupą pierwszą i drugą. Zapamiętajcie raz na zawsze: nie kopiecie po nerkach i wątrobie. Te ścierwa mają doczekać rozprawy. Nie bijecie po twarzy, żeby przed sądem nie mogli zeznać, że były wobec nich stosowane tortury, czy tam przymus bezpośredni. Pod każdym zeznaniem, które spisujecie wy albo wasz pomagier, ma być podpis więźnia. Bez tego zeznanie jest nieważne.

– A co mają zeznawać ci, którzy siedzą właściwie za nic?

– To też jest nieważne. Coś wymyślicie. Byle podpisali własnoręcznie.

– Rozumiem. Bić tak, by nie było śladów na twarzy. Podpisane zeznanie. I mają dożyć do rozprawy. Myślę, że będę najlepszym oficerem śledczym w waszym areszcie, panie naczelniku.

Ten skrzywił się dwuznacznie.

– Jedna rada, mój młody, jakże gorliwy oficerze: podczas przesłuchania radzę nie mieć świadków. Pomagierzy, czyli zwykli klawisze, będą gotowi na dzwonek oznaczający, że więźnia można zabrać, ale plotki rozchodzą się szybko. A zapamiętajcie sobie: w Polsce Ludowej zeznania składane są dobrowolnie! To nie Szucha! Tu nie torturuje się ludzi!

– Tak jest, panie naczelniku! – Kuchta stanął na baczność.

– No to do roboty. Macie pierwszego delikwenta. Czeka w celi numer dwa.

Pierwszym „delikwentem" podporucznika Kuchty był major Alojzy Leszeński. Brzmi znajomo?

Stał z rękami skutymi na plecach, w polskim mundurze, w którym wyprowadzono go z domu, i obojętnie patrzył na tępą, obrzmiałą od nadmiaru wódki twarz „oficera śledczego", który wszedł przed chwilą do celi i warknął do dwóch eskortantów: „Wynocha mi stąd, czekajcie na wezwanie!". Gdy ciężkie, dźwiękoszczelne drzwi się za nimi zamknęły, otworzył skąpe akta więźnia, składające się właściwie z okładki i podstawowych danych, po czym spojrzał na majora Leszeńskiego jak na pluskwę i wycedził:

– To co, gestapowskie bydlę, od czego zaczynamy?

Więzień z powrotem przeniósł spojrzenie ze ściany na twarz tamtego. Jego oczy były zimne i pełne pogardy.

– Wstań, jak mówisz do oficera Wojska Polskiego, ruski pachołku – wycedził.

Kuchta oniemiał. Nie tego się spodziewał po pierwszym dniu pracy w słynnej ubeckiej katowni.

Podniósł się powoli i stanął naprzeciw oficera.

– Wepchnę ci te słowa do gardła, skurwysynu – syknął i jednym ciosem potężnej pięści zmiażdżył Leszeńskiemu krtań.

Patrzył potem długie minuty z mieszaniną satysfakcji i obawy – dostanie mu się za zabicie pierwszego więźnia, oj dostanie – jak mężczyzna kona u jego stóp, próbując złapać oddech, po czym, gdy wreszcie sczezł, przyciskiem wezwał pomagierów.

– Zabierzcie to ścierwo – rzucił. – Tylko dyskretnie.

Dwa kołki skinęły głowami.

Po majorze Alojzym Leszeńskim wszelki ślad zaginął, choć w X Pawilonie dobrze wiedziano, co się stało. Kuchta dostał upomnienie i już więcej nie popełnił takiego błędu. Więcej nie poniosły go emocje. Aż do dnia, gdy trzy lata później spotkał na więziennym korytarzu kogoś, kto tę pierwszą porażkę do złudzenia mu przypominał.

W pierwszym momencie Kuchta minął grupkę zatrzymanych, bo więźniów było w tym czasie więcej, niż mógł pomieścić X Pawilon. Upychano ich w dziesięcioosobowych celach po szesnastu, dwudziestu i zapominano na długie lata, bo nikt nie miał ani czasu, ani chęci na słuchanie tego samego: „Jestem niewinny. Nie postawiono mi żadnych zarzutów. Nie wiem, za co mnie aresztowaliście. Czego ode mnie chcecie?".

Ale jeden więzień spowodował, że Kuchta obrócił się na pięcie i zawołał:

– Stójcie!

Dwóch eskortantów zatrzymało się niechętnie. Nawet klawisze nie przepadali tutaj za „Hitlerkiem", jak znów zaczęto go nazywać.

Stanął i więzień. Młody, może osiemnastoletni chłopak. Miał rozbitą wargę – widać już był niepokorny podczas aresztowania – z nosa nadal ciekła mu krew. Wygięte ręce, skute za plecami, musiały sprawiać mu katusze. Mimo to spojrzał na Kuchtę z uniesionym podbródkiem. W oczach miał pogardę i wyzwanie. Coś to Kuchcie przypominało...

– Imię i nazwisko! – warknął.

– Antoni Leszeński.

Na usta „Hitlerka" wypełzł uśmiech, który zmroził dwóch eskortantów, natomiast na chłopaku nie zrobił żadnego wrażenia. On jeszcze nie wiedział, kim jest ulubieniec naczelnika katowni na Rakowieckiej...

– Antoni Leszeński... – powtórzy za chłopakiem, chwytając go za koszulę i przysuwając jego twarz do swojej. – Syn tego gestapowskiego ścierwa...

Nie dokończył. Cios z kolana między nogi tym razem „Hitlerkowi" wepchnął te słowa do gardła. Zgiął się wpół, z trudem łapiąc powietrze.

– Mnie możesz lżyć, ubecka łajzo, ale nie pozwolę obrażać mojego ojca – wycedził Antoni, pochylając się nad Kuchtą, nim oszołomieni eskortanci zdołali go odciągnąć.

Czym prędzej odprowadzili chłopaka do celi. Jeden szepnął:

– No, mały, masz przejebane. Załatwić „Hitlerka" kopem w jaja. Co za widok...

Rozkuli go i wepchnęli do środka. Ciężkie drzwi zatrzasnęły się za Antonim, a on znalazł się na samym dnie, w ostatnim kręgu piekła, które przez następne trzy lata z hakiem będzie jego domem, a którego pensjonariusze, tacy sami potępieńcy jak on, staną się jego braćmi i przyjaciółmi, ratując mu życie po nieludzkich torturach, jakim będzie poddawany.

Stanie się osobistym więźniem „Hitlerka" i nikt, oprócz zupełnie obcego człowieka, przez wszystkie te lata się o niego, Antka Leszeńskiego, nie upomni...

ROZDZIAŁ XIII

Antoni stał w mroku niewielkiego, dusznego pomieszczenia, niemal wtulony w zamknięte za plecami drzwi i z rosnącym przerażeniem patrzył na zbliżające się ku niemu monstra prosto z dziecięcych koszmarów. Bo to może byli jeszcze ludzie, ale... chudzi jak szkielety, obdarci, zarośnięci i przede wszystkim cuchnący niedomytymi ciałami, sprawiali wrażenie chodzących trupów.

– Z kim mamy przyjemność? – zagaił cichym, starczym głosem najbliższy z nich. – Tylko szeptem, proszę. Za zakłócanie ciszy nocnej cała cela stoi do rana na baczność.

Antek kiwnął głową. Nie miał nadziei, że wśród tej bandy kryminalistów – był bowiem pewien, że ma przed sobą najgorszych zbrodniarzy – dożyje rana.

– Jestem Antek Leszeński – wyszeptał.

Żaden z nich się nie poruszył. Nic nie wskazywało na to, że jego nazwisko cokolwiek tu znaczy.

– Coś młodo kolega wygląda. Za co cię wsadzili, bo za konspirę na pewno nie…

– Mam osiemnaście lat i nie wiem, dlaczego tu jestem. W Powstaniu byłem łącznikiem mojego ojca, nie nawojowałem się zbyt wiele, biegając kanałami w tę i we w tę. Po Powstaniu wróciłem ze stalagu i wziąłem się do uczciwej pracy, żeby utrzymać matkę. Nie wiem, za co mnie zgarnęli…

– Może my się zaraz dowiemy – wyszeptał tajemniczo jeden z więźniów, podszedł do rury kanalizacyjnej, biegnącej od ubikacji w górę, i zaczął szybko, ale cicho w nią stukać. Antek patrzył na to oczami rosnącymi ze zdumienia i niedowierzania.

– Antek Leszeński, syn majora Leszeńskiego? – zapytał nagle tamten.

Chłopak skinął głową.

– Wszystko się zgadza, synku – dodał mężczyzna głosem, w którym nagle zabrzmiała serdeczność. – To nie kapuś. „Biały" potwierdził, że mieli w oddziale dzielnego czternastoletniego łącznika, syna majora. Czekajcie… – urwał nagle, znów przykładając ucho do rury. Słuchał w skupieniu. Uniósł nagle brwi, patrząc na chłopaka, a potem twarz rozpromienił mu uśmiech od ucha do ucha.

Podszedł do Antka i uścisnął go serdecznie.

– Musisz wiedzieć, chłopcze, że twojemu ojcu podczas pierwszego przesłuchania niejaki „Hitlerek" zmiażdżył krtań, bo major Leszeński ośmielił się mu postawić. A wy, koledzy, musicie wiedzieć, że ten oto Antoni Leszeński, syn majora, dziś kopem między nogi powalił „Hitlerka" na kolana. Ta wiadomość obiega właśnie cały X Pawilon, wszyscy radują się, jakby dostali prezent gwiazdkowy. To ubeckie bydlę choć raz poczuło, co to znaczy ból. „Biały" prosi, byśmy się tobą zaopiekowali, synku, bo... będzie bardzo ciężko. „Hitlerek", chyba najgorszy sadysta w tym przybytku, nie daruje ci tego.

Co do tego Antek nie miał wątpliwości. Nie wiedział jednak – choć już niebawem miał się dowiedzieć – co w więziennym żargonie znaczy „bardzo ciężko"...

– Pozwól, że dokonam szybkiej prezentacji, zanim klawisz zacznie walić kluczem w drzwi.

Nie zdążył.

Po drugiej stronie rozległy się ciężkie kroki, zgrzytnął zamek. Wszyscy więźniowie poderwali się na baczność i stanęli pod ścianą.

W otwartych drzwiach stanął ponury dryblas i warknął:

– Na L...

Nikt się nie odezwał.

– Na L..., gnoju! – wrzasnął, patrząc na Antka. Ten domyślił się, że wywołują po pierwszej literze nazwiska.

– Leszeński Antoni – powiedział i dał krok w przód, czując, jak gardło zaciska mu się ze strachu.

– Odwróć się. – Klawisz skuł go z powrotem, choć ramiona chłopaka nadal rwały bólem. Szarpnięciem postawił go przed sobą i zmierzył od stóp do głów małymi, świńskimi oczkami, uśmiechając się przy tym obleśnie. – Idziemy – wypchnął chłopaka z celi.

Antek zdążył jeszcze usłyszeć, jak któryś z więźniów szepce:

– Z Bogiem, chłopcze.

Drugi:

– Trzymaj się.

Po czym dostał pięścią w ucho, aż się zatoczył, i nic już nie słyszał. Tylko brzęczenie klucza o kraty. Znak dla innych klawiszy, że korytarzem prowadzony jest więzień.

Wepchnięto go do małego pokoju bez okien, gdzie rozwalony za biurkiem spoczywał oficer śledczy. Józef Kuchta, który mimo pięknego nazwiska i jeszcze piękniejszego imienia i tak wszystkim znany był jako „Hitlerek".

Antek zatrzymał się pośrodku pokoju, tam, gdzie mu kazano.

– To co, chłopcy, najpierw zadbamy, żeby takie gestapowskie, burżuazyjne gówno nigdy nie spłodziło sobie podobnych, a potem zostawicie nas samych? – zagaił Kuchta do eskortanta, który przyprowadził Antka i drugiego, który tkwił przy maszynie do pisania, gotów spisywać zeznania.

Obaj poderwali się ochoczo.

Antoniemu serce podeszło do gardła, ale przyrzekł sobie, że nie da tym bydlakom, tym sadystom satysfakcji. Że dopóki będzie mógł... Ale na to, co zaraz miało się stać, nie był przygotowany...

Jeden zerwał mu spodnie, potem slipy. Nadal skutego oprowadzili dookoła biurka, za którym jeszcze przed chwilą królował „Hitlerek", i nagle... Antek zrozumiał, co za chwilę mu zrobią. Zacisnął powieki, modląc się gorąco do Boga o szybką śmierć.

Oprawcy pieczołowicie umieścili jego genitalia tam, gdzie trzeba, a potem „Hitlerek" strzelił szufladą z całej siły. Antek poczuł taki ból, jaki zdarza się raz w życiu, i osunął się bez przytomności na podłogę. Nie wiedział, że tego bólu zazna jeszcze wiele, wiele razy...

Ocucili go wiadrem lodowatej wody.

Gdy odzyskał zmysły, siedział przywiązany do oparcia krzesła. Przez chwilę miał nadzieję, że to koniec, że takiego bólu nikt nie zniesie. Mylił się. Prawdziwe cierpienie, zadawane powoli, z premedytacją i lubością, było dopiero przed nim.

Żarówka świeciła prosto w załzawione oczy.

– Zostawcie nas – usłyszał i mimo wszystko zatęsknił za obecnością ludzi. Nie chciał zostawać sam na sam z tą bestią.

Drzwi trzasnęły głucho. Nagle poczuł przy swojej twarzy odór jego oddechu.

– A teraz słuchaj, gnoju, bo powiem ci coś, o czym nie wie nikt więcej, a nawet jeśli się od ciebie dowie, to nie będzie to miało dla wymiaru sprawiedliwości żadnego znaczenia. Ty, jako Antoni Leszeński, nie istniejesz, rozumiesz? Nie ma cię w aktach bezpieki. Już ja się o to postarałem. Za to, co zrobił twój ojciec – kazał mi, oficerowi śledczemu, wstać, jak mówię do niego, oficerka bandyckiej AK – a szczególnie za to, jak skompromitowałeś mnie w X Pawilonie, postanowiłem odpłacić ci osobiście. Będę cię uczył pokory, będziesz błagał o śmierć dotąd, aż wspaniałomyślnie się nad tobą, wszarzu, ulituję i przetrącę ci kark albo krtań jak temu bandycie, twojemu ojcu.

– Mój ojciec był patriotą. To ty jesteś bandytą – wychrypiał Antek, mimo że każde słowo skręcało jego wnętrzności w węzeł bólu. – Nawet jeśli na tym świecie nie ma sprawiedliwości i takie bestie rządzą tym chorym krajem, to jest jeszcze Tamta sprawiedliwość, a przed nią i ty kiedyś staniesz.

– A zakładamy się, gnoju, że mi włos z głowy nie spadnie i w dostatku dożyję późnej starości, a ty sczeźniesz tutaj, pod moim biurkiem, gdy zdecyduję, że mam cię dosyć, i nikt nigdy nie dowie się nawet, kiedy zdechłeś i gdzie zostałeś pochowany? Jak twój ojciec, gnijący gdzieś w bezimiennym dole. Nie ma żadnej innej sprawiedliwości, żadnego Tam. Jesteśmy teraz i tutaj, my dwaj. I zaczynamy zabawę. Kim chcesz zostać w przyszłości?

Antek spodziewał się każdego pytania, ale nie takiego. Zamrugał, by choć na chwilę żarówka rażąca prosto w twarz, dała odpocząć umęczonym oczom.

– Mam zdolności językowe. Chcę zostać tłumaczem – odparł.

– Musisz więc pisać na maszynie – zauważył Kuchta podejrzanie łagodnym tonem.

– Umiem pisać szybko i bezwzrokowo.

– Umiałeś – zaśmiał się „Hitlerek" i dodał zupełnie innym tonem: – Już nigdy nic nie napiszesz.

Antek po chwili zrozumiał swój błąd, ale było za późno. Na wszystko, oprócz śmierci, było za późno.

Tamten zgasił żarówkę, świecącą więźniowi w twarz, tylko po to, by ów widział, co oprawca będzie robił. A ten chwycił Antoniego za rękę, oparł ją o kant biurka i choć ten bronił się i wyrywał, zaczął młotkiem łamać mu po kolei wszystkie palce.

Antoni krzyczał. Choć przyrzekał sobie, że zniesie tortury z godnością, ból był nie do wytrzymania. Palec po palcu.

Dziesięć uderzeń. Gdy nastąpiło ostatnie, opadł na oparcie krzesła, pewien, że to koniec. Że to bydlę, ten sadysta, da mu spokój. Lecz Kuchta słynął z tego, że potrafił bić tak, aby prawie zabić. Przytrzaśnięcie jąder szufladą, połamanie palców – to jeszcze nie zagrażało życiu.

Zgruchotana dłoń więźnia, który był jeszcze chłopcem, miał dopiero osiemnaście lat i nie uczynił tej parszywej macosze ojczyźnie nic złego, znów powędrowała na biurko. W dłoni oprawcy pojawiły się szczypce, zacisnęły na pierwszym paznokciu i szarpnęły. Antek zemdlał powtórnie.

Ocucono go wiadrem zimnej wody.

Wyprostował się, szlochając mimowolnie – bo chociaż się starał, nie mógł powstrzymać tego szlochu – i patrzył ogromniejącymi z przerażenia oczami, jak tamten znów bierze szczypce w dłoń. Tym razem ból był tak straszny, że nie pozwolił nieszczęsnemu chłopakowi zemdleć. A miał jeszcze osiem paznokci…

– Podpisz, że współpracowałeś z gestapo – usłyszał przez otumaniony umysł – a dam ci spokój. To wszystko, czego potrzebowałem od majora Leszeńskiego. Przyznanie się do współpracy ze Szwabami. Podpisz to, a będziesz miał szybką śmierć. Kula w łeb.

Półprzytomny spojrzał na podsuwany mu papier.

„Ja, major Alojzy Leszeński, przyznaję się do współpracy z gestapo na szkodę narodu polskiego".

Przeczytał jeszcze raz, odpędzając czerń mruganiem powiek. „Ja, major Alojzy Leszeński…". I nagle zrozumiał cały perfidny plan tej bestii siedzącej naprzeciw. On, Antek, nie istniał. Miał przed sobą akta swojego ojca.

„Podpisz, a będziesz miał szybką śmierć, kula w łeb..."

Z obrzydzeniem napluł na podsuwane mu zeznanie. Mógł podpisać wyrok śmierci na siebie, ale nigdy nie splugawi pamięci swego ojca, majora Leszeńskiego. Dla Antka słowa Bóg, Honor i Ojczyzna nie były li tylko haftami na sztandarze.

– Wybrałeś, skurwysynu – syknął Kuchta.

Wypadł zza biurka, jednym kopniakiem przewrócił krzesło z więźniem, chwycił rzemienny batog, a potem zaczął bić. Zimno, bez emocji, raz za razem. Z całej siły.

Dwie godziny później do celi numer dwanaście wrzucono strzęp człowieka. Współwięźniowie myśleli, że już po nim, po Antku Leszeńskim, że już nie żyje. Mimo to zajęli się nim tak, jak każdym po ciężkiej „obróbce". Parę kropli kawy na popękane usta, pospieszne obmycie i opatrzenie najbardziej krwawiących ran.

Wreszcie uchylił na milimetr powieki, a współwięźniowie odetchnęli.

– Błagam, pozwólcie mi umrzeć – wyszeptał, choć każde słowo okupił bólem.

– Musisz żyć, synku, żeby takie gnidy jak „Hitlerek" nie wygrały – usłyszał cichą odpowiedź.

Józef Kuchta dotrzymał słowa. Przez następne lata trzymał swojego osobistego więźnia na granicy życia i śmierci, nie pozwalając mu umrzeć.

Współwięźniami podczas Antkowej gehenny byli: profesor literatury, którego zgarnięto wprost z uczelni, nie bardzo wiedząc za co; słynny na cały świat lotnik o największej liczbie strąceń samolotów wroga w całym dywizjonie; magnat samochodowy, którego jedynym grzechem było to, że znał osobiście Henry'ego Forda, założyciela fabryki aut; zwykły pastuch krów, którego bezpieka zwinęła jako pierwszego z brzegu i gnił w tej małej celi bez światła trzeci rok tylko dlatego, że spłonęła stodoła, w której odbywała się impreza, „na pewno podpalona przez wrogów ludu"; rzeczywisty bojownik o wolność i niepodległość z WiN, który nigdy nie pogodził się ze zmianą jednego okupanta na drugiego; wreszcie zagorzały komunista i wielbiciel Stalina, który – o ironio – nie zdołał na pochód pierwszomajowy zwołać nikogo oprócz siebie, więc posadzili jego.

Ci wszyscy ludzie różnego stanu i tak różnych poglądów, AK-owiec czy komunista, siedzieli w jednej celi i robili to, czego – pal licho poglądy! – wymagało od nich człowieczeństwo, zwykłe poczucie przyzwoitości, a wreszcie sumienie: dbali o siebie nawzajem. Byli zdani tylko na współtowarzyszy niedoli, przeciwko całemu okrutnemu, bezdusznemu, a przede wszystkim bezczelnie pewnemu siebie aparatowi „bezpieczeństwa".

Ludzie latami nie widzieli światła słonecznego, siedząc w ciemnych celach. Latami nie wiedzieli, za co właściwie siedzą, bo taki był „przerób" w więzieniu na Rakowieckiej, że nie nadążano ze stawianiem zarzutów i wymierzaniem kary. Latami nie widzieli swych rodzin: matek, żon, ojców, braci...

Więźniowie godzili się z tym, bo nie dano im wyboru. Jedyną formą buntu była dbałość o współtowarzyszy po brutalnej „obróbce". Za każdym razem, gdy Antek, który już dorobił się ksywki „Wilczek", słyszał „Na L...", wstawał na uginających się kolanach i ruszał za klawiszem, do każdej celi trafiała informacja, nadawana metodą „stukania", czyli alfabetem Morse'a, za którego używanie groziły surowe kary, że „nasz Wilczek" jest „obrabiany" przez tego „ch". I nie był to już skrót od „Hitlerka".

Gdy po kilku godzinach, na granicy życia i śmierci, wrzucano go do celi niczym worek kartofli, po rurach biegło pytanie: „Wyjdzie z tego?".

Za każdy razem skatowany do granic wytrzymałości ludzkiego organizmu chłopak błagał współtowarzyszy: „Pozwólcie mi umrzeć. Ja już nie wytrzymam...". I słyszał cichą odpowiedź któregoś z nich: „Wytrzymasz. A wiesz dlaczego? Bo musisz przeżyć tego sukinsyna". Żył, ale tylko dlatego, że nie wiedział, jak ze sobą skończyć. Próbował. Tak. Raz próbował, ale jego towarzysze pilnowali, by trwał mimo wszystko. Dzień po dniu, tydzień po tygodniu, miesiąc po miesiącu – „obróbka" – i znów: dzień po dniu...

Aż wreszcie... stało się coś, co zakończyło jego gehennę.

Do celi numer dwanaście trafił... szpieg. Nie kapuś, podrzucony przez bezpiekę, ale prawdziwy szpieg. Schwytany na granicy pod fałszywym nazwiskiem, specjalnie nie ukrywał tego, czym się zajmuje. Opowiadał co ciekawsze przygody, zupełnie się nie przejmując tym, gdzie jest i co go czeka. Antek, najmłodszy w celi, będąc jeszcze w niezłym stanie przed kolejnym spotkaniem z „Hitlerkiem", słuchał go z błyszczącymi oczami. I nagle zaczął z nim rozmawiać w trzech językach, ot tak, żeby nie zapomnieć. Pogadali po angielsku, francusku i niemiecku, aż szpieg wykrzyknął zdziwiony:

– Chłopcze, ty masz niezwykłe zdolności językowe. Byłbyś znakomitym tłumaczem!

Antek uśmiechnął się smutno.

– Byłbym.

I, pokazując Janowi Nowakowi, bo tak przedstawił się nowy współwięzień, swoje łamane już trzykrotnie palce i trzykrotnie wyrywane paznokcie, opowiedział mu swoją historię. Tamten wziął jego ręce w swoje i przyglądał się im długo, w zadumie.

– Mówisz, że jesteś osobistym więźniem jakiegoś ubeka, bo dałeś mu kopa w jaja?

Antek kiwnął tylko głową. Współtowarzysze niedoli przysłuchiwali się tej rozmowie w milczeniu. Żaden z nich nie przechodził takich tortur jak „Wilczek". Od czasu do czasu któregoś z nich wzięto na przesłuchanie, pobito czy kazano stać na baczność w lodowatej celi, ale bykowcem z hakami wplecionymi między rzemienie, po spotkaniu z którym wrócił ostatnio Leszeński, tak krwawiąc, iż myśleli, że tym razem nie uda im się go uratować, nie dostał jeszcze żaden...

– Pokaż mi plecy i ramiona – nakazał Jan Nowak.

Antek niechętnie zsunął koszulę. O co tamtemu chodzi? Chce popatrzeć sobie na blizny, którymi miał pocięte całe ciało, czy rany, które jeszcze nie zdążyły się zagoić?

– Jesteś synem oficera, polskiego oficera...

– Majora Alojzego Leszeńskiego, dwukrotnie odznaczonego Krzyżem Walecznych i Srebrnym Krzyżem Virtuti Militari – odparł dumnie Antek.

– I siedzisz tu ot tak, bo ubekowi sadyście postawił się najpierw twój ojciec, a potem ty, kopem między nogi? – Szpieg klepnął dłońmi w kolana i zaśmiał się jak z dobrego kawału.

Antek wzruszył ramionami. Teraz, po trzech latach tortur, zastanowiłby się, czy warto…

– Więc słuchaj, chłopcze, ja niedługo wyjdę…

Tu współwięźniowie spojrzeli nań z niedowierzaniem.

– Tacy fachowcy jak my są zbyt cenni, by słać nas do piachu – wyjaśnił Nowak. – Już trwają rozmowy, na kogo mnie wymienić. Gdy zaś wyjdę, nie zapomnę o tobie, „Wilczku", tylko dotrwaj. Nie poddawaj się. Nie wiem, ile czasu zajmie mi załatwienie wszystkich spraw, ale bądź dobrej myśli, nie trać nadziei. Dotrwaj.

Antek siedział przed tym czterdziestoletnim mężczyzną ze zwieszoną głową. „Dotrwaj". Czy wiesz, o co prosisz, człowieku? Czy wiesz, ile razy błagałem o śmierć, gdy przypalał mnie żelastwem, wylewał na mnie wrzątek, łamał palce, wyrywał paznokcie, kastrował szufladą? „Dotrwaj"…

Jan Nowak wyszedł dwa dni później, pozdrawiając wszystkich uprzejmym uśmiechem. Tego samego dnia Antka Leszeńskiego wtrącono do karceru.

Siedział już w tym strasznym miejscu dwukrotnie, po kilka dni, może tydzień? Pomieszczenie metr na metr, w którym nie możesz się wyprostować, załatwiasz się pod siebie, karmią cię, owszem, tym, co wszystkich: zupą na brukwi i dorszach, oczywiście z robakami, i jesz ją, o ile jesteś w stanie utrzymać miskę i łyżkę, ale potem zamykają ciemnicę na głucho, a z góry przez wąską szparę sączy się szare światło, tak byś nie wiedział, czy to dzień, czy noc. Najgorsze jest to, oprócz poniżającego wypróżniania się pod nogi i siedzenia wśród własnych ekskrementów, że ściany naszpikowane są drobniutkimi odłamkami szkła. I co byś nie robił, jak byś nie próbował uniknąć tej niekończącej się tortury, szkło rani twoją skórę, oblepioną łajnem i moczem, mieszając się z krwią.

Karcer...

Po kilku dniach zaczynasz tracić zmysły. Nie wiesz, czy to dzień, czy noc, mimo że przynoszą ci posiłki, których nie jesteś w stanie przełknąć. Chcesz jedynie stąd wyjść. Zaczynasz mieć omamy. Ściany, tnące twoją skórę do krwi, mówią do ciebie. „Podpisz, będziesz miał łatwą śmierć. Schody do kotłowni, kula w potylicę i dół, pospiesznie wykopany gdzieś w lesie. Wystarczy, że podpiszesz".

Po tygodniu w karcerze jesteś gotów podpisać wyrok śmierci na samego siebie.

Osiemnastoletni Antoni Leszeński spędził w tym strasznym miejscu miesiąc.

Gdy wrzucili go do celi numer dwanaście, współwięźniowie pochylili się nad wychudłym jak szkielet, siwowłosym starcem, w pierwszej chwili myśląc, że to ktoś nowy. Otwierał usta i oczy jak ryba wyrzucona na brzeg.

Ktoś zapytał kurtuazyjnie:

– Może się pan przedstawić?

I nagła zgroza…

– To nasz Antoś! To „Wilczek"! Synku, co oni z tobą zrobili?!

Dopiero wieczorem, pojony łyżeczka po łyżeczce kawą z cukrem, umyty z zaskorupiałych ekskrementów, z ranami opatrzonymi na tyle, na ile zdołano, miał siłę wyszeptać:

– Nie podpisałem…

Wszyscy współwięźniowie, mimo że ich też nie oszczędzano, ale i nie pastwiono się nad nimi tak strasznie, poczuli wilgoć pod powiekami.

– Może… może nie ratujmy „Wilczka" tym razem – Ziutek, prosty pastuch, ten co go zgarnęli pierwszego z brzegu po pożarze stodoły jako wroga ludu, wypowiedział to, co chyba wszyscy w tej chwili myśleli. – „Hitlerek" będzie się tak nad nim znęcał latami. Okażmy Antosiowi miłosierdzie i pozwólmy mu skonać nie u stóp tego bandziora, a tutaj, wśród swoich.

Zapadło milczenie.

Każdy musiał to rozważyć we własnym sumieniu.

– Bóg nam to przecież wybaczy – Ziutek odezwał się jeszcze błagalnym tonem, głaszcząc dwudziestojednoletniego chłopca, młodszego odeń o dziesięć lat, po białych jak śnieg włosach.

Tej nocy, wstrząśnięci do granic, nie byli w stanie podjąć decyzji.

Następnego dnia podjęto ją za nich.

ROZDZIAŁ XIV

Przyszli po niego we dwóch, pewni, że więzień nie będzie w stanie się opierać. Mieli rację.

– Na L... – warknął klawisz, który w duchu od lat podziwiał młodego chłopaka, że po tylu przesłuchaniach u „Hitlerka" nadal się trzyma. Nadal żyje. Zresztą „Wilczek" już dawno w X Pawilonie stał się legendą hartu ducha i nieugiętości. Bez względu na to, w jakim stanie wrzucano go do celi, czy miał połamane nogi, czy powyrywane paznokcie, zawsze powtarzał, gdy już mógł choć szeptać: „Nie podpisałem".

– Na L... – warknął powtórnie, gdy odpowiedziała mu cisza.

– On nie jest w stanie odpowiedzieć – rzekł któryś z więźniów z gniewem. – Wczoraj przynieśliście go z karceru. Wykończcie go wreszcie, skurwysyny, bo ten chłopak nic wam nie zawinił. Oprócz tego, że kopnął między nogi jednego z was!

– Zabieramy go na rozprawę, nie na przesłuchanie – odparł klawisz, nagle pokorniejąc. Czasy się zmieniają, być może kiedyś to jego będą wywoływać.

– To go zabierajcie! – krzyknął ten sam głos. – Nie jest w stanie ustać na nogach!

Dwóch eskortantów weszło do celi, spoglądając ponuro na pozostałych więźniów, wzięło Antka pod pachy i wywlekło go na korytarz. Ich też przeraził stan więźnia. Jeszcze parę tygodni temu wyglądał na swoje dwadzieścia jeden lat. Owszem, wynędzniały, chudy, wykończony torturami, ale czarnowłosy młody chłopak... Teraz wlekli przed oblicze sądu siwowłosego starca u progu śmierci...

– Z Bogiem, Antoś! – rozlegały się szepty.

– Niech cię Bóg błogosławi – ktoś z sąsiedniej celi mówił łamiącym się głosem.

Rozprawa sądowa była końcem wszystkiego. Część otępiałego mózgu chłopaka to właśnie mu podpowiadała. Był pewien, że dostanie wyrok śmierci, i modlił się o nią.

Jego koszula nasiąkała powoli krwią z niezliczonych ran zadanych szkłem karceru. „Niech to się skończy" – tylko o to błagał Boga...

Wprowadzono go, czy raczej wciągnięto, bo ledwo poruszał nogami, do celi nieco większej niż ta, którą przez trzy lata dzielił ze współwięźniami, współbraćmi. Rozbiegany wzrok – po miesiącu w karcerze nie mógł skupić spojrzenia – spoczął na trzech siedzących za biurkiem mężczyznach. Jeden w mundurze, kapitan, dwóch bez stopni: protokolant z niezbyt grubą teczką pod ręką i jakiś cywil po lewej, na specjalnie dostawionej ławce. Więźnia ciśnięto, bo raczej nie posadzono, obok tego drugiego.

– Jestem pana obrońcą z upoważnienia... Jana Nowaka. Stefan Jacki – wyciągnął do Antka dłoń i widząc, w jakim jest stanie, uścisnął ją delikatnie, z mimowolnym szokiem w oczach.

Kapitan, będący widać sędzią, rozparł się pośrodku stołu i uśmiechnął wrednie.

– No i jak pan zgaduje, majorze Leszeński, czapa czy dożywocie?

Antek uniósł nań udręczone spojrzenie.

– Nie jestem majorem – wyszeptał. – Antoni Leszeński, lat dwadzieścia jeden, łącznik bez stopnia, syn majora Alojzego Leszeńskiego.

Wszyscy – oprócz obrońcy, bo ten wiedział wszystko – wytrzeszczyli nań oczy.

Sędzia spojrzał w akta...

– Tu stoi: „Major Alojzy Leszeński, syn Leopolda, lat czterdzieści sześć, dowodzący w Powstaniu Warszawskim oddziałem »Zygmunt«". Co mi tu pierdolicie o jakimś Antonim?!

Antek spróbował wstać. Jacki podtrzymał go, by mógł mówić:

– Mój ojciec, major Leszeński, pierwszego dnia przesłuchań został zamordowany przez „Hitlerka" ciosem w krtań. Ja jestem synem majora, Antonim. W Powstaniu byłem łącznikiem ojca. Nie brałem udziału w walkach ani w żadnych ruchach antypolskich po wojnie. – Nie miał pojęcia, skąd bierze się w nim siła, by stać prosto i wypowiadać te słowa, ale zaciskająca się na jego łokciu dłoń obrońcy prosiła, wręcz nakazywała: „Mów, chłopcze. W tych słowach twoja nadzieja".

Nagle mecenas Jacki, milczący dotąd, poderwał się:

– Czy mam rozumieć, że od trzech lat przetrzymujecie i torturujecie tutaj niewinnego człowieka?! Bo nie wmówi mi pan, kapitanie, że ten dwudziestojednoletni, jak się okazuje, chłopak osiwiał z miłości?! Jeszcze wczoraj był w karcerze, przetrzymywany tam miesiąc! I dziś dowiadujemy się, że macie przed sobą akta nie jego, a majora Leszeńskiego?! Ojca tego chłopaka? Chłopaka, który był zwykłym czternastoletnim powstańczym łącznikiem?! Za to w Polsce Ludowej dajecie karę śmierci?!

Kapitan poczerwieniał na twarzy. Na szyi zaczęły pulsować mu żyły.

– Przerywam posiedzenie do wyjaśnienia sprawy. Sprowadźcie mi tu „Hitler...", to znaczy Józefa Kuchtę.

Antek wraz z obrońcą zostali wyprowadzeni na zewnątrz.

Po kilku minutach minął ich, omiatając nienawistnym spojrzeniem, „Hitlerek".

Rozumieli jedynie pojedyncze słowa, padające zza zamkniętych drzwi, domyślając się reszty:

– To nie twój własny folwark, skurwysynu!

– Wiesz, kto go broni?!

– Za kogo ty się, Kuchta, kurwa twoja mać, masz?!

– Jeżeli on i jego mecenas... – tu głos sędziego obniżył się tak, że nic już nie było słychać, ale już kończące tę cichą przemowę: – Wypierdalaj!!! – owszem.

W następnej sekundzie Kuchta wypadł z pokoju, przyrzekając Antkowi bezgłośnie: „Jeszcze z tobą nie skończyłem", a ich dwóch wezwano z powrotem do celi udającej salę sądową.

– Antoni Leszeński, syn Alojzego – zaczął jak gdyby nigdy nic sędzia, nawet na Antka nie spojrzawszy – nie przyznał się do zarzucanych mu czynów. Uznajemy go wobec tego winnym jedynie zatajenia własnej tożsamości i wprowadzenia tym sądu w błąd. Wymierzamy karę... Ile on już siedzi? – zwrócił się do tego po prawej.

– Trzy lata i dwa miesiące.

– Trzech lat i dwóch miesięcy, zaliczając areszt na poczet kary. Podejdźcie tu, Leszeński... Wy, mecenasie, zostańcie na miejscu.

Antek wstał i przytrzymując się stołu, podszedł do sędziego. Ten przysunął twarz do jego twarzy i rzekł tak cicho, aby usłyszał te słowa tylko on, Antek:

– A jeśli będziecie za dużo gadać, wrócicie do X Pawilonu razem ze swoją matką i już z niego nie wyjdziecie. Zrozumiano?

Kiwnął głową, zupełnie nie pojmując, co się dzieje.

– Wyprowadzić mi to ścierwo i obym nigdy więcej go tu nie ujrzał – zakończył rozprawę kapitan.

Mecenas wziął Antka pod ramię, łagodnie, acz stanowczo, odciągnął od sędziowskiego stołu, a potem wyprowadził za drzwi. Dwaj eskortanci trzymali się z tyłu. Stefan Jacki doprowadził Antka do celi numer dwanaście. Otworzyły się ciężkie drzwi. Współwięźniowie rzucili się ku chłopakowi.

– I co? I co? – padały gorączkowe pytania.

Ale on nie potrafił na nie odpowiedzieć. Nie rozumiał, co się wydarzyło i co się ma wydarzyć.

Mecenas Jacki odpowiedział za niego spokojnym, wzruszonym głosem:

– Antek dziś wychodzi na wolność. Dziękuję, panowie, za opiekę nad nim. Niech was Bóg błogosławi.

Umilkli. Pojedynczo, łagodnie, ściskali Antoniego, który słaniając się na nogach, marzył tylko, by runąć na swój barłóg w rogu celi i już się z niego nie ruszać.

– Najdzielniejszy z dzielnych, nasz „Wilczek" – słyszał szepty.

Ktoś pobłogosławił jego czoło znakiem krzyża.

– Idź i opowiedz o wszystkim, co tu widziałeś – usłyszał.

To rozsierdziło klawiszy.

– Zabieraj go pan, póki mamy cierpliwość – warknął jeden z nich.

Jacki wyprowadził Antka z celi, a potem po żelaznych schodach w górę. Nogi się pod chłopakiem uginały, ale mężczyzna ciągnął go do wyjścia. Aż do ciężkich, stalowych drzwi, za którymi panował zwyczajny warszawski wieczór.

Antoni, oszołomiony, podszedł do czarnego samochodu, usiadł na siedzeniu pasażera, które mu wskazał mecenas, i kwadrans później, jeszcze niewierzącego, że to koniec katorgi, jeszcze podejrzewającego, że to kolejna tortura wymyślona przez Kuchtę, delikatnie kładziono go na czystym prześcieradle szpitalnego łóżka i przykrywano czystą kołdrą.

– Ten dzielny chłopak ma dwadzieścia jeden lat. Torturowano go na Rakowieckiej. Zróbcie wszystko, by doszedł do siebie – usłyszał ciche słowa mecenasa. Odpowiedzi doktora czy pielęgniarki jego zmęczony mózg już nie zanotował. Zasnął…

Ze szpitala wyszedł parę tygodni później.

– Mamo, to ja, Antek – rzekł, stając na progu domu. – Wróciłem.

Kobieta w pierwszej chwili zrobiła wielkie oczy, nie poznając syna, w następnej zemdlała.

Józef Kuchta po „wpadce" z zamianą teczek został usunięty z Rakowieckiej, ale bynajmniej na tym nie ucierpiał. Mimo że nie miał ukończonej nawet szkoły podstawowej, szybko wysłano go na kurs, gdzie nauczył się pisać bez błędów i płynnie czytać. Dostał do ręki świadectwo maturalne na lepiej brzmiące nazwisko Kuchciński. Potem, po przyspieszonych studiach, dyplom i... zrobiono z niego prokuratora. Tak oddanych, niemal nadgorliwych ludzi władza ludowa bezmyślnie się nie pozbywała.

Teraz przechadzał się po korytarzach sądu w czarnej todze, a do akt sprawy, którą mu przydzielano, miał zawsze dopiętą karteczkę „Najwyższy wymiar kary" wraz z dopiskiem, jaka kara przysługuje. To był jego jedyny obowiązek: niczym papuga powtarzać: „Żądam najwyższego wymiaru kary...", „15 lat...", „kary śmierci...", „dożywocia..." – w zależności od załączonej karteczki. Do akt nawet nie zaglądał... Służył Polskiej Rzeczypospolitej Ludowej z takim oddaniem, z jakim wrzucał do ognia polskie dzieci za czasów UPA i torturował więźniów na Rakowieckiej.

Po upadku komunizmu przeszedł na zasłużoną, zacnej wysokości emeryturkę, dorabiając jako doradca mafii, bo „swoich ludzi" z taką samą przeszłością miał wszędzie, a „swoim" nie odmawiano drobnych przysług...

I mimo że mieszkał w pięknej willi na Żoliborzu, kiedyś należącej do Leszeńskich, mimo iż nie brakowało mu pieniędzy na wszelakie dostatki, nie zapomniał o jednym: jego porachunki z „Wilczkiem" nie dobiegły końca. „Jeszcze mi za tego kopa w jaja zapłacisz, skurwysynu..."

– To niemożliwe – wyszeptała Majka, przeraźliwie trzeźwa mimo kolejnych tequili. – Nie wierzę, że można się znęcać nad bezbronnym człowiekiem ot tak, bez powodu...

– A w rzeź wołyńską wierzysz? Dwieście tysięcy Polaków, mężczyzn, kobiet i dzieci, w bestialski sposób pomordowanych przez Ukraińców? – odparł pytaniem Patryk.

Kiwnęła głową.

– Co to więc dla takiej bestii jak nasz ojczym jeden osiemnastolatek? Dla bestii, która potrafiła znęcać się nawet nad tymi dziećmi, którym kazała mówić do siebie „ojcze"...

– Rozumiem, że przechodzimy do historii trzech braci Prado? – zapytała słabym głosem.

– To co, tequila na ostro? – domyślił się, nalewając sobie kolejną porcję szkockiej. W odpowiedzi wzięła jego szklankę i wychyliła do dna.

ROZDZIAŁ XV

Wiktor szedł Krakowskim Przedmieściem, jak zawsze oczarowany urokiem tej ulicy, zastanawiając się – trochę ze smutkiem, trochę z rozbawieniem – czy Patryk z Majką są już zalani w trupa, czy jeszcze nie. On już by chyba był. Gdy znalazł dokumenty na temat Adolfa Kuchty, i to jeszcze sprzed „kariery" na Rakowieckiej, gdy wyobraził sobie, co ta bestia wyrabiała na Wołyniu, do czego to bydlę jest zdolne, dziwił się – naprawdę się dziwił – że on i jego bracia uszli z jego łap cało. Dla „Hitlerka" chwycenie dziecka za nóżki i rozbicie mu główki o ścianę było jak szklanka bimbru na dobry koniec nocy „riezania Lachów"...

Tak, gdyby miał teraz o tym opowiadać pięknej dziewczynie, jaką była Majka Trojanowska, już byłby po kilku głębszych.

Majka Trojanowska... Ciekawe, dlaczego stanęła na jego drodze. Ognista brunetka o pięknych fiołkowych oczach i ciele modelki... Oczywiście, że wzbudziła w nim pożądanie, był przecież normalnym mężczyzną, który długo, już zbyt długo nie miał kobiety, ale Wiktor Prado potrafił panować nad pożądaniem, szczególnie gdy tak blisko, być może tuż-tuż, była miłość jego życia. Gabrysia Leszeńska. Nie poszedłby do łóżka z dopiero co poznaną kobietą, do której nie czuł nic więcej niż pociąg fizyczny, a tym bardziej nie zaliczyłby przyjaciółki Gabrieli.

Był piękny, ciepły, lipcowy wieczór. Zbliżał się do domu, w którym mieszkał jego serdeczny przyjaciel. Jeden z niewielu, jakich miał w tym mieście. Jeden z niewielu, jakich w ogóle miał.

Spotkali się po raz pierwszy, gdy Wiktor miał trzynaście lat, a bliźniaki po pięć. Tak… to wtedy wszystko się zaczęło…

Matkę Wiktora, będącą w siódmym miesiącu ciąży, prokurator Józef Kuchciński znalazł na przystanku autobusowym. Kuchciński – będąc we własnym mniemaniu przystojnym mężczyzną w kwiecie wieku – pochylił się nad zaszlochaną, zasmarkaną dwudziestoparoletnią dziewczyną o ognistej hiszpańskiej urodzie i głosem stroskanego rodzica zapytał, co się stało.

Ano rodzice kazali jej iść do gacha, który zrobił jej to dziecko. Ale ona, wysyłana przez ojca na ulicę, od kiedy skończyła szesnaście lat, nie miała pojęcia, do kogo niby miała iść!

Kuchciński uniósł jej twarz pod brodę. Miała podbite oko i spuchnięty policzek. Odwróciła twarz, zakrywając ślady pobicia bujnymi, czarnym włosami.

– Ojciec ma ciężką rękę – wymamrotała.

Dla „Hitlerka" była w sam raz. Nie musiałby już chodzić na dziwki i płacić ekstrastawek za pobicie. Miałby taką na własność i za darmo.

Przygarnął dziewczynę pod dach swej wspaniałej willi. Ta, oczarowana wnętrzami, w jakich znalazła się chyba pierwszy raz w życiu, nie protestowała, gdy zaproponował jej układ: ona tu zamieszka wraz z nienarodzonym jeszcze bękartem w zamian za ostry seks, a czasem zgodę na brutalne traktowanie.

Ostry seks to Maria Prado miała do tej pory codziennie od nocy do świtu, i to nie tylko z jednym obleśnym, spasłym dziadem, który szybko się pewnie zmęczy. Brutalnie traktowana była przez resztę czasu, bo ojciec mawiał, że jeśli kobity codziennie nie spierzesz, to się znarowi. Matka, Hiszpanka, wychowana w kulturze macho, zgodnie z której zasadami jej ojciec tak samo traktował jej matkę, dziadek – babkę, i tak od pokoleń, potakiwała swemu panu i władcy, gdy tylko ta ladacznica, ich córka, próbowała się bronić.

Warunek Kuchcińskiego wydał jej się znośny.

Urodziła ślicznego chłopczyka, którego Kuchciński usynowił i na którego nie szczędził pieniędzy, tak zresztą jak i na swoją piękną, młodą żonę.

Ale gdy doszła do siebie po porodzie i poznała, co znaczy „ostry seks" w wykonaniu męża i jak po „ostrym seksie" wygląda „brutalne traktowanie", nie była w stanie zwlec się z łóżka przez dobry tydzień…

Służba – niańka do dziecka, sprzątaczka i kucharka – były jak trzy małpy: nie widzę, nie słyszę, nie mówię. I tak przez następne trzy lata.

Ktoś kiedyś powiedział Antkowi Leszeńskiemu, gdy ten był jeszcze w katowni na Rakowieckiej, że najgorsze jest czekanie: najpierw aż po ciebie przyjdą, a potem na pierwszy cios. Po Antka przychodzili co dwa miesiące, bo tyle czasu potrzebował na dojście do siebie po „obróbce" Kuchty, by przeżyć następną. Gdy zbliżał się ten dzień, każde uderzenie w drzwi celi kluczami, każde kroki na korytarzu sprawiały, że serce podchodziło mu do gardła. Gdy wreszcie go wywoływali, przychodziła jednocześnie ulga, że to już, i ten drugi strach: czekanie na pierwszy cios. Następne bolały tak samo, ale trzeba je było po prostu znosić do końca. Pierwszy był najgorszy.

Tak samo czekała teraz Maria Prado. Na ten dzień – zwykle raz w miesiącu, bo „Hitlerek" nie mógł przecież poddawać żony takiej „obróbce" jak Leszeńskiego – a potem, wyczuwała to szóstym zmysłem, słysząc, jak parkuje samochód pod domem, z jaką furią trzaska drzwiami, wiedziała, że to dziś.

Kucharka i sprzątaczka żegnały się szybko, obrzucając młodą kobietę spojrzeniami pełnymi współczucia i pogardy jednocześnie, bo żadna swojemu by na to nie pozwoliła, ona wciskała jeszcze dziecko niani, prosząc, by na noc zabrała je do siebie, po czym, zamykając za nimi tylne drzwi, powoli szła na spotkanie kata, który najpierw ją gwałcił w najbrutalniejszy sposób, jakiego nauczył się jeszcze na Kresach, a potem zaczynał „tresurę", powoli zdejmując ciężki skórzany pas...

Kończył, gdy niemal traciła przytomność i lizała mu buty, błagając o litość.

Ale któregoś wieczoru wszystko szlag trafił. Niania się rozchorowała, dziecko płakało, Maria nie była tak potulna, jak powinna być, a może Kuchciński był bardziej pijany niż zazwyczaj:

– Zajmij się tym bękartem, suko! Albo się zamknie, albo wypierdolę go przez okno! – wrzasnął, bo choć nie wiem jak się starał, jego sflaczałe przyrodzenie nie chciało stanąć.

Maria obciągnęła sukienkę i pobiegła na górę. Trzyletni chłopczyk stał w łóżeczku i płakał, wyciągając do niej rączki. W tym momencie poczuła, że to koniec, dłużej tego nie zniesie. Poczeka, aż tamto bydlę padnie schlane na swój barłóg, zabierze synka i ucieknie, choćby pod most, byle nigdy więcej nie znosić tych gwałtów, bicia i strachu.

Usłyszała kroki na schodach.

Szedł tu.

Stanął w drzwiach.

Malec umilkł na chwilę, a potem zaczął płakać jeszcze głośniej, śmiertelnie przerażony. Kuchciński ruszył w kierunku łóżeczka, jego nalana twarz poczerwieniała, rysy zmieniły się w maskę szaleńca, oczy niemal wyszły z orbit:

– Zamkniesz mordę, ty bękarcie? – syczał, zbliżając się.

Maria skoczyła między niego a łóżeczko, zasłaniając synka własnym ciałem.

Uniósł pięść i uderzył z całej siły. Przeleciała przez pokój jak szmaciana lalka, być może już w tym momencie martwa. Suchy trzask głowy, pękającej od uderzenia w parapet, i cisza. Martwa, przedłużająca się cisza.

Chłopczyk patrzył na leżącą z nienaturalnie odgiętą głową matkę wielkimi, przerażonymi oczami.

– Masz szczęście, gnoju, że nie jesteś starszy i nie możesz zeznawać – mruknął Kuchciński, podchodząc do ciała.

Zbyt wiele takich jak Maria miał na koncie, by musiał sprawdzać puls czy oddech. Kopnął tylko jej udo czubkiem buta i poszedł na dół wezwać pogotowie i policję.

Mały Wiktor Prado w milczeniu patrzył na ciało matki. Nie wiedział, co się stało. Jego mały, trzyletni mózg nie mógł pojąć tego, czego był świadkiem. Ale już wtedy podświadomie wiedział: „Milcz. Nie ruszaj się. Nawet nie oddychaj"…

Szanowany prokurator Kuchciński był nie do ruszenia. Nawet jeśli ktokolwiek miał wątpliwości, czy to rzeczywiście był nieszczęśliwy wypadek, wszyscy milczeli.

A „Hitlerkowi" spodobała się instytucja bezpłatnej dziwki do bicia, lecz postanowił być tym razem nieco rozważniejszy i nieco odczekać. Wrócił więc do kawalerskich nawyków, za ciężkie pieniądze katując prostytutki. Do domu wracał najczęściej późną nocą, zupełnie pijany. Syna – który już leżał w swoim łóżeczku, nieruchomo, z rączkami wzdłuż ciała i wstrzymanym oddechem, wpatrując się wielkimi czarnymi oczami w drzwi – nie widywał do tego stopnia, że w ogóle o nim zapomniał. Kucharka Wiktora karmiła, sprzątaczka prała mu ubranka.

O istnieniu dziecka przypomniał sobie ze zdziwieniem, dopiero gdy przyszło wezwanie ze szkoły: jego syn powinien w tym roku rozpocząć naukę.

Kuchciński nagle wytrzeźwiał. Wpadł do pokoju dziecka, które zesztywniało z przerażenia, i długą chwilę mu się przyglądał. Szczupły, czarnowłosy, czarnooki chłopak, nieco smagły, po matce – niech ją szlag…

– Wstań! – warknął.

Wiktor poderwał się i stanął przed ojczymem, próbując powstrzymać drżenie nóg i szczękanie zębami.

– Od września idziesz do szkoły – zaczął Kuchciński. – Za złe oceny – wpierdol. Za bijatyki – wpierdol. Za uwagi i skargi od nauczycieli – wpierdol. Nie chcę mieć z tobą żadnych kłopotów, bękarcie. Rozumiesz?

Chłopiec kiwnął głową.

I na rok Kuchciński znów mógł o nim zapomnieć, ale pomyślał, że czas na nową żonę, która dopilnuje i tego smarkacza, i służby, a przy okazji pozwoli się tak wytresować jak matka Wiktora. Bo to okładanie dziwek już mu się znudziło…

Jak na zamówienie napatoczyła się blondynka z wielkim brzuchem, zaszlochana i zasmarkana tak jak poprzednia, którą ponownie pan prokurator serdecznie się zaopiekował. Nie zawierał z nią tym razem żadnych układów, bo mogłaby się komuś wygadać, wziął ją czym prędzej za żonę, bliźniakom, które urodziła dwa miesiące później, dał swoje nazwisko i stopniowo zaczął wdrażać „tresurę".

– Wiesz, że mam gwałtowny charakter – tłumaczył potem szlochającej żonie, którą razy po pasie czy sznurze od żelazka paliły żywym ogniem, i kupował na przeprosiny a to bransoletkę, a to ładny wisiorek…

Agnieszka – bo tak miała na imię jego druga ofiara – przez pięć lat poznała swoją rolę i pogodziła się z nią. Wpieprz raz na miesiąc to niewielka cena za uniknięcie powrotu na wieś, w grzechu i sromocie, z dwójką bękartów. A Kuchciński, co by o nim nie mówić, na ciuchy dla niej i dzieciaków nie żałował, błyskotki kupował, a po którymś razie, gdy naćpał się viagry i gwałcił ją dobrych kilka godzin, nawet samochód jej kupił. Ona następnego dnia spakowała do tego samochodu wszystkie cenne rzeczy, biżuterię, ciuchy, srebrną zastawę, kilka obrazów – tylko synów zostawiła – i... tyle ją widziano.

Gdy Kuchciński wrócił wieczorem do domu, przywitała go wściekła niańka, bo musiała zostać po godzinach z trójką bachorów, owa trójka bachorów i krótki liścik od żony: „Odchodzę, ty zboczeńcu. Za mało płacisz za takie »zabawy«. Nie próbuj mnie szukać".

Kuchciński zapłacił niańce, by została na noc, a sam poszedł w miasto się upić i zastanowić, co dalej. Mógłby znaleźć tę dziwkę, wpieprzyć jej tak, że rodzona matka by gówniary nie poznała, dzieciaków się wyrzec, najstarszego oddać do sierocińca, ale... przyszedł mu do głowy genialny plan.

Dziwka mogła się poskarżyć alfonsowi, kobieta pójść na policję, to zawsze jest jakieś ryzyko. Lecz małe, bezbronne, zastraszone dziecko...? Ofiara idealna!

„Byle nie przesadzić, Józefie Kuchciński, byle nie przesadzić!" – upomniał się w duchu, wracając taksówką do domu.

Noc była jeszcze wczesna. Niańkę, oglądającą jakiś durny serial, zwolnił, dając jej sutą odprawę, i... zaczął nasłuchiwać. Z pokoju na górze dochodziły głosy dzieci. Wiktora nie było słychać. Zaszył się w swoim pokoju, zupełnie nieświadomy bestii, która właśnie wchodzi na górę, i uczył się do klasówki, by broń Boże nie zarobić trójki. Nagle bliźniacy, którzy jak zwykle dokazywali przed snem, umilkli. Wiktor uniósł oczy znad książki.

Kuchciński stał w drzwiach pokoju dzieci i patrzył to na jednego niebieskookiego blondynka, to na drugiego. Byli tak podobni do siebie, a on tak rzadko ich widywał, że nie wiedział, który to właściwie Marcin, a który Patryk.

Nagle chwycił tego, który był bliżej, za przód piżamki i uniósł w górę niczym szczenię. Dzieciak z przerażenia zachłysnął się własnym oddechem. Kuchciński potrząsnął nim tak, jakby chciał wytrząść z niego duszę. Dziecko zbladło śmiertelnie, po nodze popłynął mocz.

– Oż ty skurwysynu, obeszczałeś mnie… – zaczął, purpurowiejąc na twarzy.

Drugi dzieciak rzucił się bratu na pomoc. Odkopnął go jak psa. Ten, którego miał w garści, zaskowyczał i zawisł nieprzytomny niczym szmaciana lalka. Potrząsnął nim ponownie. Jasnowłosa główka kiwała się na wszystkie strony. Och, jak by się chciało…

– Zostaw dziecko, bandyto, bo w nocy poderżnę ci gardło – usłyszał nagle za plecami.

Odwrócił się powoli, nadal trzymając nieprzytomnego chłopczyka w powietrzu.

Wiktor stał w drzwiach z nożem w ręku i czystą nienawiścią w oczach.

– Coś ty powiedział, bękarcie? – wycedził Kuchciński.

Tamten milczał. Nagle stanął u jego boku drugi chłopczyk, trzymając w drżącej rączce dziecięce nożyczki do cięcia papieru.

– Zostaw Marcinka, bo... bo... – Patryk chciał powtórzyć za Wiktorem, ale głos mu się załamał.

Kuchciński upuścił dziecko tuż przed nimi. Upadło nieprzytomne.

– Pod łóżko! – warknął Wiktor do Patryka. – Zabieraj go pod łóżko i ani drgnij.

Cały czas trzymając ojczyma na wyciągnięcie noża, nogą wepchnął odzyskującego świadomość Marcina pod łóżko, a Patryk wciągnął go głębiej.

Uderzenie spadło tak nagle i było tak silne, że Wiktor nie był w stanie się obronić. Ręka trzymająca nóż po prostu pękła. Chłopiec zawył z bólu i natychmiast przygryzł wargę do krwi, by milczeć. Następne było z pięści, na odlew. Cisnęło nim przez cały pokój. Rąbnął głową w kaloryfer i stracił przytomność. Patryk, skulony pod łóżkiem, zatkał sobie usta dłonią, by nie krzyczeć, ale i tak wydobył się z nich cichy skowyt.

Kuchciński podszedł do najstarszego syna, uniósł jego zakrwawioną głowę za włosy, trzepnął wierzchem dłoni w twarz, a widząc, że ten unosi powieki, powoli zaczął odpinać pas.

– Słuchaj, bękarcie – zaczął półgłosem – rozumiesz mnie?

Wiktor kiwnął głową.

– Zawrzemy układ. Co jakiś czas, ty niewdzięczny sukinsynu, za to że podniosłeś nóż na swojego ojca, który cię wychował, a mógł oddać do bidula, który cię karmi i ubiera od trzynastu lat, dostaniesz wpierdol. Tak profilaktycznie, żeby ci nigdy coś podobnego do głowy nie przyszło. Jeżeli kiedykolwiek komukolwiek o tym powiesz, tobie przytrafi się nieszczęśliwy wypadek, zupełnie jak twojej matce, a ja… ja będę miał jeszcze dwóch synów, żeby ich dobrze wychować.

– B-bij mnie, tylko zostaw dzieci – wyszeptał Wiktor, ledwo co widząc przez zalewane krwią oczy, ogłuszony bólem złamanej ręki i rany na głowie.

– Tamtych bękartów nie tknę, dopóki będę miał ciebie. Zgoda, bohaterze?

Wiktor kiwnął głową.

I znów uderzenie spadło nań tak nagle, że nie potrafił powstrzymać krzyku. Ale gdy dostał pasem po raz drugi i kolejny, i następny… już nawet nie jęknął.

Leżał na boku, okładany bez litości, patrząc w ogromne z przerażenia oczy braci skulonych pod łóżkiem. Patrzył na ich łzy, płynące po policzkach. Na rączki, które przygryzali, żeby nie krzyczeć, i dawał im – po raz pierwszy, ale nie ostatni – bezgłośny rozkaz: „Milczcie. Ani drgnijcie. Musimy to wytrzymać".

Dopiero kopnięcie w złamaną rękę przyniosło oślepiający ból i ulgę nieistnienia. Zemdlał.

– Proszę pana, proszę pana, potrzebna nam pomoc!

Przysypiający taksówkarz poderwał głowę.

Obok samochodu stało dwóch umazanych krwią malców podtrzymujących pod pachy chwiejącego się na nogach, zalanego krwią od stóp do głów nastolatka. Do głowy przyciskał ręcznik czy jakąś ścierkę, ale to nie powstrzymywało krwotoku.

Taksówkarz wyskoczył z samochodu.

– Nasz brat miał wypadek, proszę nam pomóc – jęczał jeden z blondynków.

– Jezu Chryste... wezwę karetkę. Albo... chrzanić to, i tak miałem prać tapicerkę. Wskakujcie do środka...

– Ale my nie mamy pieniędzy...

– Wskakujcie, mówię, a ty, chłopcze, ej, dzieciaku, co z tobą?! – Chwycił Wiktora na ręce, bo nogi się pod chłopakiem zaczęły uginać, i położył na tylnym siedzeniu.

Jeden z malców usiadł obok niego, nie wypuszczając dłoni brata z małych, drżących rączek i błagając go cicho, by nie umierał. Drugi, poruszający się jak otępiałe zwierzę, z mokrą plamą między nogami, usiadł z przodu.

Mężczyzna ruszył z piskiem opon. Nie miał pojęcia, jakim cudem troje zakrwawionych dzieci pęta się po ulicy w środku nocy, ale wiedział, że musi zawieźć je do najbliższego szpitala.

Zaparkował gwałtownie na podjeździe, chwycił Wiktora na ręce i ruszył przez szpitalny korytarz, krzycząc:

– Mam dziecko po wypadku, niech mi ktoś pomoże!

Natychmiast się koło niego zakrzątnięto, zapominając o dwojgu młodszych. Ale oni nie zapomnieli o bracie. Skulili się w najdalszym i najciemniejszym rogu sali, do której go przewieziono. Patrzyli, jak pielęgniarki obcinają mu włosy, jednocześnie tamując krwawienie, a jakiś mężczyzna próbuje unieruchomić złamaną rękę. Taksówkarz, który złożył skąpe wyjaśnienia, bo przecież niewiele wiedział, zajrzał jeszcze do pokoju, rzucił:

– Trzymaj się, chłopcze – i odszedł.

Lekarz pochylił się nad Wiktorem, sprawdził reakcję źrenic na światło i powiedział:

– Jestem doktor Braniewski, jak masz na imię?

– Wiktor – odszepnął.

– Co ci się stało? I nie próbuj ściemniać z wypadkiem. Te pręgi, jakie masz na ramionach i plecach...

– Zostałem napadnięty i pobity – znów ten cichy szept.

– Przez kogo? Kolegów? Kogoś ze szkoły? Znasz ich? Im szybciej powiemy policji, kto ci to zrobił, tym szybciej ich złapie.

– Nie wiem, kto to był. Nie widziałem ich. Narzucili mi worek na głowę i pobili.

Lekarz patrzył nań w milczeniu. Chłopak błagał wzrokiem, by dał mu już spokój.

Patryk i Marcin chłonęli każde słowo brata. Mieli po pięć lat, ale w ten jeden wieczór nagle dorośli. Gdy Tamten – od tej pory będą go tak nazywać – wreszcie z Wiktorem skończył, zszedł na dół, zamknął się w swoim pokoju i po chwili usłyszeli jego chrapanie, wypełzli spod łóżka i z brzuchami przy podłodze, niczym dwa przerażone szczeniaki, dotarli do brata. Patryk ukląkł, położył sobie jego głowę na kolanach i – ocierając rękawem piżamki krew z twarzy Wiktora – błagał go szeptem:

– Nie umieraj, Wikuś. Proszę cię, nie umieraj...

Marcin, sam w szoku po tym, co przeżył, bez słowa, niczym poruszana dłońmi lalkarza marionetka, poszedł do łazienki i wrócił z ręcznikiem. Owinęli nim krwawiącą głowę Wiktora.

– Musimy go zawieźć do szpitala – rzekł nieswoim głosem. Nie było w nim żadnych uczuć, może oprócz czystego przerażenia.

Wiktor podniósł się na kolana, wspierając zdrową ręką. Szok sprawiał, że tej złamanej jeszcze nie czuł.

– Wikuś, nie umieraj... Nie zostawiaj nas... – Patryk ze szlochem wtulił się w brata. Marcin objął ich obu i tak trwali, płacząc cicho.

Nagle Wiktor odsunął nieco braci, otarł łzy i zaczął głosem twardym i pełnym nienawiści:

– Posłuchajcie mnie, maluchy. Nikt nie może się dowiedzieć, co tu się stało. Nikt. Bo Tamten mnie zabije, a potem weźmie się za was. Gdy trochę dorosnę, na tyle, że będę mógł przerwać szkołę, ucieknę...

Młodsi bracia zesztywnieli z przerażenia.

– Z-zostawisz nas? – wyjąkał Marcin.

– Nigdy was nie zostawię – powiedział tym samym twardym tonem dorosłego mężczyzny, który bierze właśnie odpowiedzialność za dwoje bezbronnych istot. – Nigdy nie zostawię was na pastwę tego bandyty. Zabiorę was ze sobą tam, gdzie nas nie znajdzie. Przyrzekam.

Patryk znów przylgnął do jego ramienia, składając w swoim pięcioletnim serduszku taką samą obietnicę, jaką składał w tej sekundzie Marcin: „A my nigdy cię nie zawiedziemy".

ROZDZIAŁ XVI

Wiktor zatrzymał się przed jedną z kamieniczek na Karowej i spojrzał w okna na pierwszym piętrze. Przez zasłony przeświecał ciepły blask. Może jeden z nielicznych przyjaciół Wiktora był w domu i miałby ochotę na pogawędkę? Sięgnął po telefon. Już po pierwszych słowach wyzbył się wątpliwości...

– Wiktor! Stary druhu! Jak dobrze, że dzwonisz! Już miałem sam to zrobić i zapytać, kiedy wpadniesz do Polski, no i do nas!

– Dobrze słyszeć uśmiech w twoim głosie, Janku – odparł. – Prawdę mówiąc, jestem nie tylko w Polsce, ale przed waszą kamienicą i patrzę w twoje okna z nadzieją, że zaprosisz mnie na herbatę.

– Genialnie! Wpadaj! Jola właśnie wyjmuje z piekarnika szarlotkę, a ty uwielbiasz szarlotkę! Zupełnie, jakby się ciebie spodziewała...

– Telepatia – usłyszał stłumiony kobiecy głos i śmiech. – Niech spróbuje odmówić zaproszenia na moje ciasto...

– Gdzieżbym śmiał – odparł i już po chwili przekraczał próg niewielkiego, ale niezwykle przytulnego mieszkanka doktorostwa Braniewskich.

Jola – która nie wyglądała na swoje pięćdziesiąt pięć lat, szczupła, uśmiechnięta, jasnowłosa i pachnąca wanilią – objęła Wiktora serdecznie i ucałowała po matczynemu. Dobrze było przytulić się do kobiety, która kochała cię właśnie jak syna…

– Przepraszam, że przychodzę z pustymi rękami, ale musiałem nagle wyjść i pomyślałem…

– Błagam, Wiktorku, znamy się tyle lat, tyle razem przeszliśmy, że nie musisz przynosić ani kwiatów, ani wina, wystarczy, że ty sam tu jesteś. No, jedynie wizyta całej waszej trójki sprawiłaby nam większą radość, a gdybyście przyprowadzili jeszcze swoje dziewczyny, czy żony i dzieci…

– Na to się nie zanosi – odparł Wiktor, wchodząc do pokoju, gdzie pośrodku stołu królowało pięknie pachnące ciasto.

– Kiedyś się zaniesie, zobaczysz, i nagle będziemy mieć tutaj całą wielką czeredę Pradziątek – zawyrokował doktor Braniewski. Jego żona roześmiała się.

– Dla ciebie, Wikuś, jak zwykle herbata z pomarańczą i cynamonem czy masz ochotę na coś z prądem?

– Herbata. Dziś niestety na mnie przypadł wieczór abstynencji, ale wy się nie krępujcie.

Wreszcie wszyscy troje usiedli przy stole, Jola nałożyła każdemu po solidnej porcji ciasta z kulką lodów waniliowych i łyżką bitej śmietany, doktor nalał sobie kieliszeczek domowej wiśniówki, westchnął z ukontentowania i rzekł:

– Opowiadaj: co u ciebie, co u was?

– Jak na Zachodzie: bez zmian. Praca, praca, praca... Nic ciekawego – odparł Wiktor.

Doktor przyjrzał mu się uważnie.

– A jednak coś się zmieniło. Masz... inne spojrzenie.

Wiktor uśmiechnął się lekko.

– Bardziej zmęczone?

– Przeciwnie. Nie tak pełne beznadziei jak zazwyczaj.

– Dzięki, przyjacielu, za szczerość – żachnął się, ale bez złości.

Doktor Braniewski miał rację. Leśna Polana i znaleziony na ławce pod lipą pierścionek, potem spotkanie przyjaciółki Gabrysi, która najwyraźniej miała sporo do opowiedzenia – tak, to obudziło w sercu tego samotnego do bólu mężczyzny maleńki promień nadziei. Czyżby aż tak widoczny?

– Przypadkiem, chociaż nie wierzę w przypadki, wskrzesiłem demony przeszłości – zaczął. – Właśnie Patryk opowiada o naszych tajemnicach kobiecie, która pojawiła się nie wiadomo skąd, ale wiadomo, w jakim celu: żeby kupić Leśną Polanę w imieniu albo dla Gabrieli. Prawdę mówiąc, nie wiem jeszcze, jaka jest jej rola w tym wszystkim. Wiem tylko, że ta kobieta stoi po mojej stronie barykady. Też pragnie, by Gabrysia była szczęśliwa, więc...

– Więc nadal Gabriela Leszeńska... żadna inna... – odezwał się cicho doktor, po czym ujął dłoń swojej żony, z którą był od ponad trzydziestu lat, i ucałował. Pogłaskała go po policzku.

Wiktor patrzył na ten krótki, spontaniczny gest czułości i wiedział, że z nimi – Gabrielą i Wiktorem – byłoby tak samo. Kochaliby się mimo upływu lat, bez względu na wszystko i wszystkich, gdyby nie życiowe przekleństwo Wiktora, jego braci, ojca Gabrieli i wreszcie jej samej: Adolf Kuchta vel Józef Kuchciński.

Doktor Jan Braniewski już wtedy, pierwszego dnia, czy raczej nocy, gdy nakładał szwy na rozciętą głowę Wiktora, rozpracował go bezbłędnie. Poprosił pielęgniarki, by zajęły się dziećmi, sprawdziły, czy nie mają żadnych obrażeń, umyły je i przebrały w czyste ubrania, bo Patryk i Marcin nadal kulili się w zakrwawionych piżamkach. Posłali Wiktorowi przerażone spojrzenie. A jeśli ich zabiorą na zawsze? Rozdzielą?

– Nie zostawię was – odezwał się słabym głosem, bo ból ręki mimo podanych leków stawał się nie do zniesienia. – Panie umyją was i przebiorą, a potem przyprowadzą z powrotem, prawda, doktorze? – spojrzał twardo w oczy lekarzowi.

Ten uniósł lekko brwi ze zdumienia – ledwo przytomny trzynastolatek, a jeszcze ma siłę się stawiać? – ale odrzekł poważnie:

– Tak właśnie będzie.

Gdy zaś w gabinecie pozostali we dwóch…

Lekarz nagle podwinął rękaw zielonego kitla, wysoko, że widać było bark i kawałek pleców. I dwie blizny sprzed wielu lat.

– Mnie też kiedyś raz na jakiś czas napadali nieznani sprawcy i bili. Bili dotąd, najchętniej używając kabla do magnetofonu, bo ciął skórę do krwi, aż zaczynałem błagać o litość – zaczął cicho, patrząc Wiktorowi prosto w oczy. – Za to zostawiali w spokoju moją siostrę. Taka była umowa: znęcają się nade mną, za to trzymają łapy z daleka od mojej młodszej siostry. Jesteś jednym z nielicznych ludzi na tym świecie, a na pewno pierwszym dzieciakiem, któremu to mówię. Ja chroniłem siostrę, ty chronisz braci?

Oczy Wiktora mimowolnie napełniły się łzami. Kiwnął głową, nie mogąc wykrztusić ani słowa. Powinien zaprzeczyć, wiedział, że wiele ryzykuje – jeśli ten doktor poleci na policję...

Jan Braniewski jakby czytał w jego myślach:

– Tak, powinienem to zgłosić policji, ale ja swego czasu usłyszałem: „spróbuj choć pisnąć, bękarcie, i będziesz miał wypadek, a wtedy ja zajmę się nią...". Ty usłyszałeś coś podobnego?

Wiktor ponownie zdobył się na przytaknięcie. Opuścił głowę. Dwie łzy skapnęły mu na posiniaczone kopniakami Tamtego kolana.

– Posłuchaj, Wiktor – doktor Braniewski zmusił go do spojrzenia w oczy. – Dam ci dzisiaj trochę pieniędzy, kupisz niedrogi aparat fotograficzny, zaczniesz robić zdjęcia wszystkich ran, sińców, złamań, tego, co nieznani sprawcy jeszcze w przyszłości ci zgotują. Musisz zbierać dowody, rozumiesz? Ukryj te zdjęcia tak, by nikt – oprócz twoich braci – nigdy ich nie znalazł. One kiedyś się wam przydadzą, choćby wtedy, gdy skończysz osiemnaście lat i wystąpisz o prawo do opieki nad braćmi, rozumiesz?

Osiemnaście lat... Boże, jak on przetrwa pięć lat katorgi...?! Doktor musiał zobaczyć panikę w jego oczach, bo położył mu rękę na ramieniu i uścisnął lekko, mimo że wiedział, iż zadaje tym chłopcu ból.

– Nie jesteś sam. Wiem, przez co przeszedłeś i przez co jeszcze przejdziesz, jeśli zdecydujesz, że to będzie dla was lepsze niż pobyt w domu dziecka...

– On nigdy nie odda Patryka i Marcina do domu dziecka – wyszeptał Wiktor. – Pozbędzie się mnie i zacznie znęcać się nad nimi. Dlatego się nami zajmuje, mimo że nie jest naszym ojcem: żeby mieć bezwolne, bezradne ofiary.

Doktor zmrużył lekko oczy i zacisnął szczęki, czując, jak wypełnia go dawna nienawiść. Gwałtownym gestem sięgnął po receptariusz, przystawił swoją pieczątkę.

– Tutaj masz mój telefon służbowy. A tutaj – zaczął szybko pisać na odwrocie – prywatny. Naucz się obu na pamięć i naucz swoich braci. Gdyby coś się stało, gdybyś potrzebował pomocy, zadzwoń bez względu na porę. Na tym podłym świecie są jeszcze ludzie, nie tylko bestie, Wiktor. Trzeba w to wierzyć...

Tak zaczęła się niezwykła przyjaźń trzynastolatka i trzydziestoletniego lekarza z bielańskiego szpitala, która trwała do dziś. To u Jana Braniewskiego zatrzymali się tej pierwszej, strasznej nocy po ucieczce, to doktor – obcy człowiek – wystąpił do sądu o odebranie Józefowi Kuchcińskiemu władzy rodzicielskiej i ustanowienie jego, Jana Braniewskiego, opiekunem prawnym chłopców, dopóki Wiktor nie będzie mógł przejąć tej opieki. Sąd, obejrzawszy „album rodzinny", czyli dowody na nieludzkie znęcanie się Kuchcińskiego nad najstarszym synem, nie czynił żadnych trudności. Zmieniono im też nazwisko na to, które nosiła kiedyś matka Wiktora: Prado.

Sprawa o znęcanie się powinna pójść oczywiście do prokuratury, ale że kruk krukowi oka nie wykole, a poszkodowany nie złożył doniesienia...

– Hej, Wiktor, herbata całkiem ci wystygnie! – Doktor pomachał mu przed nosem ręką. – Za głęboko zapadłeś się w tę przeszłość.

– I lody się rozpłynęły – dodała żałośnie Jola Braniewska.

– Przepraszam – odezwał się skruszonym tonem. – Rzeczywiście przypomniałem sobie nasze pierwsze spotkanie. Do dziś dnia dziękuję Bogu, że postawił ciebie na naszej drodze. Nie wiem, co bym zrobił tamtej nocy, gdy byliśmy zdani sami na siebie: ledwo żywy nastolatek z poszarpanym ramieniem i dwójką przerażonych dzieciaków...

– Ja ci jedynie parę razy szyłem „niegroźne zadrapania" – odrzekł doktor. – Poszarpane ramię tu, na tym stole. Dzielnie to zniosłeś. – Obaj uśmiechnęli się na tamto niewesołe przecież wspomnienie.

– Oprócz tej „niewielkiej przysługi" odebrałeś Kuchcie władzę rodzicielską i załatwiłeś mi lewy dowód przypomniał Wiktor.

– To ostatnie było naprawdę drobnostką. – Braniewski machnął ręką. – Mam wielu szemranych, ale wdzięcznych pacjentów. – Nagle spoważniał. – Ty zrobiłeś dla nas o wiele więcej, Wiktor. Tak więc Bóg wie, kogo stawiać na czyjej drodze...

Znów sięgnął po rękę żony i ją ucałował. Ona zaś tym razem pogładziła po policzku Wiktora.

Kilka lat temu wykryto u niej rzadki rodzaj właściwie nieoperacyjnego nowotworu. Tylko jedna klinika na całym świecie zgodziła się podjąć próbę jego usunięcia. Oczywiście bez gwarancji, że zabieg okaże się skuteczny i nie nastąpi nawrót. I oczywiście za kwotę, której doktor Braniewski nie byłby w stanie uzbierać przez całe swoje życie. Wtedy... wtedy zadzwonił do Wiktora i łamiącym się głosem poprosił o pożyczkę.

– Jola... moja Jola umiera, Wiktor, a ja mogę tylko trzymać ją za rękę...

– Ile potrzebujesz? – Wiktor, którego firma Prado Ltd. wtedy już obracała nieruchomościami wartymi krocie, był konkretny.

– Milion dolarów. Może więcej.

– Umawiaj tę operację.

– Ale Wiktor... ja nie wiem, czy kiedykolwiek będę mógł zwrócić ci choćby część tej pożyczki.

– To nie jest pożyczka, doktorze Braniewski – odparł powoli i dobitnie – tylko spłata choć części długu, jaki mam u ciebie. Jak najszybciej wysyłaj Jolę na operację, ja proszę o numer konta i kwoty, jakie mam na nie przelewać – dodał już serdeczniejszym tonem.

– Dziękuję... – zaczął doktor, ale Wiktor nie mógł znieść jego podziękowań. Dla niego to były tylko pieniądze, doktor razem z Jolą dla nich trzech: Wiktora, Patryka i Marcina, zrobili znacznie więcej, niż wypisali czek.

– Tracisz czas na podziękowania, przyjacielu – przerwał mu – a Jola tego czasu zbyt wiele nie ma.

Dzisiaj, siedząc w ich kuchni z nieruszoną szarlotką na talerzu i wystygłą herbatą, przytrzymał rękę kobiety, która pogładziła go po policzku, i ucałował ją. Operacja się udała. Do dziś nawrotów nie było. Jola żyła i miała żyć, i tylko to się liczyło.

Rozluźnił napięte ramiona – powroty do przeszłości zawsze były bolesne – i zajął się szarlotką, aż przymykając oczy z rozkoszy.

– Boże, jak ja marzyłem o domowym cieście... – wymruczał, gdy gospodyni, zadowolona z zasłużonych pochwał, stawiała przed nim filiżankę z nową, gorącą herbatą.

– Masz dwa wyjścia, kolego – odezwał się tym samym, rozmarzonym tonem Braniewski – ożenić się albo nauczyć się piec szarlotkę własnoręcznie.

– A znasz sposób, jak szybko wysłać na tamten świat pewnego bydlaka? – odparł pytaniem Wiktor.

– Mnie, lekarza, o to pytasz?! – zaśmiał się Braniewski. – Ale, wybacz, kolego, w tym ci nie pomogę. I to nawet nie ze względu na sumienie, bo wyświadczylibyśmy światu przysługę i wymierzyli sprawiedliwość, ale zgładzilibyśmy bestię, a odpowiadali jak za człowieka. Ile ten stary ubek ma lat? Dziewięćdziesiąt?

– Coś koło tego...

– Że też go w końcu piekło nie pochłonie. Tylu dobrych ludzi odchodzi przedwcześnie, a bydlę, co powinno już dawno wisieć, jeśli istniałaby na tym świecie jakaś sprawiedliwość, nadal życia się trzyma...

– Nienawiści się trzyma, nie życia – mruknął Wiktor, nagle straciwszy apetyt. – Nienawiści do mnie i do Leszeńskiego. Obiecał sobie, że napluje na jego grób i będzie żył dotąd, aż pan Antoni podda się pierwszy.

– To jest chore. – Jola pokręciła głową.

– Tego, co wyrabiała bestia zwana „Hitlerkiem" i jemu podobni, nie da się opisać słowem „chore". Nawet „zwyrodnialec" brzmi za łagodnie – odparł jej mąż. – Czytałem niedawno książkę o oprawcach z X Pawilonu i wiem, co mówię. Że też wam obu – tobie, Wiktor, i Leszeńskiemu – udało się wyrwać z jego łap. Za taki wyczyn musi was nienawidzić…

ROZDZIAŁ XVII

Słysząc ostatnie słowa doktora, Wiktor uśmiechnął się lekko, ale oczy mu pociemniały na wspomnienie tamtego wieczoru. W takie właśnie oczy najstarszego syna, który właśnie kończył szesnaście lat – czarne, pełne nienawiści – patrzył wtedy jego ojczym, który po parszywym dniu wszedł do domu, by się wyżyć. Już po drodze na górę wyrwał z gniazdka kabel od telefonu, długi i cienki jak drut. Owinął go sobie dookoła ręki, tak jak lubił.

„Dwa młodsze bękarty siedzą już pewnie pod łóżkiem i robią w gacie… – myślał. – Trzeba zacząć i z nich robić prawdziwych mężczyzn. Może by tak złamać umowę i zabrać się za któregoś z nich? Najstarszemu przywali się z pięści, aż ten przeleci przez pokój i osunie się po ścianie. Potem wyciągnąć spod łóżka któregoś z młodszych, jak za starych, dobrych czasów na Ukrainie, i…"

Wiktor czekał w swoim pokoju, napięty do granic wytrzymałości. „Najgorsze jest oczekiwanie na dzień, w którym to nastąpi, a potem na pierwsze uderzenie" – nie wie, gdzie przeczytał to zdanie. Dziś przyszedł ten dzień. Teraz jeszcze pierwszy cios i trzeba będzie po prostu znieść następne, aż któreś uderzenie pozbawi go przytomności, ciskając w błogosławiony niebyt.

Nagle zesztywniał jeszcze bardziej.

Adolf Kuchta, „Hitlerek" – bo Wiktor tak i tylko tak go nazywał – zatrzymał się wcześniej. Drzwi do pokoju bliźniąt, które już na pewno siedziały ukryte pod łóżkiem, huknęły o ścianę. Wiktor poderwał się na równe nogi. Do środka wpadł tak gwałtownie, że niemal zbił Tamtego z nóg.

Stali naprzeciw, wpatrzeni w siebie z taką samą nienawiścią i żądzą mordu w oczach. Wielki jak byk i wciąż jeszcze jak byk silny Kuchciński z kablem owiniętym wokół dłoni i niewysoki jak na swoje szesnaście lat, tak szczupły, że niemal chudy chłopak, niemający pod ręką niczego, czym mógłby obronić siebie i dzieci.

– Obiecałem ci kiedyś… – zaczął Wiktor takim tonem, że nawet Tamten mimo woli poczuł się nieswojo – …że jeśli choć tkniesz Patryka albo Marcina, zabiję cię. Ja, jak wiesz, dotrzymuję innej obietnicy, pozwalając się katować od trzech lat. Tej też dotrzymam.

Kuchciński popatrzył na chłopaka z mieszaniną politowania i… zadowolenia. Bo dzisiaj, tak jak trzy lata temu, gdy Wiktor postawił mu się po raz pierwszy, będzie mógł znowu mu pokazać, kto tu rządzi.

– Takiś mocny, że własnemu ojcu szlachtowaniem grozisz? – Aż mlasnął z ukontentowania na myśl o tym, co się zaraz stanie.

– Nie jesteś moim ojcem! – wycedził w odpowiedzi Wiktor i zmrużył oczy, gotów na pierwszy cios.

Ale... ten nie nastąpił.

Kuchciński odwrócił się na pięcie i zszedł na parter. Wiktor, drżąc z napięcia na całym ciele, czekał, z czym wróci.

Z nożem?

Chryste, żeby tylko dzieci nie widziały!...

– Uciekajcie do mojego pokoju – syknął. – Natychmiast!

Chłopcy wypełzli spod łóżka i spojrzeli na brata niczym dwa złapane w sidła zające. Serce mu pękło na ten widok.

– Z-zostaniemy z tobą – wyjąkał Patryk, mimo że oczy wychodziły mu z orbit z przerażenia.

Kuchciński zaczął wchodzić na górę.

– Do mojego pokoju! – syknął Wiktor. – I pod łóżko!

Ledwo umknęli, gdy Tamten stanął powtórnie w drzwiach sypialni. W ręku nie miał noża ani kabla, co Wiktor od razu dostrzegł. Za to miarowo uderzał o udo pięciopalczastym pejczem. Kopnięciem zamknął za sobą drzwi. Wziął zamach. Wiktor ukrył odruchowo głowę w ramionach i w następnej sekundzie... pięć haków wplecionych między rzemienie wbiło mu się w ramię i przeorało mięśnie. Zawył z bólu tak strasznego i tak nieoczekiwanego jak jeszcze nigdy.

I nagle poczuł, że coś, co wzbierało przez wszystkie te lata, eksploduje w jego duszy i sercu. Ziarno nienawiści, wściekłości, furii, rozpaczy, bezradności wreszcie pęka i nagle on, Wiktor, widzi siebie, swoje ręce, w tym jedną ociekającą krwią, jak rzucają się Tamtemu do gardła, ale „Hitlerek" jest na to przygotowany. Cios w skroń zbija chłopaka z nóg. Tamten myśli, że zabawa dopiero się zaczyna, i nawet nie wie, jak szybko się skończy i kto tu zabawi się ostatni.

Wiktor przygotowywał się do tego dnia – wiedząc, że kiedyś nastąpi – od trzech lat. Potajemnie chodził na kursy samoobrony, organizowane bezpłatnie przez Dom Kultury. Teraz leżał półprzytomny z szoku i bólu, ale mózg pracował mu jasno jak jeszcze nigdy.

„Gdy przeciwnik ma przewagę siłową, ty musisz być szybszy i bardziej zdeterminowany. Jest parę punktów na ciele człowieka... cios w któryś z nich może ci dać szansę..." – wspomnienie spokojnych słów instruktora sprawia, że czas zwalnia.

Tamten staje nad Wiktorem i unosi dłoń z pejczem, by uderzyć powtórnie. Wiktor z całej siły kopie go w jądra i nagle... to Tamten jest na kolanach, tamten wyje z bólu. Chłopak podrywa się na równe nogi. W jego żyłach płynie czysta adrenalina. Lecz jeszcze nie czas na triumf. Bestia jest nadal niebezpieczna. Wiktor ponownie kopie między nogi. Kuchta zwija się wpół. Pejcz wypada mu z ręki. Chłopak podnosi go, ach, jak go korci, by tłuc tego skurwiela pięciopalczastym, zakończonym hakami batogiem, poszarpać go na krwawe strzępy... Lecz Wiktor wie, że nie mógłby sobie już nigdy spojrzeć w oczy, bo stanie się taki sam jak to bydlę. Kopie go za to ponownie w jądra, tak by stracił w końcu przytomność, a oni mogli uciekać, ale Kuchta jest twardszy, niż się Wiktorowi wydawało, znów tylko wyje. Ręka z batogiem sama podnosi się do uderzenia...

Drzwi uchylają się i pojawiają się w nich twarze bliźniąt. Bladzi z przerażenia jednak przyszli bratu na pomoc, ale... to nie Tamten stoi nad skulonym Wiktorem, a... Wiktor nad nim.

Na widok dzieci ręka z pięciopalczastym pejczem opada. Wie, że nie wyrównał z Tamtym rachunków nawet za pierwszy rok piekła, ale nie chce, by patrzyli na to jego bracia.

– Wiesz, co bolało bardziej? – pyta półgłosem, pochylając się nad Kuchcińskim. – To – mówi i miażdży mu dłoń butem, ale rok temu Tamten miażdżył jego drobną, piętnastoletnią rękę podkutym buciorem, a on dzisiaj robi to samo z kluchowatą, otłuszczoną łapą chłopięcym adidasem. Mimo to Kuchciński wyje z bólu.

Tak, Wiktor też wtedy zawył. Jak dzisiaj, parę minut temu... Patrzy na swoje ramię. Zaczyna tracić siły, krew z pięciu głębokich ran płynie coraz szybciej, napędzana adrenaliną. Trzeba to skończyć i uciekać. Jednym ciosem w splot słoneczny ucisza wyjące bydlę.

Odwraca się na pięcie. Bracia patrzą na niego wielkimi oczami i przez moment Wiktor czuje, że boją się go bardziej niż Tamtego, ale... nie! Pierwszy wpada mu w ramiona Patryk, chwilę później Marcin. Tulą się do siebie przez parę uderzeń serca jak trzy lata temu.

– Uciekamy – szepce Wiktor.

Potakują. Każdy wie, co ma robić. Chłopcy przygotowywali się do tego dnia tak długo i starannie jak on sam.

Łapią ukryte plecaki, w których są najważniejsze dokumenty, kilka ciuchów na zmianę, parę tabliczek czekolady i woda. Opróżniają skarbonki, w których zbierali pieniądze. Ze skrytek wyciągają trzy identyczne albumy ze zbieranymi przez lata zdjęciami skatowanego Wiktora. On sam bez namysłu i wyrzutów sumienia wyciąga z kieszeni nieprzytomnego Kuchty portfel i zabiera wszystko, co tamten w nim ma. Jeszcze tylko przeciąć kabel od telefonu i są gotowi. Patrzą na siebie z dumą.

– Bardzo krwawisz – mówi nagle Patryk.

Wiktor patrzy na pięć krwawych pręg tnących ramię. Krew spływa mu po ramieniu, skapuje z każdego palca.

– Opatrzysz mi to, gdy będziemy bezpieczni. Spieprzamy, dopóki to bydlę się nie ocknęło.

Cicho jak cienie zbiegają na dół. Wymykają się na uśpioną żoliborską uliczkę. Pierwszym przystankiem jest osiedlowy śmietnik, gdzie Patryk musi owinąć rany Wiktora bandażem. Jak na ośmiolatka robi to szybko i dobrze. Ma wprawę.

– Dzięki, Pat. Jesteś świetny – słyszy pochwałę z ust brata i czuje się dumny… tak dumny…

Dziś nie będzie żadnych szpitali. Od dzisiaj muszą radzić sobie sami, chociaż na początku potrzebny im będzie ktoś, u kogo ukryją się na kilka dni.

Pozostaje jedyna nadzieja… jedyny przyjaciel, który przypomniał Wiktorowi, że nadal stoi po jego stronie, gdy tym razem oglądał zdjęcie rentgenowskie zmiażdżonej butem ojczyma ręki chłopca.

Numery telefonów mają wdrukowane w mózgi, tak jak doktor im przykazał, mimo to czekają do rana w opuszczonym domku na działkach. Bliźniaki drżące z zimna po obu stronach Wiktora, on zagryzający z bólu wargi, bo choć ma zapas tabletek, pierwsza już przestała działać, a na drugą za wcześnie.

Wreszcie wstaje nowy dzień. Łykają po kawałku czekolady, popijają wodą i patrzą na siebie z niedowierzaniem. Uciekli!

Radość powoli zmienia się w strach… Oczy bliźniąt wpatrzone są w Wiktora, a w nich jedno jedyne pytanie: I co teraz?

– Dzwonimy do doktora Braniewskiego – decyduje, wstając. I natychmiast siada z powrotem, bo byłby zemdlał. Ile stracił krwi tej nocy? Sporo. Powoli, człowieku, powoli, bo wasza ucieczka skończy się tak szybko, jak się zaczęła.

Doktor odbiera po trzecim sygnale, zaspany. Widać obudzili go po dyżurze.

– Przepraszam, że dzwonię, panie doktorze – zaczyna Wiktor pokornie, błagalnie – ale potrzebujemy pana pomocy. Uciekliśmy i…

– Gdzie jesteście? – pada natychmiastowe pytanie. Szybkie. Za szybkie.

Wiktor nagle staje się czujny, jak ścigane zwierzę.

– Jeżeli blisko, to przyjdźcie do mnie do domu, jeśli daleko, przyjadę po was.

Nadal się waha…

– Wiktor… – Jan Braniewski doskonale rozumie jego strach i to wahanie, on sam uciekał z młodszą siostrą i też nie wiedział, komu może ufać, a komu nie. To właśnie mówi chłopakowi i to przeważa szalę.

Pół godziny później drzwi niewielkiego mieszkania na Krakowskim Przedmieściu otwiera im żona doktora, Jola Braniewska. Najpierw przytula i całuje jasne włosy Patryka, który nie znając takich czułości, stoi nieruchomo, potem przychodzi kolej na Marcina. Wiktora przygarnia ramieniem i mówi:

– Jesteście dzielni, wszyscy trzej. Łóżka są już gotowe, ale najpierw coś zjecie. Janek poszedł do apteki, podejrzewając, że będzie potrzebował bandaży i opatrunków. Miał rację?

Nie musi pytać. Koszula na ramieniu chłopca jest sztywna od krwi. Ramię wygląda, jakby przejechał po nim pazurami tygrys. Co za potwór mógł zrobić coś takiego dziecku? Kobieta ociera szybko oczy, do których napłynęły łzy.

Chłopcy kończą śniadanie, tak pyszne, jakiego nie jedli chyba nigdy, i Jola dwóch młodszych zagania do łóżek. Jeszcze pytają brata wzrokiem o pozwolenie i znikają w gościnnym pokoju.

– Pokaż, bohaterze, co mamy tutaj do roboty – mówi doktor, który już zdążył wrócić i z apteki, i ze szpitala.

Wiktor kładzie rękę na kuchennym stole. Jola, pielęgniarka, rozcina delikatnie koszulę i zdejmuje ją z chłopca. Doktor krzywi się na widok ran.

– Powinniśmy jechać z tym na ostry dyżur, ale nie wolno nam na razie tak ryzykować. Jeśli Kuchciński zgłosił waszą ucieczkę, od razu was zgarną, a my potrzebujemy trochę czasu. Mam środek przeciwbólowy, ale i tak poczujesz. Jesteś gotów? – Patrzy poważnie chłopcu w oczy.

Ten potakuje, blednąc mimo wszystko. Już samo wyobrażenie igły, wbijającej się raz po raz w te pięć okropnych ran, powoduje, że chce mu się płakać i wymiotować z przerażenia. Ale kiwa głową po raz drugi. Dostaje dwie pastylki, po których zaczyna kręcić mu się w głowie, a świat oddala się nagle, obojętnieje. Głowa opada mu na stół. Doktor nastrzykuje rany środkiem znieczulającym miejscowo i gdy jest pewien, że ten działa, odkaża je wodą utlenioną, co wyrywa Wiktorowi z gardła jęk protestu, a potem zaczyna dokładnie, skrupulatnie łączyć przecięte tkanki. Chłopak pojękuje, ale nie jest to takie straszne. Znosił gorszy ból. Nawet nie wie, kiedy doktor kończy ani jak i kto przenosi go do łóżka. Zasypia…

Majka Trojanowska siedziała ze zwieszoną głową i łzami kapiącymi na cenny dywan, słuchając najsmutniejszej historii w swoim życiu. Okej, ona też miała przechlapane, ją rodzice oddali niańkom, gdy była niemowlakiem, i od tamtej pory matkę i ojca oglądała rzadziej niż ich nowy samochód. Nawet nie wiedziała, w którym zakątku świata obecnie balują. Julia w ogóle rodziców nie miała. Podrzucili ją do sierocińca jak niechcianą zabawkę, ale nikt się nad nią tak nie znęcał! Boże, jak można z premedytacją co dwa miesiące katować dziecko?! Miażdżyć mu dłoń buciorem, smagać pejczem?! Gabrysia – tak, jej los nie oszczędzał. Ale Antoni Leszeński, przybrany ojciec, tak bardzo ją kochał, był tak dobrym człowiekiem.

A tutaj… pan prokurator, w dupę kopany, bez matury nawet… bestia z UPA, bestia z UB, bezkarnie, wręcz z rozkoszą morduje ludzi, żeby na koniec wziąć się za dzieci pozostawione na jego pastwę… I te pięć blizn na ramieniu Wiktora…

Łzy płynęły jej z oczu przez cały czas, gdy Patryk jakimś takim zimnym, nieobecnym głosem jej to wszystko opowiadał. O tym, jak Wiktor zaharował się niemal na śmierć, by utrzymać ich trzech, także.

Na końcu dostała do obejrzenia „album rodzinny". Otworzyła go na chybił trafił, zobaczyła zdjęcie chłopięcych pleców, całych w czarnych, podłużnych sińcach, i upuściła tę „pamiątkę", zakrywając oczy rękami.

– M-możesz mnie przytulić? – załkała.

Patryk, który wypił wystarczająco dużo, by móc się zapomnieć i kochać z tą piękną, równie nietrzeźwą kobietą, pokręcił głową.

– Posłuchaj, Maja, jesteś naprawdę atrakcyjna – zaczął, ostrożnie dobierając słowa, by jej nie zranić. – Ale obudzimy się jutro tylko z kacem i zażenowaniem. Ty potrzebujesz mężczyzny...

– Nie potrzebuję mężczyzny, który by mnie przeleciał, a głupiego przytulenia! – wybuchnęła. – Jeśli nie potrafisz objąć mnie po prostu jak brat albo przyjaciel, to skocz do zabawkowego i kup mi dużą puchatą pandę!

Zaśmiał się, przysiadł do niej i objął ramionami.

– Przepraszam, źle cię zrozumiałem – wszeptał, mimo woli wdychając zapach jej włosów i czując narastające pożądanie. – Za karę możesz mi zasmarkać koszulę.

– Już to zrobiłam – wychlipała. – I wiesz co? – Podniosła nań swe wielkie, fiołkowe oczy, a jemu aż dech zaparło. Chyba dawno nie miał kobiety... – Chciałabym mieć takiego brata... – Pocałowała go prosto w usta, po czym wtuliła się weń z powrotem.

– Jak ja czy jak Wiktor? – zapytał żartobliwie.

– I jak ty, i jak Wiktor. Bo wy sobie pomagacie. Nigdy nie zostawiliście żadnego na pastwę losu, a ja, gdy moja najbliższa przyjaciółka uciekała przez balkon przed takim samym skurwielem jak ten cały Kuchta, nawet głupiego telefonu nie odebrałam, bo wyrywałam właśnie najprzystojniejsze ciacho w klubie.

„Uciekała. Balkon. Klub" – nieco zamroczony alkoholem i przytulaniem kobiety mózg Patryka mimo wszystko wyłapał te słowa.

– Kiedy to było? I gdzie?

– Wczoraj czy przedwczoraj... – Majce już naprawdę myliły się daty. A Gabrysia, którą miała zmienić przy łóżku Julii już ładne parę godzin temu, chyba ją zabije, bo znów wyłączyła telefon. Zaczęła go szukać rękami, które wcale nie chciały jej słuchać. – Taki nowy klub na Woli otworzyli. Alfastar. I ja wyrywałam tego faceta, a Julia z drugiego piętra przez balkon uciekała. Przypadkowi ludzie jej pomogli. Taka ze mnie gówniana przyjaciółka...

Nawet nie patrząc na liczbę nieodebranych połączeń, wybrała numer Gabrieli.

– Wiem, wiem, że mnie nienawidzisz – zaczęła, nim tamta zdążyła choć słowo powiedzieć. – Wiem, że jest prawie północ i powinnam siedzieć teraz przy Julii, ale wierz mi, Gabi, że robię dla... – ugryzła się w język i wreszcie mogła odezwać się Gabrysia.

– Maja, właśnie nas obudziłaś, bo użyczono mi łóżka w pokoju Julii. Więc ty rób, co robisz, a nam daj pospać. Pa.

Majka spojrzała ze zdumieniem na telefon. W głosie Gabrieli nie było gniewu, choć powinien być, bo Majka znów zawiodła, znowu nie dotrzymała słowa, ale... Komórka rozdzwoniła się jej w dłoni:

– Aha, tata mnie uprzedził, że załatwiasz dla niego jakieś ważne sprawy i możesz dzisiaj siedzieć nad nimi do późna, więc nie miej wyrzutów sumienia, że znów nawaliłaś. Dziękuję, że zajęłaś się tatą. Z Julą jest okej. Pa.

Majce wszystko opadło ze zdumienia. A potem ucałowała telefon i roziskrzonymi oczami spojrzała na Patryka. Ależ był przystojny, skubaniec... Gdyby tylko gustował w tak wyzwolonych kobietach jak ona, a nie szukał swojej dziewicy więzionej przez smoka czy jakoś tak.

On zaś patrzył na Majkę równie roziskrzonym wzrokiem, choć z zupełnie innego powodu. Już wiedział, jak ma na imię dziewczyna, którą uratował – Marcin trafił w dziesiątkę: Julia – i już wiedział, że jest pod dobrą opieką przyjaciół. Takich przyjaciół jak właśnie Majka, która dla trzeciej z nich, Gabrieli, kupuje dom za sto tysięcy, bo wie, że tamta bez tego domu nie może żyć. Julia jest bezpieczna, one nie pozwolą jej wrócić do tamtego sadysty, a on, Patryk, może odwiedzić ją potem z pudełkiem czekoladek i zapytać, jak się ma. Bądź co bądź spadła mu z tego balkonu niemal w ramiona...

I może Patryk znalazł swoją Julię, ale Majka, mając umysł zajęty rozmową z Gabrielą, historią braci Prado, a nade wszystko alkoholem, znów jakoś nie załapała, że ma przed sobą rodzonego brata tamtego przystojniaka z klubu. Że Patryk, który ją teraz po bratersku przytula, gdyby tylko poprosiła, na pewno dałby jej numer telefonu swojego brata i jeśli przystojniak pamięta ją tak, jak ona jego, to na pewno zadzwoni...

– Trzeźwieję – odezwała się nagle. – Nie wiem, czy to dobrze, czy źle, bo chyba czas usłyszeć historię Wiktora i Gabrieli, jak myślisz?

– Pokaż ten wycinek z gazety... – odparł, a następnie przeleciał wzrokiem krótki tekst. – Najpierw zerwali ze sobą z Wiktorem, po czym on nie może się pozbierać do dziś, potem jakiś psychol strzela do niej trzy razy i na końcu sobie w łeb... Ja dzwonię do Wiktora, a ty jednak czegoś nalej. I sobie, i mnie.

ROZDZIAŁ XVIII

Wiktor wszedł do apartamentu bez pukania, bądź co bądź mieszkał tutaj, i aż zamarł ze zdumienia, widząc Patryka – Patryka! – obściskującego się z czarnowłosą pięknością.

– Nie przeszkadzam? – zapytał, zamykając za sobą drzwi.

– Nie – odparła Majka. – Ja tylko obsmarkuję twojemu bratu koszulę.

– No właśnie – odezwał się Patryk głosem jednocześnie bardzo trzeźwym i bardzo pijanym – Majka tylko obsmarkuje mi koszulę. Przyłączysz się?

– Właśnie się przyłączyłem – odparł surowo, w duchu jednak rozbawiony. – Chociaż może powinienem wyjść i wrócić za pół godziny?

– Nie, siadaj, nie krępuj się. – Majka poklepała miejsce na kanapie obok siebie. – Podejrzewam, że będzie mi potrzebna druga koszula.

Mimowolnie się uśmiechnął.

Polubił tę dziewczynę, co go samego zdziwiło, bo rzadko obdarzał sympatią nieznajomych, a jeszcze rzadziej nieznajome. Była jednak taka... rozbrajająca. Piękna, pełna uroku, charakterna i właśnie rozbrajająca.

– Na czym skończyłeś? – zapytał brata, gdy Patryk przyniósł z łazienki czysty ręcznik, podał go Majce i oboje spojrzeli wyczekująco na Wiktora.

– Na końcu. – Patryk wzruszył ramionami. Był naprawdę mocno nietrzeźwy, skoro on, błyskotliwy prawnik, udzielał takich idiotycznych odpowiedzi. Wiktora bawiło to coraz bardziej, chociaż fakt, że za chwilę znów wróci do przeszłości, bynajmniej nie był radosny.

– Opowiedziałem o naszej ucieczce, o tym, jak harowałeś, by nas utrzymać, potem pokazałem Majce nasz „album rodzinny", a ona natychmiast zaczęła szlochać i obsmarkiwać mi koszulę. Oboje stwierdziliśmy, że czas wezwać ciebie, a że zaczęliśmy trzeźwieć, wypiliśmy po dwa wściekłe psy...

– Co? – zdumiał się Wiktor.

– To Majka wymyśliła tego drinka, jej pytaj, co w nim było. Przyznam: mocne. W sam raz na romantyczną opowieść o twojej miłości. I jej końcu.

– Może przełóżmy to na inny dzień. Wy ledwo kontaktujecie – odmruknął.

– Wytrzeźwiejemy, spokojna głowa – machnęła ręką dziewczyna.

Nagle wstała i ruszyła w kierunku Wiktora. Ten, stojący przy barku ze szklanką soku pomarańczowego w dłoni, patrzył na nią ze zdumieniem. Chce teraz jemu wypłakiwać się w koszulę? Ale ona podeszła do niego – wcale nie taka pijana, jakby się wydawało, ze słowami: – Sorry, ale muszę to zobaczyć na własne oczy – bezceremonialnie podwinęła lewy rękaw jego koszuli i… aż wstrzymała oddech na widok pięciu głębokich blizn. Pociągnęła po jednej z nich palcem.

Wiktor tkwił nieruchomo, czując jej dotyk w każdej komórce ciała. Gabriela też tak kiedyś zrobiła.

Majka opuściła rękaw, objęła go mocno, szepnęła: „Biedaku!", i wróciła na miejsce obok Patryka. Oparła głowę o jego ramię, podwinęła nogi, jakby nagle zrobiło jej się zimno, i z oczami pełnymi łez powiedziała:

– Mów, Wiktor, teraz albo nigdy, bo ja drugiego takiego wieczoru nie wytrzymam. Mam ochotę wpaść w odwiedziny do bydlaka, który ci to zrobił, i sieknąć go tym samym pejczem na odlew, w mordę, a potem poprawić z drugiej strony.

Wierzył jej. On sam wiele razy żałował, że wtedy tego nie zrobił. Że zadowolił się trzema kopnięciami…

Usiadł po drugiej stronie stolika, odstawił szklankę i powrócił myślami do najpiękniejszych dni w swoim życiu, gdy wszystko wydawało się możliwe. Nawet taka miłość, jaką on, zimny drań, jak mówiły o nim kobiety, pokochał Gabrysię Leszeńską…

Gdy żegnali się tamtego dnia w biurze, nie potrafił wypuścić jej dłoni ze swojej. Nawijał coś bez sensu o wielkich planach, jakie ma na przyszłość, o tym, że jednak to nie jacht jest priorytetem w jego życiu, tylko zapewnienie bezpieczeństwa braciom, a ona słuchała uważnie, patrząc mu w oczy tymi pięknymi, zielonymi źrenicami, po czym uwolniła delikatnie dłoń i rzekła, uśmiechając się ciepło:

– Daj mi trochę czasu. Przyjrzę się temu projektowi i uczciwie powiem ci, czy jest wart waszych starań i poświęcenia.

Skinął głową, a ona odwróciła się na pięcie, niosąc naręcze dokumentów i... został po niej tylko subtelny zapach bzu.

Nie pamięta, jak wrócił tego dnia do mieszkania, które jeszcze należało do nich. Mieli już kilku chętnych, ale wstrzymywali się ze sprzedażą, nie wiedząc, czy będzie ich stać na kupno i remont kamieniczki w Wadowicach, czy też powinni dać sobie spokój.

Patryk z Marcinem, ślęczący nad notatkami, widząc, jak starszy brat wchodzi do domu i rzuca: „Cześć, dzieciaki, lekcje odrobione?", spojrzeli na siebie ze zdumieniem. Taki tekst słyszeli często, owszem, ale było to ładnych parę lat temu.

Ten pierwszy, nadal odpowiedzialny za gotowanie, zawołał za Wiktorem, który znikał w swoim pokoju:

– Co chcesz na kolację? Jadłeś obiad?

– Nie jestem głodny – odparł tamten.

Patryk ponownie wymienił spojrzenia z bliźniakiem. Ich życie biegło utartym od lat torem: oni dwaj wracali ze szkoły, jeszcze w świetlicy odrabiając pracę domową, zajmowali się swoimi obowiązkami, a potem wieczorem ledwie żywy i wściekle głodny przychodził Wiktor. Najpierw zadawał pytanie właśnie w stylu „Lekcje odrobione?", które potem zmieniło się w „Co słychać na uczelni?", i osuwał się bez sił na kanapę. Wtedy Marcin relacjonował mu wydarzenia minionego dnia, a Patryk przygotowywał coś do jedzenia.

Dziś podszedł do drzwi pokoju Wiktora. Były uchylone. On nigdy się przed braćmi nie zamykał, chyba że w pracy tak mu dano w kość, iż padał od razu na łóżko i zasypiał.

Patryk zapukał lekko i słysząc: „Wchodź", zajrzał do środka.

Wiktor leżał na łóżku z ramionami splecionymi pod głową i patrzył w sufit. W dłoni trzymał telefon.

– Coś się stało? – zaczął ostrożnie Patryk. Marcin wszedł za nim.

Wiktor spojrzał na nich i nagle uśmiechnął się. W oczach miał blask, jakiego nigdy u brata nie widzieli.

– Znalazłem kosztorysantkę. Jest świetna – odparł głosem, w którym brzmiało szczęście nieco za duże jak na znalezienie kogoś, kto przygotuje kosztorys.

– No to super. I...? – zaczął znów Patryk, bo Wiktor umilkł, wbijając wzrok w sufit. Nadal się lekko uśmiechał, a blask w oczach nie gasł.

– Nie ma żadnego „i". To wszystko. Mamy kosztorysantkę.

– On się chyba czegoś naćpał – odezwał się półgłosem Marcin. – Albo ta kosztorysantka zrobiła mu dobrze...

Wiktor oderwał głowę i zmiażdżył go spojrzeniem.

– Nie waż się nawet tak myśleć! – syknął.

Tamten wzruszył ramionami i... nagle, patrząc na telefon, który Wiktor ściskał w dłoni, co i rusz zerkając na wyświetlacz, zaśmiał się cicho.

– Chodź, Patryk, możemy spać spokojnie. Nasz starszy brat niczego się nie naćpał, on się tylko zakochał.

Wiktor ponownie posłał mu wściekłe spojrzenie, ale Marcin już ciągnął Patryka do drzwi, uśmiechając się do starszego brata trochę z rozbawieniem, trochę z kpiną i odrobinę złośliwie.

– Wiktor zakochany w kosztorysantce... – usłyszał jeszcze za drzwiami głos Marcina i opadł na łóżko. – Mamy przechlapane...

Ale na razie to on miał przechlapane, bo spodziewał się telefonu od Gabrieli jeszcze tego samego wieczoru, a telefon milczał. Może to on powinien zadzwonić pierwszy?

Tuż przed dwudziestą drugą przemógł się i zadzwonił. Choćby po to, by usłyszeć jej głos, nagrany na sekretarce:

– Przepraszam, ale nie mogę odebrać telefonu, proszę o pozostawienie wiadomości.

Rozłączył się natychmiast. I zadzwonił raz jeszcze, by usłyszeć ten sam komunikat.

– Słucham cię, mój niecierpliwy kliencie – odezwała się Gabriela, a jemu mało telefon nie wypadł z ręki, było to tak niespodziewane. Głos miała tak ciepły, taki... uroczy.

– Przepraszam, że dzwonię o tej porze – zaczął – ale... – Zabrakło mu powodu, dla którego mógł dzwonić... – Chciałem zapytać, czy na pewno dostałaś komplet dokumentów. – Uff, jakoś z tego wybrnął.

– Tak. Mam wszystko, czego potrzebuję na tę chwilę. Właśnie nad nimi ślęczę.

– Przepraszam, że ci przerwałem. Chciałem tylko... – urwał ponownie.

Zaśmiała się.

– Zapytać, czy dostałam komplet dokumentów – podpowiedziała konspiracyjnym szeptem. I prawdę mówiąc,

Wiktorze Prado, czekałam na telefon od ciebie – dodała w myślach.

– Właśnie! No i masz? Ten komplet?

– Przed chwilą odpowiedziałam, że owszem – usiłowała zachować powagę, ale parsknęła śmiechem.

Wiktor potarł twarz dłonią. Boże, jak się zbłaźnił…

– Tak naprawdę chciałem usłyszeć twój głos – powiedział, nim pomyślał, ale nim znów palnął się w usta, ona odparła miękko:

– Tak naprawdę ja też chciałam cię jeszcze dziś usłyszeć, ale że dziewczyna nie dzwoni pierwsza do chłopaka, czekałam na telefon od ciebie. Tylko błagam, nie pytaj po raz trzeci o dokumenty!

– Nie zapytam – roześmiał się z ulgą. – Poproszę tylko, żebyś nie siedziała nad nimi do późna, a jutro, jeśli pozwolisz, zadzwonię o przyzwoitej porze, by namówić cię na lunch albo kolację.

Po drugiej stronie zapadła cisza.

„Za szybko, Wiktor! – zganił się w duchu. – Znów ją spłoszyłeś!"

Ale naprawdę chciał ją zobaczyć.

– To niemożliwe – odezwała się wreszcie nieco chłodniej niż przed chwilą. – Jutro będę w delegacji. Potem potrzebuję kilku dni na sporządzenie tego kosztorysu. Na czym ci bardziej zależy, na nim czy na kolacji ze mną?

Prawdę mówiąc, bardziej mu zależało na kolacji z tą dziewczyną, ale nie mógł jej tego powiedzieć.

– Dwa w jednym – odparł zamiast tego. – Obiecałaś, że kolacja z tobą będzie ukoronowaniem naszej współpracy.

– Dokładnie, panie Prado – znów usłyszał w jej głosie rozbawienie i ponownie odetchnął. – Na kolacji będziemy celebrować zakończenie, a nie rozpoczęcie dzieła. Ale cieszę się, że zadzwoniłeś. To znaczy, że ci zależy...

„Gdybyś wiedziała, jak bardzo" – tym razem na szczęście pomyślał, a nie powiedział na głos.

– Dobranoc, Wiktor. Kolorowych snów. Ja wracam do dokumentów.

– Dobranoc, Gabrysiu – odparł tonem tak miękkim i ciepłym, że jeszcze dobre parę chwil po zakończeniu rozmowy siedziała, przyciskając telefon do ust. Dużo ją kosztowało, by trzymać swoje uczucia na wodzy. A to dopiero początek...

Dziś Wiktor, o dziesięć lat starszy, uśmiechnął się do tamtych wspomnień. Boże, jaki on był nieporadny w uwodzeniu tej dziewczyny, jaki nieśmiały... Ona zresztą również. Oboje byli po trzydziestce, a zachowywali się jak para nastolatków, zakochanych po raz pierwszy. Tak zresztą było i z nią, i z nim. A pierwsza miłość nigdy nie mija.

Nigdy.

Ku jego radości i zaskoczeniu, bo spodziewał się telefonu od Gabrysi nie wcześniej niż za dwa dni, zadzwoniła nazajutrz wieczorem, gdy znów leżał w swoim pokoju ze wzrokiem wbitym w sufit i układał sobie w głowie następną rozmowę z Gabrielą, pełną jego dowcipnych i błyskotliwych ripost.

Marcin z Patrykiem zajrzeli do niego parę razy i wyszli, kręcąc głowami. Ten ostatni rzucił jeszcze:

– Jak nie będziesz nic jadł, nie doczekasz tego telefonu. – I ze złością: – A tak w ogóle, po co ja dla tego zakochanego idioty gotuję? Żeby potem wszystko wyrzucać?

I wtedy właśnie, gdy Wiktor z ulgą spojrzał na zamykające się za braćmi drzwi pokoju, telefon rozdzwoni mu się w ręku. Nie dowierzając własnym oczom, ujrzał: „Gabriela".

– Słuchaj, Wiktor – zaczęła, gdy tylko odebrał – byłam w tych Wadowicach...

– Byłaś?! W Wadowicach?! – aż usiadł.

– Mówiłam, że jadę w delegację, i to właśnie była ta delegacja. Ważne zlecenia ogarniam sama, a wiem, jak ważna jest ta kamienica dla ciebie i twoich braci, jak wiele zależy od tej pierwszej inwestycji, więc pojechałam...

– Jesteś niesamowita – powiedział z głębi serca i cieszył się chwilę jej ciepłym śmiechem. – Przepraszam, przerwałem ci.

– Mam dobrą wiadomość, chociaż czy rzeczywiście jest dobra, dopiero się okaże: cenę stanowczo zawyżono...

– Miałem taką nadzieję.

– ...ale i tak będziesz potrzebował dobrego negocjatora, żeby wystarczyło ci i na jej kupno, i na remont.

O dobrego negocjatora był spokojny. Marcin, mimo iż miał zaledwie dwadzieścia trzy lata i był dopiero studentem, ze swoim urokiem urodzonego uwodziciela potrafiłby sprzedać każdemu wszystko i kupić, cokolwiek sobie upatrzył, za bezcen.

Trzeba mu tylko porządny garnitur sprawić, żeby wyglądał poważniej…

– Za trzy dni będziesz miał kosztorys – mówiła dalej Gabriela. – Sprzedaj samochód, bo ta kolacja będzie cię słono kosztowała.

– Nie mam samochodu – odparł, mimo wszystko zawstydzony. Chce się szarpnąć na zakup kamienicy, nie mając nawet własnego samochodu. Ale nie był mu do tej pory potrzebny, a wszystkie oszczędności odkładał właśnie na pierwszą inwestycję.

– To sprzedaj któregoś z braci – rzuciła niefrasobliwie, a on musiał się uśmiechnąć. – Jeśli są choć w połowie tak przystojni jak ty, dostaniesz dobrą cenę. – Tym rozbroiła go zupełnie. I znów musiał powiedzieć do siebie w myślach: „Jesteś naprawdę obłędna, dziewczyno", a na głos zapytać:

– Może wystarczy sprzedać… bo ja wiem… Telewizor? Komputer?

– Jestem kobietą luksusową. To będzie naprawdę droga kolacja. Zacznij oszczędzać – dodała ze śmiechem i rozłączyła się.

Zaprosił Gabrielę do restauracji w hotelu Bristol. Czuł sentyment do tego miejsca. Tutaj, przy jego remoncie dostał pierwszą pracę. Pamiętał do dziś pierwszy dzień, gdy majster zmierzył wzrokiem jego chude, szesnastoletnie ciało, popatrzył chwilę w czarne, płonące jakąś dziką determinacją oczy stojącego przed nim chłopaka i zapytał:

– Ty na pewno, chłopcze, jesteś pełnoletni?

Wiktor bez słowa podał mu podrabiany dowód osobisty.

Majster od niechcenia zajrzał do środka, po czym powrócił spojrzeniem do oczu tego dziwnego młodego człowieka.

– Pracowałeś kiedyś na budowie? To ciężka harówa.

– Nie pracowałem, ale dam radę. Muszę zarobić na utrzymanie rodziny, a wy dobrze płacicie.

– Rodziny? Już się dorobiłeś dzieciaka?

– Dwóch. Mają po osiem lat. Są moimi braćmi. Zostaliśmy osieroceni, a ja nie chciałem, by pętali się po bidulach.

Majster pokiwał głową. Wiktor nie wiedział, czy z aprobatą, czy dezaprobatą, i nie obchodziło go to. Potrzebował pracy, a ta była najlepiej płatna ze wszystkich, jakie mógł dostać ktoś bez żadnego doświadczenia i kwalifikacji.

– Myślę, że długo tu miejsca nie zagrzejesz… – zaczął starszy człowiek, który znał życie i ludzi.

– Myli się pan – przerwał mu Wiktor. I znów ta dzika determinacja błysnęła mu w oku.

Majster przyglądał mu się długą chwilę. Zerkali nań również robotnicy, którzy właśnie zaczęli się schodzić do pracy i przebierać w robocze ciuchy, po prostu ściągając koszulę i spodnie, w których przyszli, i wkładając drelichy z logo firmy. Nie pasował tu. Nie pasował do nich. Prędzej do liceum, inteligencik-gołowąs z gładkimi rączkami, ale nie do tynkowania ścian, targania worków z cementem…

– Chodź ze mną – odezwał się nagle majster.

Wiktor ruszył za nim. Na progu męskiej toalety stanął jak wryty. Jeśli ten człowiek chce, by on…

– Właź, dzieciaku, nie biorę łapówki w naturze, a chcę cię o coś zapytać na osobności...

– I to jedyna osobność w całym hotelu? – odburknął Wiktor, wchodząc do środka.

– Zdejmuj koszulę – usłyszał w odpowiedzi.

Zmartwiał. Ostatnie, co chciałby pokazać komukolwiek, to blizny na plecach...

– To ciężka harówa. Szkoda mi czasu i nerwów dla kogoś, kto po prostu nie jest wytrzymały fizycznie – wyjaśnił majster. – Mówiąc krótko: chcę wiedzieć, czy masz krzepę.

Wiktor zaczął podwijać rękaw śnieżnobiałej koszuli, którą dzisiaj rano własnoręcznie wyprasował, by dobrze wypaść przed pierwszym pracodawcą.

– Zdejmuj koszulę – głos majstra był nieubłagany. Wiedział, że chłopak coś ukrywa, że kłamie w żywe oczy, i skoro miał być odpowiedzialny za jego zdrowie, a może życie, musiał wiedzieć, dlaczego... Jakie ma powody... Jakie intencje...

Na taki widok – pleców pociętych cienkimi, srebrzystoczerwonymi bliznami – nie był przygotowany. I to ramię, jakby poszarpały je kły tygrysa. Starszemu człowiekowi, który widział w życiu niejedno, odebrało oddech.

Przez chwilę panowała cisza.

– Z-zakładaj z powrotem – zająknął się majster, gdy odzyskał głos. Wiktor powoli naciągnął koszulę na grzbiet i zaczął dopinać guziki.

– Kto ci to zrobił? – padło pytanie.

„Już ci powiem" – odczytał odpowiedź w oczach zrezygnowanego chłopaka.

– To pozostanie między nami, Wiktorze Prado – odezwał się majster zduszonym głosem. – To, że według mnie masz nie więcej niż szesnaście lat, a dowód jest podrabiany, również. Kto ci to zrobił?

Wiktor mierzył go przez chwilę tym swoim wilczym wzrokiem.

– Ojczym – wydusił wreszcie. – Drutem. Pas ani kabel nie cięły skóry do krwi i nie zostawiały blizn, a on chciał widzieć krew, lubił to.

– A ramię? – pytanie z trudem przeszło przez gardło starszego mężczyzny, zaciśnięte z wściekłości i współczucia. On na swoją żonę nigdy ręki nie podniósł, synów czasem trzepnął w ucho, gdy za bardzo pyskowali, pasem też potrafił przylać, ale ten chłopak był katowany przez psychopatę, nie wiedzieć jak długo i jak często…

Wiktor naciągnął rękaw na lewe ramię. Pięć ledwo zagojonych ran nadal potrafiło porządnie zaboleć. W oczach błysnęły mu łzy frustracji i upokorzenia. Nie chciał o tym, co było, rozmawiać z nieznajomym człowiekiem, choćby ten patrzył nań tak życzliwie i z taką litością jak majster.

Mężczyzna stanął przed nim.

– Słuchaj, Wiktor, tych blizn nie ty powinieneś się wstydzić, zapamiętaj to na całe życie – zaczął.

Chłopak podniósł nań udręczone spojrzenie.

– Nie szpanuj nimi, nie rób z siebie męczennika… wiesz, co chcę powiedzieć, choć prosty człowiek ze mnie… ale to nie twój wstyd. Bydlakowi, który tnie drutem plecy dziecka, bo podnieca go widok krwi i cierpienia, obciąłbym rękę i nie tylko. Masz tę pracę, bo wiem, że musisz zarobić na siebie i rodzinę. I tak jak kwadrans temu z ciebie zwątpiłem, teraz wierzę, że dasz radę. Jak długo to znosiłeś?

– Trzy lata – padła cicha odpowiedź.

Majster znów wciągnął powietrze. Gdyby jego Jaśka albo Włodka, dorosłych już dziś synów, ktoś przez trzy lata tak maltretował… zabiłby skurwysyna…

Bez słowa wyciągnął do chłopaka rękę, ten podał swoją. Uścisk majstra omal mu jej nie zmiażdżył.

– Wracamy do reszty ekipy. Tak jak mówiłem: to pozostanie między nami.

Wiktor skinął głową i po chwili znów znajdowali się wśród coraz większej gromady robotników zaciekawionej „nowym".

– Świerzbu ani wszy nie ma – odezwał się majster, wzbudzając tym powszechną wesołość i zwrócił się oficjalnym tonem, bez tych współczujących nut, których Wiktor nie chciał ani nie potrzebował: – Dołączysz do grupy Zenka, facet jest w porządku i nie da ci krzywdy zrobić…

– Potrafię sam się obronić.

– Tak, tak, pewnie. Szczególnie przed bandą pijanych roboli… Doceń, chłopcze, że daję ci dobre rady i dobrą fuchę. Dla reszty nie jestem tak łaskawy.

– Przepraszam. – Słowo padło, ale w głosie nie było za grosz pokory, mimo to majster już wiedział, że ten dzieciak rzeczywiście da sobie radę i nie będzie z nim kłopotów jak z resztą.

– Praca od szóstej do szóstej. Nie lubię spóźnień, nie lubię, jak ktoś olewa i nie przychodzi do roboty. W sobotę robota do piętnastej i wypłata za cały tydzień.

– Rozumiem. Nie będę się spóźniał i nie stać mnie na odpuszczenie choć jednej dniówki.

– To mi się podoba. Od kiedy chcesz zacząć?

– Od dzisiaj, jeśli mnie pan przyjmie. W plecaku mam robocze ubranie.

Majster rzekł krótko:

– Masz tę fuchę. – Po czym dodał: – Przebierz się i zasuwaj na górę. Zenkowi powiedz, że od dziś z nim pracujesz z mojego polecenia.

Chłopak kiwnął głową i tak zaczął się najtrudniejszy rok w jego życiu. Nigdy wcześniej ani nigdy później nie był tak strasznie zmęczony… Przychodził do nory, jaką znalazł daleko na Mokotowie i wynajął za grosze, ohydną, zagrzybioną i zapluskwioną, z czym musiał sobie poradzić ośmioletni Marcin. „Ty dbasz o porządek", powiedział chłopcu. Obaj łykali, co im podsunął ośmioletni Patryk, nieważne, czy było to jadalne, czy niejadalne: „Ty gotujesz" – brzmiał rozkaz. Wieczorem Wiktor padał z nóg na barłóg, jaki miał w rogu „pokoju". Czasem się nawet nie rozbierał, bo z Krakowskiego Przedmieścia do ich nory jechało się w tamtych czasach półtorej godziny, plus spory kawał na piechotę. Zostawało mu więc kilka godzin snu, zanim budzik stawiał go na nogi o czwartej rano. Po pierwszym miesiącu wyglądał niczym żywy trup i majster był pewien, że odpuści, i każdy inny by to zrobił, ale nie Wiktor…

On zaciskał zęby i harował za trzech, aż starszy człowiek musiał go wezwać na rozmowę.

– Słuchaj, chłopcze… – zaczął, przyglądając się chyba jeszcze chudszemu niż miesiąc temu, ale równie zdeterminowanemu Wiktorowi. – Są na ciebie skargi.

Ten żachnął się, posyłając mu swoje wilcze spojrzenie.

Majster uśmiechnął szeroko:

– Pracujesz szybciej niż cała reszta i robisz za dwóch, a to… jak by ci powiedzieć… nie jest dobrze widziane. Po pierwsze, ludzie muszą też więcej harować, po drugie, ogólnie przyspieszasz tempo prac.

– To chyba dobrze? – mruknął chłopak.

– No właśnie, widzisz, nie. Ludzie nie lubią nadgorliwców, choćbym nie wiem jak im tłumaczył, że młody jesteś i energia cię roznosi. Zwolnij. Gdy oni robią przerwę na papieroska, siądź, zjedz kanapkę, zrób sobie herbatę albo po prostu popatrz w sufit. To dobra robota, dobrze nam wszystkim płacą, nie chcemy skończyć jej zbyt szybko, prawda?

Przez twarz Wiktora przemknął cień zrozumienia i uśmiechu, a on rzadko się uśmiechał.

– Oprócz tej drobnostki Zenek nie może się ciebie nachwalić, bo szybko się uczysz, dobrze i dokładnie pracujesz i nie sprawiasz kłopotów. Wyznaczyłem cię do premii.

Tym razem uśmiech był szerszy.

– Dziękuję, pani majstrze.

– Należy ci się. – Wręczył mu parę banknotów więcej niż co sobotę. – Wracasz w poniedziałek do pracy czy masz dosyć?

– Wracam.

Dwa miesiące później był równie zmęczony, ale wyglądał już zupełnie inaczej. Nabrał muskulatury, z chłopca stał się młodym mężczyzną. Był cichy, nie rzucał się w oczy, robił, co mu kazano.

Z czasem prości robotnicy polubili go i przestali traktować jak wtykę majstra. Nigdy na żadnego nie doniósł. Tu rządził Zenek. Jeśli on przymykał oczy na wynoszenie niewielkich ilości materiałów budowlanych, Wiktor miał to głęboko gdzieś. Majster pewnie też.

– Siadaj z nami, młody – usłyszał kiedyś podczas przerwy śniadaniowej.

Bez wahania usiadł przy wspólnym stole. Rozwinął kanapki. Któryś podał mu kubek z herbatą, słodzoną dwiema łyżeczkami cukru, jaką Wiktor pijał, żeby mieć choć trochę więcej energii.

– Skąd jesteś, młody? – zapytał któryś.

– Z Warszawy.

Pokiwali głowami.

– Podobno wcisnęli ci dwóch braci na garb?

– Nikt mi nikogo nie wciskał. – Wiktor podniósł na tego, który pytał, pociemniałe spojrzenie. – Zostałem im tylko ja, a braci do sierocińca nie oddam.

– Spokojnie, młody, nie unoś się. Tak tylko pytałem. – Tamten uniósł wielkie, spracowane ręce w geście poddania. – Masz, żonka zapakowała mi więcej niż zwykle, częstuj się. Jesteś w porządku.

Podał Wiktorowi pachnącą szynką i serem kanapkę z pomidorem, sałatą, ogórkiem. Wziął bez wahania, dziękując za poczęstunek, i z rozkoszą wgryzł się w świeży chleb. Mały, zaledwie ośmioletni Patryk starał się, jak mógł, w soboty Wiktor próbował go uczyć gotowania prostych posiłków, ale takich kanapek jeszcze się mały robić nie nauczył. Te jego zawsze wyglądały jak przeżute kapcie...

Przy stole panowała przez chwilę cisza. Każdy z robotników wcinał śniadanie, siorbał herbatę albo kawę.

– Skąd masz te blizny, młody? – zapytał nagle ten, który poczęstował Wiktora kanapką.

Nagle wszyscy patrzyli na pięć sinoczerwonych pręg, które cięły ramię chłopaka. Pracował w podkoszulku i były dobrze widoczne. Od barku aż do ramienia. A oni od tygodni się zakładali, gdzie chłopak je zarobił.

– Tygrys pazurami mnie potraktował – odparł Wiktor beznamiętnie. – Stanąłem kiedyś za blisko krat.

Łyknęli to kłamstwo. Majster zarządził koniec przerwy, ale tego dnia Wiktor nie popracował, bo przez głupi wypadek mało nie stracił ręki. Akurat niósł worek cementu, gdy usłyszał krzyk: – Wiktor, uważaj!!! – a wielkie okno, które wstawiali, runęło wprost na niego, roztrzaskując się po drodze o wspornik.

Szkło siekło go po przedramieniu. Trysnęła krew. Kilku przypadło do chłopaka, który zdążył już położyć worek na ziemi. Ktoś pobiegł po apteczkę. Wiktor przyglądał się ranie beznamiętnie. Skóra, może kawałek mięśnia. Gorsze zszywał mu dwa miesiące wcześniej doktor Braniewski u siebie w kuchni.

Krew wsiąkała w cementową posadzkę największego apartamentu hotelu Bristol dotąd, aż majster nie przyłożył kompresu, nie owinął rany szybko i dokładnie bandażem i nie zadysponował:

– Jedziemy do szpitala. Masz miesiąc płatnego urlopu, jeśli nie doniesiesz Urzędowi Pracy, że to z naszej winy.

Wiktor kiwnął tylko głową. Nie zamierzał donosić na ludzi, którzy może nie stali się jego drugą rodziną, nie byli nawet przyjaciółmi, a mimo to uczynili dla niego więcej niż ktokolwiek inny w jego życiu oprócz doktora Braniewskiego.

A potem przez miesiąc tylko spał i jadł.

I wrócił do roboty.

Te wspomnienia – wcale nie takie złe, bo naprawdę był z siebie dumny, że wytrzymał do końca remontu, a potem majster zlecał mu lżejsze i lepiej płatne fuchy – powróciły, gdy zamawiał stolik dla dwóch osób w przytulnej wnęce hotelowej restauracji.

ROZDZIAŁ XIX

Wieczorem podjechał pod blok na Bielanach, w którym mieszkała Gabrysia, kazał taksówkarzowi poczekać i wszedł na górę. Tak przynajmniej uznał za stosowne: do kogoś, kogo z biciem serca zaprasza się na pierwszą randkę, nie puszczasz sygnału, że czekasz na dole, tylko wjeżdżasz windą na dziewiąte piętro, pukasz do drzwi, a gdy otwiera ci dziewczyna – ta właśnie, z którą się umówiłeś – z ładnie ułożonymi włosami, w delikatnym makijażu, podkreślającym jej urodę, i w przepięknej, obcisłej, ale nie wyzywającej czarnej sukience, mieniącej się kryształkami, przełykasz głośno ślinę i mówisz:

– Gabrielo Leszeńska, wyglądasz olśniewająco.

Gabrysia zaśmiała się i zarumieniła z zakłopotania. Spojrzała po sobie. Sukienka była prosta, z czarnego aksamitu, krój i dekolt w serce ładnie podkreślały jej kształty, ale najpiękniejsze były kryształki, które Gabrysia odkleiła wieki temu od ślubnej sukni mamy i pracowicie przykleiła do czarnego aksamitu, mając nadzieję, że kiedyś się komuś spodoba. Nawet nie marzyła, że ten ktoś będzie tak obłędnie przystojny – szczególnie dziś, w czarnej, dobrze skrojonej marynarce i śnieżnobiałej koszuli...

Uniósł jej dłoń nad głowę, obrócił. W przedpokoju zaiskrzyło.

– Wyglądasz jak niebo pełne gwiazd – powiedział z nieudawanym zachwytem w głosie.

Gabrysia uśmiechnęła się i podniosła nań oczy, pokreślone zielonym cieniem i czarnym tuszem na długich rzęsach. Pachniała bzem, tak jak poprzednio, i ten zapach już na zawsze miał mu się kojarzyć właśnie z nią. Była tak blisko... Słyszał niemal bicie jej serca. Miał ochotę pochylić się i pocałować jej usta, lśniące od błyszczyku, ale pohamował się.

– Jesteś niewiarygodnie piękna – rzekł za to niskim, miękkim głosem.

Spuściła oczy, ponownie zmieszana niekłamanym zachwytem w jego oczach, urodą tego mężczyzny i własnymi uczuciami.

– Próbuje pan tymi komplementami dostać kosztorys za bezcen, panie Prado? – zażartowała.

Zaśmiał się cicho, seksownie.

– Zapłaciłbym podwójnie, by móc jeszcze raz zabrać cię na kolację.

– To niewykluczone – uśmiechnęła się, znów swobodna. – Pomyślałam, że dam ci te tabele po kolacji, razem z moim komentarzem. Wrócimy tutaj i powiem, co sądzę o tej inwestycji. Na kolacji z mężczyzną nie byłam od tak dawna, że chciałabym się po prostu cieszyć tym wieczorem, co ty na to?

– Chcesz mnie po kolacji zaprosić do siebie? – upewnił się, czy dobrze słyszy.

– Bez skojarzeń. Jedynie w celach służbowych – jej głos był w tej chwili stanowczy, bez żadnych dwuznacznych, uwodzicielskich nut. – Nie gwałcisz chyba dziewic? – dodała, by nieco złagodzić tę stanowczość.

– A jesteś dziewicą?

Spuściła wzrok i zarumieniła się.

– Ja jak coś palnę – wyszeptała. – Jedźmy, książę, na ten bal, póki nie pogrążę się całkowicie.

– Okej, ale pantofelek poproszę z góry, jako zaliczkę. Nie będę ciebie później po Polsce szukał, gdy postanowisz zniknąć – odparł, czym od razu ją rozbroił. Roześmiała się tak, jak tylko ona potrafiła, serdecznie, ślicznie, bez cienia fałszu czy kokieterii. Już zaczynał to w niej uwielbiać…

Wiktor wyszedł z mieszkania i poczekał, aż jego towarzyszka zamknie drzwi. W milczeniu wsiedli do taksówki, podjechali pod Bristol, Wiktor zapłacił, otworzył drzwi od strony dziewczyny i podał jej rękę. Poprowadził Gabrielę przez lśniący od złota, marmuru i kryształów hall, weszli do restauracji, skąpanej w ciepłym, przytłumionym świetle.

Oparł dłoń na jej plecach, aż poczuła ciarki na nagiej skórze – tak by wszyscy mężczyźni, którzy teraz na Gabrielę patrzyli, nie mieli wątpliwości, że przynajmniej dziś wieczór należy do niego, Wiktora – i poprowadził ją przez całą salę do zarezerwowanego stolika. Na obcasach poruszała się pewnie i z wdziękiem.

– Wszyscy mężczyźni pożerają cię wzrokiem – szepnął. – Jestem szczęściarzem, mając dziś tak piękną kobietę u boku.

– Proszę, nie żartuj sobie ze mnie – odszepnęła. – To raczej ciebie pożerają wzrokiem, i nie mężczyźni, tylko kobiety. Wszystkie, co do jednej. Mógłbyś mieć każdą z nich, a masz... taką mnie.

Spojrzał na nią zdumiony. Odsunął krzesło, by mogła usiąść.

– Ty chyba nie masz kompleksów? – zapytał, odbierając od kelnera menu.

Wzruszyła ramionami.

– Jestem do bólu nudną i zwyczajną szarą myszą, zakopaną w tabelach. Pierwszy raz od niepamiętnych czasów mogłam założyć coś bardziej eleganckiego niż to, co noszę na co dzień. – Rozejrzała się po restauracji, robiącej oszałamiające wrażenie wystrojem i elegancją. – Pierwszy raz ktoś zaprosił mnie na kolację w tak piękne miejsce i cieszę się, że jesteś to ty.

– Powiedz raczej, że pozwoliłaś się zaprosić – sprostował za nią.

– Masz rację, nigdy nie wchodzę w prywatne relacje z klientami.

– Dlaczego więc dzisiaj złamałaś tę zasadę? – Wpatrzył się w jej błyszczące oczy, ona zatonęła w jego czarnych źrenicach, pochyliła się lekko ku niemu i wyszeptała:

– Odpowiedz sobie na to pytanie sam, Wiktorze Prado.

On ujął jej dłoń, wtulił usta w ciepłe, pachnące bzem wnętrze. Gabriela poczuła żar, rozlewający się od jego ust i rąk po całym jej ciele. Czegoś takiego nie przeżyła nigdy. Aż przygryzła wargi, by stłumić jęk.

– Proszę, Wiktor – zdobyła się na błagalny szept.

Puścił jej rękę tylko dlatego, że podszedł kelner, by zapytać, czy dokonali już wyboru.

– Tak – odezwał się Wiktor, patrząc Gabrieli prosto w oczy – ja już wybrałem.

Uśmiechnęła się, kręcąc głową z niedowierzaniem.

– Może dam państwu jeszcze parę minut – odezwał się kelner i odszedł dostojnie.

– Gabriela – głos Wiktora zmusił ją, by spojrzała nań powtórnie – mówię zupełnie poważnie: ja już wybrałem.

Znów pokręciła głową.

– Możesz mieć każdą kobietę, jakiej zapragniesz. Nie baw się mną, proszę – w jej głosie zabrzmiało nieudawane błaganie.

Z każdą minutą, z każdym uderzeniem serca pragnęła tego mężczyzny coraz bardziej, nie fizycznie, czy może nie tylko fizycznie, to nie było li tylko pożądanie, ona pragnęła go pokochać. Był pierwszym, który wzbudził w niej tyle uczuć, tyle marzeń i pragnień. Dlaczego musiał być tak piękny? Zaliczy kolejną zdobycz i odejdzie, a ona zostanie ze złamanym sercem, opłakując swoją pierwszą miłość… Nie ma mowy.

– Naprawdę masz o mnie tak marne mniemanie? – zapytał, próbując ukryć urazę. – Uważasz, że uwodzę wszystko, co się rusza, dla zabawy? Miałem do tej pory jedną dziewczynę, ale nie wytrzymała tego, że ciągle pracuję, a gdy nie pracuję, to nadganiam naukę. Od tamtej pory jestem sam. Sam do bólu. Już moi młodsi bracia są bardziej doświadczeni w uwodzeniu niż ja. Dlaczego uważasz, że zapragnąłem się zabawić twoim kosztem?

Słuchała jego słów z niedowierzaniem. On, ten piękny, czarnowłosy, czarnooki mężczyzna i sam?

A ty? – zapytała siebie w myślach.

Pragnęła mu wierzyć...

– Dlaczego ja? – wyszeptała.

Wstał gwałtownie. Postawił ją przed wielkim kryształowym lustrem zdobiącym ścianę. Wnęka, w której siedzieli, była tak ukryta, że nikt ich teraz nie widział.

– Mogę cię pocałować? – zapytał, stając za nią i kładąc ręce na jej ramionach.

Patrzyła mu poprzez lustro w oczy wielkimi pociemniałymi źrenicami. Wreszcie zdobyła się na kiwnięcie głową.

– Więc zamknij oczy.

Zrobiła to, o co prosił. Nie prosił, a nakazał. Przymknęła powieki i nagle poczuła muśnięcie jego ust na karku, potem nieco niżej. Aż nogi się pod nią ugięły. Gdyby nie trzymał jej za ramiona, chyba osunęłaby się na marmurową posadzkę. Całował ją, a ona rozpływała się, płonęła od tych pocałunków.

Nagle oderwał wargi od jej karku i wyszeptał:

– Teraz otwórz oczy i spójrz, jaka jesteś piękna.

Uniosła powieki. Przed sobą miała zupełnie inną kobietę niż jeszcze minutę wcześniej. Płonęła wewnętrznym blaskiem. Z oczami błyszczącymi nieznanym jej dotychczas uczuciem.

Aż westchnęła, oczarowana i sobą, i tym mężczyzną, który stał za nią, wciąż trzymając dłonie na jej ramionach.

– A zakochałem się w tobie, gdy byłaś szarą myszką w sukience z białym kołnierzykiem – mówił niskim, nabrzmiałym pożądaniem głosem.

– Zakochałeś się we mnie? – powtórzyła, odwracając się ku niemu i unosząc nań pełne niedowierzania oczy.

– Tak. Zakochałem.

Wróciła do stolika. Opadła na krzesło zupełnie bez sił. Poczuła łzy pod powiekami.

Tak chciała, tak bardzo chciała mu uwierzyć, zaufać.

I nie mogła.

Ponownie podszedł kelner.

Zamówiła proste danie i herbatę. Wiktor też nawet nie spojrzał do menu.

Gdy ponownie zostali sami, Gabrysia zdołała już dojść do siebie. Znów była lekko zdystansowaną, profesjonalną kosztorysantką na kolacji z klientem.

Widział to. Ale... nagle zdecydował, że się nie podda. Skoro przeszedł przez piekło, nie zrezygnuje z raju. Zdobędzie Gabrielę Leszeńską, bez względu na jej obawy i zahamowania. Udowodni jej, że dotrzymuje słowa, że nie jest uwodzicielem jak Marcin. Że gdy mówi: „kocham", to znaczy, że kocha.

– Opowiedz mi o sobie – poprosił lekkim tonem.

Od razu się rozluźniła i zaczęła mówić o swoim przybranym ojcu, o tym, jak przygarnął ją razem z matką i siostrą, a potem zostali sami. Mówiła, jakie Antoni Leszeński przeszedł piekło, mając zaledwie osiemnaście lat, opowiadała, jak był osobistym więźniem jednego z katów X Pawilonu, jak po trzech latach tortur cudem udało mu się wyrwać z łap tamtego bandyty, ale przypłacił to zdrowiem.

Gdy padło słowo „Hitlerek", serce Wiktora, słuchającego do tej pory uważnie, zamarło w pół uderzenia. Zbladł tak, że Gabriela umilkła, zaniepokojona.

– Co się stało?

Przez chwilę zmuszał się, by złapać haust powietrza.

– Znam tego bandytę z Rakowieckiej – odezwał się nieswoim głosem. – Przez długie trzy lata był także moim katem.

I opowiedział Gabrieli swoją historię.

Gdy skończył, miała oczy pełne łez, ale wiedziała też jedno: Wiktor jest jedynym mężczyzną na świecie, któremu może zaufać. Który jej nigdy nie skrzywdzi. Ktoś, kto nosi takie blizny na ciele i duszy, a mimo to pozostał dobrym, szlachetnym człowiekiem, zaharowującym się, by wraz z braćmi – choć właściwie braćmi nie byli – pozostać razem, nie jest w stanie nikogo zranić.

Jedzenie, które przyniósł kelner, już dawno wystygło, a tych dwoje nadal zwierzało się sobie z lat smutku, zmęczenia, pracy ponad siły, walki o każdy dzień.

Łączyło ich wszystko. Dzielił... Jeszcze nie wiedzieli, kto ich rozdzieli. I może to dobrze. Przynajmniej mieli przed sobą piękny, wypełniony miłością i marzeniami rok.

Gdy wtuleni w siebie wracali na Bielany, oboje byli już zupełnie innymi ludźmi.

Gabriela weszła do mieszkania, a on zamknął za nimi drzwi, po czym ujął jej twarz w dłonie i zrobił to, o czym marzył od trzech dni. Zaczął całować. Jej usta, szyję... Wsunął dłonie we włosy dziewczyny i całował dotąd, aż poczuł, że uginają się pod nią nogi.

Oderwał się od jej słodkich, gorących warg, zajrzał w zogromniałe źrenice. Oddychała szybko i płytko, serce tłukło się w jej piersi jak chwycony w dłonie ptak.

– Ty nadal się mnie boisz – wyszeptał.

Oczy wezbrały jej łzami, zdobyła się tylko na potaknięcie.

– Będę czekał, aż mi zaufasz, Gabrielo – pocałował ją raz jeszcze, miękko, delikatnie, z czułością i… wyszedł, zamykając za sobą cicho drzwi. Oparła się o nie i rozpłakała. Z żalu, że nie został, i z ulgi, że nie nalegał na więcej.

Zdobywał ją długo i cierpliwie przez ładnych kilka miesięcy. Oswajał niczym dzikie, spłoszone zwierzątko. Gdy udało się im wykraść kilka godzin tylko dla siebie, chodzili na randki niczym dwoje nastolatków… Całowali się w parku, nad Wisłą, w zaułkach Starówki… Przynosił jej bukiety kwiatów albo wspaniałe purpurowe róże, a potem tulili się do siebie tak długo, pieścili muśnięciami dłoni, aż ona cofała się, przepraszając go ze łzami w oczach. Była tak nieufna… Taka płochliwa…

Aż wreszcie któregoś wieczoru, gdy odprowadził ją do domu po spacerze w noc spadających gwiazd, przytrzymała go za rękę, zanim skierował się do drzwi, i poprosiła:

– Zostań. Nie odchodź. Zostań ze mną.

Bez słowa zawrócił, wziął ją na ręce i położył na łóżku. Zaczął całować, jednocześnie zdejmując z niej sukienkę, a ze swych ramion koszulę. Poczuł, że znieruchomiała. Spojrzał na nią pytająco. Patrzyła na pięć blizn, które nosił na ramieniu.

Powoli przeciągnęła po jednej z nich palcem, a potem objęła go z całych sił i już nie wypuściła z objęć.

W jednej tylko chwili, czując jego męskość gotową do wtargnięcia w jej wnętrze, poprosiła cichutko:

– Bądź... bądź delikatny. Jesteś moim pierwszym mężczyzną.

– A ty moją pierwszą miłością – odparł tak samo cicho, potem pieścił ją dotąd, dłonią, językiem, ustami, aż odchodząc niemal od zmysłów z rozkoszy, jęknęła błagalnie:

– Wejdź we mnie, proszę...

I nawet nie poczuła bólu pierwszego razu, zatracając się w pędzie do spełnienia...

Następnego dnia, gdy obudzili się ciasno wtuleni w siebie, Gabriela pierwsza otworzyła oczy i patrząc na oddychającego spokojnie Wiktora, śpiącego tak ufnie w jej ramionach, mimo blizn tnących jego plecy i ramiona, poczuła taką miłość do tego mężczyzny, że aż jej dech zaparło. Patrzyła nań z niedowierzaniem, że wybrał właśnie ją, dotąd, aż obudził się, przyciągnął ją do siebie, wyszeptał:

– Kocham cię – i znów zaczął rozpalać każdym dotknięciem, każdym pocałunkiem, jakby całej nocy rozkoszy nie było mu dosyć.

Tego dnia, na który czekał tak długo, zabrał ją w tajemnicze miejsce, na piękną, skąpaną w promieniach słońca polanę, przed dom, który od razu pokochała, poprosił, by usiadła na ławce pod wiekową lipą, a potem, trzymając w drżących ze wzruszenia i niepewności dłoniach śliczny pierścionek z dwoma szafirowymi serduszkami, otoczonymi przez maleńkie brylanciki, zapytał:

– Gabrielo, czy zostaniesz moją żoną?

Rozpłakała się ze szczęścia i wzruszenia, zarzuciła mu ręce na szyję, szepcząc słowa, które chciał usłyszeć. Zaczął ją całować, na początku miękko i delikatnie, potem coraz mocniej, z coraz większą namiętnością. Wyszła mu naprzeciw, oddała tutaj, na cichej polanie, w promieniach słońca, wśród śpiewu ptaków. Nim rozkosz odebrała jej oddech, wykrzyczała jego imię i słowa „kocham cię".

Długo... bardzo długo tulił ją potem do serca i wreszcie rzekł:

– Jesteś moją pierwszą miłością. Ten dom znalazłem dla ciebie. Dla nas. Tu zamieszkamy, tu będzie nasz azyl, tutaj będą stawiać pierwsze kroki nasze dzieci. Już wiem, że i ja mogę mieć szczęśliwą rodzinę.

Mylił się.

ROZDZIAŁ XX

Leśna Polana – i Gabriela – musiała poczekać tylko, aż Wiktor sprzeda kamieniczkę w Wadowicach, a chętnych było sporo. Inwestycja okazała się wielkim sukcesem. Żadne z mieszkań, wyremontowanych i wypieszczonych, nie stało puste nawet przez jeden dzień.

Od początku przynosiła zysk, który trzem niemal głodującym do tej pory, i ponownie bezdomnym, braciom Prado wydawał się kosmiczny. A gdy Wiktor postanowił wreszcie: „Sprzedajemy!", każdy z nich zarobił po pierwszym milionie. I tak jak poprzednio dwaj młodsi oddali niemal całość do dyspozycji Wiktora.

On przez następne parę lat pomnoży ten majątek wielokrotnie, ale najpierw popełni błąd, który będzie go drogo kosztował. A jego miłość i narzeczoną, Gabrysię Leszeńską, jeszcze drożej…

Wchodząc po schodkach żoliborskiej willi, z trudem powstrzymywał triumfalny uśmiech. Nic nie mógł na to poradzić. Nie mógł się temu oprzeć.

Coś w głębi duszy szeptało ostrzegawczo: „Nie rób tego. Nie drażnij bestii", ale chciał… Chciał pokazać swemu katu, że mimo wszystko nie tylko poradził sobie – poradzili sobie we trzech – ale i osiągnął to, czego tamten nigdy nie miał i mieć nie będzie. Za miesiąc Gabriela zostanie jego żoną, on, Wiktor, będzie się cieszył szczęśliwą rodziną, dziećmi, Leśną Polaną, którą miał zamiar podarować Gabrysi w dniu ślubu…

Przekraczając próg, czuł smak zwycięstwa, ale i… strach. Nienawidził tego domu i bestii, która się w nim zagnieździła.

– Proszę, proszę – usłyszał głos ojczyma, nim go zobaczył – bękart marnotrawny wraca do tatusia…

– Nie jesteś moim ojcem – wycedził, stając twarzą w twarz z Adolfem Kuchtą.

Ten siedział w ciemnym, cuchnącym petami i alkoholem pokoju, z twarzą jak zwykle czerwoną i nalaną. Że też jeszcze się trzymał mimo hektolitrów wódki, jakie do tej pory wypił…

Wiktor stanął metr od fotela, na którym zaległ Tamten.

– Przyszedłem, żeby nacieszyć oczy twoim upadkiem, ubecka świnio, i rzeczywiście, jest się czym cieszyć. – Omiótł wzrokiem ohydną norę, niewiele różniącą się od tej, w której kiedyś mieszkał z braćmi. – Mam też dla ciebie parę wiadomości, a wszystkie dobre: moi bracia wyrośli na świetnych, mądrych, a teraz i bogatych facetów. Nie zdołałeś złamać żadnego z nas.

Kuchta, patrząc nań beznamiętnie, sięgnął po tlącego się papierosa, zaciągnął się i czekał.

– Ja jestem szczęśliwie zakochany w cudownej dziewczynie i za miesiąc bierzemy ślub – ciągnął Wiktor, nie wiedząc, że pogrąża się z każdym słowem. Gdyby nie był tak pewny siebie, gdyby wsłuchał się w krzyk gdzieś z dna duszy: „Przestań! Zamilcz i wyjdź! Uciekaj od tej bestii jak najdalej!", ale on słyszał jedynie swój głos, mówiący z triumfem:

– Trzecia wiadomość jest najlepsza: moją żoną zostanie Gabriela Leszeńska. Mówi ci coś to nazwisko?

I nagle zapada cisza, jakby czas zamarł na kilka uderzeń serca.

Wiktor patrzy, jak twarz Tamtego tężeje, a potem wykrzywia się w wyrazie skrajnej nienawiści, i po raz pierwszy słyszy ten skowyt, dochodzący z głębi serca.

Kuchta podnosi się i staje twarzą w twarz z Wiktorem. Mierzą się przez chwilę wzrokiem.

– To ja mam dla ciebie tylko jedną wiadomość i nie będzie już tak dobra jak twoje – odzywa się Tamten i... uśmiecha się. Uśmiecha tak zimno, że młody mężczyzna czuje, jak ten uśmiech ścina mu krew w żyłach. – Jeżeli to zrobisz, jeśli ożenisz się z Leszeńską, następnego dnia ją zgwałcą w sześciu albo dziesięciu nieznani sprawcy, a ten skurwiel Leszeński będzie miał nieszczęśliwy wypadek. Ot, spadnie ze schodów i skręci kark. Albo potrąci go na przejściu dla pieszych inny nieznany sprawca.

Z każdy słowem Kuchty Wiktor czuje, jakby spadał w czarną otchłań. Oddech więźnie mu w gardle.

– N-nie zrobisz tego – wykrztusza wreszcie.

– Nie? – odpowiada tamten i uśmiecha się szeroko. – A kto mnie powstrzyma, bękarcie? Ty?

Opada na fotel i przez kłąb papierosowego dymu patrzy, jak Wiktor, chwiejąc się na nogach, wychodzi, niemal ucieka z tego domu, od tej bestii, która w nim mieszka. Jeszcze długo goni go jej rechot…

Tego dnia nie chciał się spotkać z Gabrielą na codziennym wieczornym spacerze. Miotał się po swoim mieszkaniu, zadając sobie ciągle to samo pytanie: Czy Tamten jest w stanie spełnić groźbę? Obie groźby?

Odpowiedź dostał nazajutrz wieczorem…

Majka i Patryk, zasłuchani w opowieść Wiktora, wstrzymali oddech. Mężczyzna wstał, spojrzał na swoje ręce. Drżały. Prawdę mówiąc, czuł drżenie w całym ciele. Podszedł do barku, wyjął pierwszą lepszą butelkę i szklankę, nalał do pełna, wychylił jednym haustem, pieprzyć zasady! i dopiero wrócił na swój fotel.

Młodszy brat, nagle przeraźliwie trzeźwy, i równie trzeźwa w tej chwili Majka wpatrywali się w niego wielkimi z przerażenia oczami. Jeżeli usłyszą to, co spodziewają się usłyszeć…

– Gabriela zniknęła nazajutrz – zaczął Wiktor nieswoim głosem. – Razem z Antonim, któremu opowiedziałem o swoim przeklętym postępku, odchodziliśmy od zmysłów, dzwoniąc po jej znajomych, klientach, szpitalach… Ja czekałem w jej mieszkaniu, gdy późną nocą dostałem telefon od Leszeńskiego. Mówił cicho, z trudem powstrzymując łkanie.

– Gabriela się odnalazła. Przyjedź, Wiktor, do mnie. Musimy porozmawiać.

Wsiadł do swojego nowiutkiego volvo i jak szalony pognał na Żoliborz.

Gdy bez pukania wpadł do mieszkanka Antoniego, ten siedział w pustej kuchni. Policzki miał mokre od łez, ale twarz już spokojną, jak wykutą z granitu.

– Gdzie ona jest?! Nic się jej nie stało?!

– Śpi w moim pokoju. Możesz do niej wejść i na nią spojrzeć. Za minutę tutaj wrócisz i wysłuchasz, co mam ci do powiedzenia – w głosie starego człowieka brzmiała stal. Wiktor po raz pierwszy słyszał go i widział takiego. To był tamten Antoni Leszeński, który przez trzy lata znosił nieludzkie tortury, a mimo to przeżył i pozostał dobrym człowiekiem. Kuchta go nie złamał, śmierć ojca i matki go nie złamała, ale gdyby coś stało się jego ukochanej przybranej córce, Gabrysi, nie podniósłby się już, tego Wiktor był pewien.

– Jedna minuta – powtórzył, wskazując Wiktorowi drzwi sypialni.

Młodszy mężczyzna wszedł do pokoju oświetlanego przyciemnioną nocną lampką.

Gabriela spała głębokim, spokojnym snem, z rękami pod policzkiem. Wyglądała tak pięknie i niewinnie jak porcelanowa laleczka, którą łatwo upuścić i stłuc…

Wyszedł, odetchnąwszy z ulgą, zamykając za sobą cicho drzwi. Nic się jej nie stało. Nie była ranna ani pobita.

Ulga okazała się przedwczesna.

– Usiądź, synku – odezwał się Leszeński, o którego istnieniu Wiktor na moment zapomniał.

Zrobił to, co Antoni mu kazał.

– Wyrzucili ją z samochodu pod drzwiami mojego mieszkania godzinę temu...

– Godzinę?! A ty mi dopiero przed chwilą powiedziałeś, że się odnalazła?! Ja od zmysłów...

– Była w szoku. Dałem jej silny lek uspokajający i czekałem, aż uśnie – mówi Leszeński. – Zgarnęli ją z ulicy, gdy wracała do domu, ot tak. – Pstryknął palcami. – Nikt nie zauważył porwania młodej kobiety. Wywieźli do lasu. W sześciu, tak jak obiecał ci twój ojczym.

Wiktor poczuł, że robi mu się czarno przed oczami.

– Zdarli z niej ubranie, dotykali, wkładali palce w jej intymność... – ciągnął Antoni. – Potem cisnęli w nią ubraniem, przywieźli tutaj, pod mój dom, i kazali, żeby mi powtórzyła: „To ostrzeżenie".

Umilkł i patrzył na siedzącego naprzeciw młodego mężczyznę, którego zdążył pokochać jak syna i uwierzyć mu, że nigdy Gabrieli nie skrzywdzi, a który teraz, śmiertelnie blady, próbował się podnieść. Wreszcie wstał, przeszedł kilka kroków, osunął się na kolana przed Antonim i, płacząc, zaczął powtarzać:

– Co ja mam robić? Boże jedyny, co mam robić?! On, ten bydlak, ta bestia, nie cofnie się przed niczym. Skrzywdzi ją, jeśli się pobierzemy... Co mam robić? – spojrzał pełnymi łez oczami w twarz Antoniego, który przez cały ten czas gładził go po włosach. Teraz ta ręka zamarła bez ruchu.

– Zerwij, synku, te zaręczyny. Jeśli kochasz Gabrielę, a wiem, że tak jest, odejdź i nie wracaj, dopóki nie będzie bezpieczna...

Chociaż Wiktor myślał, że nie zdoła przeżyć nawet jednego dnia bez Gabrieli, choć umierał z tęsknoty godzina po godzinie i nigdy się nie pogodził z tą stratą, nigdy nie szukał ani nie znalazł innej kobiety, z którą mógłby dzielić życie, zrobił to, co kazał mu Leszeński i własne sumienie. Odszedł.

Majka i Patryk słuchali wstrząśnięci. Ale to jeszcze nie był koniec.

– Pięć miesięcy później dostałem zaproszenie na jej ślub – mówił Wiktor martwym głosem. – Na ślub Gabrieli, mojej Gabrieli, z jakimś facetem. Pojechałem do niej tydzień wcześniej. Wytłumaczyć, dlaczego musiałem odejść, i błagać ją, by tego nie robiła, by na mnie poczekała, o ile jeszcze mnie kocha.

Zacisnął powieki.

Jak dziś miał przed oczami jej obraz z tamtego popołudnia: Gabriela siedzi na ławce w ogrodzie przyszłego męża. Jest w zaawansowanej ciąży. Wygląda jak Madonna, oświetlona promieniami słońca i rozświetlona od wewnątrz miłością do dziecka, które nosi pod sercem. Nagle kładzie dłonie na brzuchu i zaczyna gładzić maleństwo, którego ruchy wyczuwa, z uśmiechem tak czułym...

Wiktor do dziś czuł ból na wspomnienie tego uśmiechu i miłości w każdym jej ruchu. Wycofał się wtedy po cichu, wiedząc, że nic tu po nim. Gabriela odnalazła swoje szczęście bez niego. Wyjechał i nie zobaczył jej już nigdy więcej.

Teraz, dziewięć lat później, siedział we wspaniałym apartamencie, z palcami wpitymi we włosy, załamany jak tamtego dnia.

Nagle poczuł na kolanach czyjeś dłonie. Uniósł twarz i spojrzał prosto w fiołkowe oczy Majki, też pełne łez, ale i czegoś jeszcze...

– Wiktor, myślę, że to było twoje dziecko – wyszeptała.

Jego oczy zogromniały.

– Ona nigdy nie przestała cię kochać. Myślę, że gdy odszedłeś, była już w ciąży, już wiedziała, a może jeszcze nie, że nosi twoje dziecko, twojego synka. Gdy zniknąłeś bez słowa wyjaśnienia, zaraz po tym, jak przeżyła taki szok, to porwanie, to... molestowanie... Możesz sobie wyobrazić, co poczuła. Jak strasznie poczuła się zdradzona. Ja myślę, że to mogło być tak: przyrzekałeś, że jej nigdy nie skrzywdzisz, a potem zostawiasz ją ot tak wtedy, gdy najbardziej cię potrzebuje. Bierze więc pierwszego lepszego, który się nawinął, może on wie, że ona jest w ciąży, może nie. Gabrysia tuż przed ślubem wyjawia mu prawdę, że to nie jego dziecko, on strzela – do tego dziecka, do niej, na końcu do siebie. Normalny facet, nawet chory z zazdrości, nie zabijałby swojego dziecka, a dwa pierwsze strzały Gabriela dostała w brzuch. Myślę, Wiktor, że kochała cię do końca i miała nadzieję, że zostanie jej po tobie chociaż to maleństwo...

Oparła mu głowę na kolanach, jak on lata temu na kolanach Leszeńskiego, i zaczęła cicho płakać.

Wiktor siedział bez ruchu. Dopiero po długiej, długiej chwili zaczął machinalnie gładzić łkającą Majkę po włosach.

– Co ja zrobiłem? – wyszeptał, czując piekące łzy pod powiekami. – Zabiłem naszą miłość, zabiłem nasze dziecko... Za co? Za co ktoś nas oboje tak przeklął?

– Nie ktoś, a Tamten – syknął Patryk z nieukrywaną nienawiścią. – To bydlę bez sumienia, bez uczuć... – Wstał gwałtownie, bo nie mógł usiedzieć w miejscu. Gdyby w tej chwili przed tym młodym, spokojnym zazwyczaj mężczyzną postawiono jego ojczyma, chybaby go zabił.

Odwrócił się do Wiktora.

– Ty zrobiłeś wszystko, co należało wtedy zrobić. Gdybyś powiedział Gabrieli prawdę, nalegałaby, byś został, i zostałbyś, a tamto bydlę spełniłoby swoją obietnicę co do joty. Gdybyście próbowali uciec na koniec świata...

– Myślałem o tym – wpadł mu w słowo Wiktor. – Prosiłem Antoniego o pozwolenie, odparł, że on już nie nadaje się na podróże, musiałby zostać, a gdyby Tamten spełnił drugą część „obietnicy", Gabriela nigdy by mi nie wybaczyła śmierci ojca.

– Tak właśnie by było – skwitował Patryk. – Postawił cię nasz tatusiek pod ścianą i przystawił pistolet do czoła, tak jak lubił. Ale teraz, Wiktor, masz drugą szansę. Ten skurwiel jest dziewięć lat starszy, Gabriela nadal żyje i nadal cię kocha, a Leśna Polana jutro będzie twoja albo jej. Dostajesz od losu drugą szansę. – Podszedł do brata, położył mu rękę na ramieniu i uścisnął. – Już nasza w tym głowa, byś jej nie stracił, prawda, Majka?

Dziewczyna uniosła głowę i rozejrzała się półprzytomnie, bo spłakana i spita zasnęła na chwilę pod kojącym dotykiem czyjejś dłoni. Dłoni Wiktora, jak się zorientowała.

– Boże, jak ja was kocham – rzekła ni w pięć, ni w dziewięć – Jak ja bym chciała mieć takich braci. Wiecie co? Ja się wam oświadczę... – Wstała chwiejnie.

Patryk podtrzymał ją i rzekł łagodnie:

– Majeczko, chyba musisz się położyć.

– Oświadczę się wam jako braciom, nie facetom, bo żaden z was mnie nie chce! – Odepchnęła jego dłoń.

– Majka, naprawdę zaczynasz bredzić, zaprowadzę cię do sypialni...

– Dobrze, ale najpierw... Patryku Prado, Wiktorze Prado – ujęła ich dłonie – biorę sobie was obu za braci na dobre i na złe i przysięgam was kochać, być wierna... ale tylko po siostrzanemu... i że wam nie odpuszczę aż do śmierci.

– Amen – rzekł Wiktor i wziął ją na ręce akurat w momencie, gdy osuwała się nieprzytomna na podłogę. – Otwórz drzwi do gościnnej sypialni – rzucił do Patryka. – I zdejmij jej buty.

Po chwili kładł dziewczynę na szerokim, wygodnym łóżku. Przez chwilę obaj patrzyli, jak odwraca się na bok i podkłada dłonie pod policzek, wyglądając przy tym tak słodko i niewinnie... Patryk okrył ją kołdrą i odezwał się:

– Wiesz co, też chciałbym mieć taką siostrę jak ona. Jest naprawdę fajna.

– I może będziesz miał – rzekł Wiktor, a gdy brat spojrzał nań ze zdumieniem, uśmiechnął się lekko.

– Masz na myśli to samo co ja?

– Zależy, o czym ty myślisz.

– Może inaczej: masz na myśli tego samego drania co ja?

– Dokładnie.

Wiktor oderwał wzrok od śpiącej Majki i wyszedł z sypialni. Patryk podążył za nim. On też był mocno nietrzeźwy, a do tego ledwo żywy po całym dniu nagłych zwrotów akcji i wieczorze pełnym ponurych opowieści, ale chciał jeszcze posiedzieć chwilę z Wiktorem. Widział, że starszy brat nadal nie może otrząsnąć się z szoku. I poczucia winy.

– A tak *à propos*, gdzie się podziewa i co robi Marcin? – zapytał, żeby zająć uwagę Wiktora kimś innym niż Gabriela i ich nienarodzone dziecko.

– Dobre pytanie. – Mężczyzna sięgnął po komórkę. – Sprawdźmy, co nasz uroczy braciszek porabia od dwóch dni w Krakowie...

Przełączył na głośnomówiący i czekał chwilę, aż tamten odbierze.

Odebrał, a jakże.

– Wiktor, bracie, żebyś ty wiedział...! – zaczął, śmiejąc się. W tle kilka męskich głosów ryczało: „Polska, biało-czerwoni, Polska, biało-czerwoni".

Wiktor z Patrykiem spojrzeli po sobie.

– Gdzie ty, idioto, jesteś i w co się wpakowałeś? – wycedził Wiktor, coś czując, że odpowiedź mu się nie spodoba.

– Oglądam z kumplami mecz naszej reprezentacji! – Marcin musiał krzyczeć, by słyszeli coś więcej niż śpiew owych kumpli. – Nic ważnego, eliminacje do mistrzostw Europy, czy czegoś tam, i gramy z jakimiś patałachami, San Marino, jest w ogóle takie państwo? Ale jakie emocje!

W tym momencie usłyszeli ryk, również Marcina:

– Jest!!!

– Marcin – zaczął Wiktor lodowatym tonem – masz wyjść stamtąd na ulicę, żebyśmy cię słyszeli, i powiedzieć, co, do jasnej cholery, wyrabiasz!

– Dobra, wygrywamy trzy do zera, więc na chwilę mogę się urwać... – Głosy w tle umilkły. – A więc, braciszkowie mili... – Tu Wiktor z Patrykiem znów unieśli brwi w niemym zdumieniu. Czego on się naćpał?! – ...skumplowałem się ze zgrają kibiców Wisły. – Marcin roześmiał się serdecznie na wspomnienie wczorajszej nocy.

Nie mając pojęcia, że w ogóle jest jakiś mecz, wstąpił wieczorem do przygodnego pubu na krakowskim Rynku, usiadł przy barze, zamówił piwo. Krzyki, które usłyszał na zewnątrz, z początku nie zwróciły jego uwagi, dopiero gdy w następnej chwili do knajpy wpadło z piętnastu rozentuzjazmowanych kibiców z czerwono-niebiesko-białymi szalikami, czapeczkami i czym tylko chcesz, byle z napisem „Wisła" albo białą gwiazdą, poczuł się... nieswojo.

– Ale im dowaliliśmy, skurwysynom! Jeden z nich usiadł obok Marcina i palnął go od serca w plecy.

Marcin spojrzał pytająco na barmana. W garniturze szytym na miarę i błękitnej, odprasowanej koszuli zupełnie nie pasował do tego towarzystwa. Dobrze, że przed chwilą zdjął krawat i schował do kieszeni.

– Mecz był dzisiaj – uświadomił go barman znudzonym głosem. – Wisła dowaliła Legii dwa do zera.

– Dwa do jajca, rozumiesz, chłopie?! – Nowy kolega Marcina objął go za szyję i zaczął śpiewać: – „Jak długo na Wawelu

Zygmunta bije dzwon, jak długo nasza Wisła do Gdańska płynie wciąż…". Cała reszta dołączyła do niego.

– Zaraz, zaraz… – Nagle ten pierwszy spojrzał na Marcina podejrzliwie. – A ty za kim, koleś, jesteś?

– Zawsze za miejscowymi – odparł bez mrugnięcia okiem i dodał: – Kolejka dla wszystkich. Za zwycięstwo klubu z pięknego miasta Krakowa!

To im się bardzo spodobało. Jego nowy kumpel ze łzami w oczach, powtarzając do siebie: „Zawsze za miejscowymi", ucałował Marcina w oba policzki, zdjął swój szalik i zawiesił mu na szyi. Ktoś włożył Marcinowi pasującą do szalika czapeczkę. Już z nimi śpiewał refren hymnu: „Zwycięży orzeł biały, zwycięży polski ród", gdy drzwi nagle rąbnęły o framugi i do środka wsypała się zgraja… kibiców w barwach Legii.

Krakowianie poderwali się na równe nogi. Tamci zatrzymali się pośrodku sali.

Barman skinął na Marcina:

– Daj pan ten szaliczek i czapeczkę – ściągnął mu jedno i drugie i schował pod ladą – chyba, że chcesz pan mieć zaraz przefasonowaną twarz i koszulę we krwi.

Marcin, nadal rozbawiony, pokręcił głową.

– I co, warwsiowiaki, dostaliście łomot! – krzyknął któryś z kibiców Wisły.

– Wychodźcie, centusie – odwarknął legionista.

Całą watahą wysypali się na zewnątrz. Jakiś chłopak z biało-czerwono-zielonym szalikiem i napisem „LEGIA" podszedł do Marcina.

– A ty, koleś, za kim jesteś?

– Ja? – Marcin rozejrzał się dookoła, czy w pubie został ktoś oprócz niego. Nagle wyprostował się, wypiął pierś. – Jestem nietutejszy, ale jako Polak i patriota zawsze kibicuję polskiej reprezentacji. Polska, biało-czerwoni, Polska, biało-czerwoni...

– Spoko gościu. – Legionista klepnął go w ramię łapą wielkości łopaty. – Nie wychodź przez chwilę, bo możesz oberwać.

Marcin skinął głową i zafascynowany, popijając piwko, obserwował zadymę, jaka zaczęła się przed knajpą. Oba zespoły ruszyły do naparzanki na pięści. Krew się lała, szaliki i czapeczki latały na wszystkie strony, krzyki, przekleństwa, złorzeczenia, pogróżki...

Nagle w oddali odezwał się sygnał radiowozu, i to niejednego, zamigotały czerwono-niebieskie światła. Obie grupy, jakby czekając na ten znak, oderwały się do siebie, legioniści zniknęli tak nagle, jak się pojawili, a kibice Wisły, jak gdyby nigdy nic, jakby tego... interwału... w ogóle nie było, z powrotem wlali się do knajpy, zadowoleni, ocierający krew z rozbitych nosów, głów i łuków brwiowych. Marcin, który zdążył założyć z powrotem czerwono-niebieski szalik z „WISŁĄ" i takąż czapeczkę, roześmiany od ucha do ucha, czekał, co będzie dalej.

– I znów spuściliśmy warwsiowiakom wpierdol. – Wielka łapa strzeliła go w plecy, aż stęknął. – Kolejka dla wszystkich!

Do trzeciej nad ranem, dopóki barman ich nie pogonił, wiślacy pili piwo, by następnie pozbierać się i iść świętować w miasto, ze swoimi szalikami, czapeczkami, hymnem klubu i oczywiście nowym kumplem, którego imienia nie mogli zapamiętać.

Marcin, wyklinany tak jak oni przez mieszkańców mijanych kamienic, budzonych śpiewem „Zwycięży nasza Wisła, bo to krakowski klub!", zaśmiewał się do rozpuku. Był trzeźwy, jak chyba nigdy o tej porze, nie wyrwał jeszcze żadnej laski, a bawił się tak dobrze jak nigdy.

Wreszcie towarzystwo ucałowało się, wyklepało po plecach i uściskało. Panowie umówili się na następny dzień, kiedy to ramię w ramię z legionistami będą w tej samej knajpie kibicować polskiej reprezentacji, odebrali do Marcina przysięgę, że on też się stawi, i rozeszli się do domów.

– No i jestem! – krzyczał teraz do telefonu, bo w środku znów wybuchła euforia. – Jestem kibicem!

– Jesteś kretynem, a nie kibicem! – krzyknął Patryk. – My tu mamy…

Wiktor uciszył go skinieniem ręki.

– Kibicuj dalej, ale jutro wracasz do Warszawy.

– Nie wracam, bo lecę na Ibizę!

– Słucham?! – tym razem Wiktor się wkurzył.

– Ta kamienica, którą znalazłem, należy do takiej jednej laski, Rothschildówny. Trochę ze sobą dzisiaj kręciliśmy i jutro lecimy na Ibizę dobijać interesu. Warto, Wiktor, wierz mi.

– Mówisz o kamienicy czy o lasce?

– A czy to ważne? Będę z powrotem za kilka dni, okej? Chyba, że masz dla mnie coś ważniejszego.

Wiktor z Patrykiem w tym samym momencie spojrzeli na drzwi, za którymi słodko spała Majka Trojanowska.

– Mam. Ale to może poczekać. Baw się dobrze, tylko bez wygłupów typu szaliki i czapeczki. Wracaj, gdy skończysz.

– Dzięki za pozwolenie, braciszku. Kurde, to już chyba pięć do zera! – wykrzyknął, słysząc kolejne „Jest!!!" dobiegające ze środka. – To cześć, wracam do moich ziomali.

Rozłączył się.

Obaj patrzyli na gasnący wyświetlacz.

– Już chyba wolę, jak trzymasz nas na krótkiej smyczy – wykrztusił Patryk, próbując nie roześmiać się na głos. – Wraca do swoich ziomali. Marcin-wszystkie-laski-moje-Prado! Idę spać, bo ta noc zaczyna mnie przerastać. Nie wykorzystaj jej czasami.

– Czego? – Wiktor spojrzał nań półprzytomnie, nadal pod wrażeniem rozmowy z młodszym bratem. – Nocy?

– Majki, nie nocy! Taka śliczna dziewczyna pod ręką, a ty…

– O siebie się jakoś nie bałeś przez te wszystkie lata, a nie łączą nas więzy krwi – odparował Wiktor. – O nią też możesz być spokojny.

Patryk ponownie parsknął śmiechem.

– Humor ci się wyostrza, braciszku. To dobry znak.

Zasalutował żartobliwie, ruszając do drzwi, i po chwili Wiktor został sam. Ale nie chciał tej nocy spędzić na rozmyślaniu, co by było gdyby. Dostał drugą szansę, jak powiedział Patryk, jutro dowiedzą się od Majki, jaka jest jej rola w tym wszystkim, a potem… Leśna Polana na pewno trafi w ręce Gabrysi. Czy razem z nim, Wiktorem, czy bez niego, ten dom będzie jej.

ROZDZIAŁ XXI

Majka ocknęła się następnego dnia gdzieś koło... właściwie nie wiedziała, która jest godzina. Rozejrzała się po pokoju, który jako żywo nie był jej sypialnią, po raz pierwszy od dawna z umysłem jasnym i spokojnym. Pamiętała wszystko, co się wydarzyło poprzedniego wieczoru. Co usłyszała, czego się dowiedziała... Oprócz jednego drobiazgu: jak się znalazła w tej luksusowej sypialni?!

Wstała, konstatując przy okazji, że jest ubrana w tę samą bluzkę i spódnicę, co wczoraj wieczorem, i wyszła z pokoju.

Wiktor, siedzący na swoim ulubionym miejscu ze wzrokiem wbitym w ekran laptopa, uśmiechnął się lekko.

– Dzień dobry, siostrzyczko.

Spojrzenie miał łagodne. Żadnych wilczych błysków i rzucania się do gardła, co dobrze zapamiętała z poprzedniego wieczoru.

– Siostrzyczko? – zdziwiła się słabo.

O dziwo nie miała kaca, który zwykle zwalał ją z nóg, ale „siostrzyczki" już nie zapamiętała.

– Przyrzekłaś mnie i Patrykowi siostrzaną miłość na dobre i na złe, dopóki śmierć nas nie rozłączy – przypomniał jej uprzejmie i z niezwykłym u niego rozbawieniem, czego Majka, znająca tego mężczyznę od paru zaledwie godzin, nie mogła wiedzieć.

– O Jezu, przepraszam – wymamrotała. – Zrobiłam jeszcze coś głupiego?

Wiktor oderwał po raz drugi wzrok od ekranu laptopa.

– Przez cały wieczór zachowywałaś się nienagannie. Dlatego razem z Patrykiem – pamiętasz tego jasnowłosego, błękitnookiego przystojniaka? – przyjęliśmy cię do rodziny. Dopiero po tym, jak się nam oświadczyłaś, odpadłaś, więc zaniosłem cię do sypialni.

Majka osunęła się na kanapę i ukryła twarz w dłoniach. Boże, co za kompromitacja! I to akurat w oczach dwóch facetów, na których szacunku, nie wiedziała właściwie dlaczego – aha, Gabriela i Leśna Polana – jej zależało. Ciekawe, który ją potem, nieprzytomną, przeleciał: Wiktor czy Patryk...

Ten pierwszy, zupełnie jakby czytał w jej myślach, odezwał się nieco chłodniejszym tonem:

– O swoją cnotę możesz się nie obawiać. Ja nie wykorzystuję pijanych kobiet, mój brat tym bardziej.

– Przepraszam – wymamrotała. – Zwykle faceci nie przepuszczają takich okazji...

– Miałaś do czynienia z niewłaściwymi facetami – odparł równie zimnym tonem co poprzednio. – Może pora to zmienić?

– Może znalazłbyś mi faceta, mądralo, który nie przeleci łatwej pijanej laski? – odparła zgryźliwie, nim zdołała ugryźć się w język.

Wiktor Prado, wyczuwała to szóstym zmysłem, był ostatnim mężczyzną na Ziemi, którego chciałaby do siebie zrazić.

Patrzył teraz na nią tnącym szkło wzrokiem, by wreszcie się odezwać:

– To, z kim się puszczasz, droga siostrzyczko, jest twoim i tylko twoim wyborem. Wyobraź sobie, że istnieją mężczyźni, dla których „nie" znaczy „nie", o ile kobieta wypowie to czarodziejskie słowo. Często mówisz „nie", Majeczko?

Ileż pogardy było w jego głosie… Majce łzy nabiegły do oczu. Pamiętała jego opowieść z wczorajszego wieczoru, wiedziała, że dla Wiktora honor znaczy o wiele więcej niż dla dzisiejszych łatwych lasek i jeszcze łatwiejszych facetów. On pozostał wierny swojej pierwszej miłości, a ona, Majka? Przypomniała sobie obleśne cielsko senatora, smród jego potu i spermy na swoim ciele i wzdrygnęła się. Czy u takich mężczyzn jak Wiktor miała jakąś szansę?

– Pójdę już… – rzekła cicho.

– Jeszcze nie skończyliśmy – rzucił, nie odrywając wzroku od ekranu komputera. – Zaraz przyniosą śniadanie, a wierz mi, jest na co czekać, i dołączy do nas Patryk. Bo widzisz, kochana siostro, my tobie wszystko wyznaliśmy jak na spowiedzi, a ty nie powiedziałaś nam nic. Więc nie opuścisz tego pokoju, dopóki nie dowiem się, jaka jest twoja rola w zakupie Leśnej Polany, na którą oboje, ja i ty, mamy chęć.

– Jestem więc twoim więźniem? – zapytała z przekąsem.

Wbił w nią to swoje wilcze spojrzenie i wycedził:

– Można tak powiedzieć.

W tym momencie do apartamentu wszedł Patryk. Spojrzał na nich tylko i rzucił bez zdziwienia:

– Już zdążyliście się pożreć? O co tym razem?

Żadne nie odpowiedziało.

Przywieziono stolik ze śniadaniem. Rzeczywiście było na co poczekać. Majka aż brwi uniosła na widok pięknie podanych potraw w ilości zdolnej nakarmić połowę bezdomnych z Dworca Centralnego, a nie tylko ich troje. Braci Prado traktowano tu po królewsku, jak nie po raz pierwszy zdążyła skonstatować.

Gdy kelner wyszedł, Patryk jak gdyby nigdy nic wziął kromkę pięknie pachnącego chleba i zaczął smarować ją masłem.

– Częstuj się – powiedział do Majki. – Na Wiktora nie czekaj. Dołączy do nas, kiedy zechce. Rozumiesz: samiec alfa.

Majka mimowolnie parsknęła śmiechem, ale zaraz spoważniała.

– Najpierw muszę wziąć prysznic, a najlepiej kąpiel. Oddałabym pół królestwa za świeże ciuchy...

– Pożyczę ci moją koszulkę polo, może być? – zaofiarował się Patryk.

– Pasujące do niej markowe spodenki też jej pożyczysz? – rzucił złośliwie Wiktor.

– Zadowolę się na razie hotelowym białym, puchatym szlafrokiem – odparła wyniośle i zniknęła w łazience.

Patryk spokojnie powrócił do śniadania, gdy Wiktor odezwał się:

– Mam dane tego pałacu na Miodowej. Przynieś mi pendrive'a z kieszeni mojej marynarki, to od razu ci je podrzucę.

Młodszy brat wstał, przeszedł do przedpokoju i nagle Wiktor usłyszał jego zaskoczony, delikatnie mówiąc, głos:

– Dziwny ten pendrive. Ty dane wpisujesz własnym moczem, a odczytujesz za pomocą dwóch fioletowych kresek?

– Co ty bredzisz? – Wiktor podniósł wzrok znad laptopa, patrząc na młodszego brata, który wszedł do pokoju, wpatrzony w niewielki biały przedmiot. Położył go na stole obok laptopa, odruchowo wycierając dłoń o spodnie.

– Co to jest? – Wiktor wpatrywał się w test ciążowy.

– Hmm... wygląda na to, że wsadziłem rękę nie w tę kieszeń, co trzeba, i wyciągnąłem na światło dzienne tajemnicę naszej nowej siostry – odparł Patryk. – Która to tajemnica jest jej prywatną sprawą, tak na marginesie. – Oboje spojrzeli na drzwi łazienki, skąd dobiegał szum wody.

– Nie do końca... – zaczął powoli Wiktor. – Po pierwsze, wątpię, czy nasza siostra wie, kim jest szczęśliwy sprawca tej drugiej kreski. Gdyby wiedziała, opijałaby z nim wczorajszy wieczór soczkiem jabłkowym, a nie zalewała się z tobą hektolitrami tequili...

– Ona jest niepoważna – zbulwersował się Patryk. – Wie, że jest w ciąży, i chla...

– Może nie do końca zdała sobie z tego sprawę, bo ten... pendrive... wygląda na dość świeży.

Patryk mimowolnie się zaśmiał. Wiktor i te jego porównania! Zaraz jednak umilkł, bo starszy brat był wyjątkowo poważny.

– To byłaby prywatna sprawa Majki, owszem, gdybyśmy nie wpadli na pomysł zeswatania jej z Marcinem. Ten test będzie testem na jej lojalność, o ile nasz pomysł wypali: albo Majka przyzna mu się w sprzyjającym momencie, że jest w ciąży, albo spróbuje go wrobić w ojcostwo, a ja wtedy ukręcę jej ten śliczny czarnowłosy łepek...

Patryk nie oponował. Nie próbował nawet sugerować, że Marcin zdążył już pozostawić po sobie dziesiątki Marciniątek, wychowywanych teraz przez samotne dziewczyny, których imion nawet nie pamięta. Nie poddał pomysłu, że może dziecko Majki i bliżej nieokreślonego osobnika ich brat chciałby wychować. Wiktor zabiłby go chyba śmiechem.

– Odnieś to tam, skąd przyniosłeś, i tym razem celuj ręką w odpowiednią kieszeń, bo chcę ci jednak dać namiary na ten pałac. Mimo wszystko... – zawiesił głos w momencie, gdy szum wody ucichł – ...dobrze się stało. Poznamy naszą nową siostrę od najgorszej albo nieco lepszej strony.

Patryk wrócił tym razem z pendrive'em w dłoni. W milczeniu podał go Wiktorowi. Ten spojrzał na młodszego brata uważnie. Może Wiktor sprawiał wrażenie, że siedzi zamknięty w świecie swego laptopa, ale uczucia dwojga najbliższych sobie istot wyczuwał bezbłędnie.

– Co jest, Patryk? – zapytał teraz, mimo że młodszy brat jak gdyby nigdy nic usiadł do śniadania.

Widelec z kawałkiem szynki zastygł w powietrzu.

– O mnie też byś tak dbał? – zapytał nagle Patryk, podnosząc wzrok.

Wiktor zmrużył lekko oczy, w pierwszej chwili nie wiedząc, o co on pyta.

– Znajdujesz mu dziewczynę, pilnujesz, żeby nie wrobiła go w dziecko… – zaczął Patryk, patrząc bratu prosto w twarz. – Marcinek musi się wyszaleć, więc wysyłasz za nim anioła stróża: mnie. Marcinek może mieć co noc nową dziewczynę, więc niech leci z Rothschildówną na Ibizę. Ja zostanę, bo mogę się przydać. Traktujesz go jak rozpieszczonego szczeniaka, a nie dorosłego mężczyznę, który sam powinien podejmować decyzje i brać na siebie odpowiedzialność za ich konsekwencje. W razie czego ten sierota, nieudacznik życiowy, Patryk Prado, zawsze wyciągnie go z opresji…

Wiktor mierzył twarz młodszego brata spojrzeniem pełnym sprzecznych uczuć. Były w nim miłość i żal. Tak, żal, że Patryk mógł w ogóle coś takiego pomyśleć o sobie i o nim. Rzeczywiście to Marcina zawsze obaj pilnowali, bo ten niespokojny duch co i rusz wpadał w kłopoty, ale zarzut, że Patryk był dla Wiktora mniej ważny… że uważa młodszego brata za nieudacznika…?!

– Coś ci powiem, bracie – zaczął powoli, z uwagą dobierając słowa. – Wszyscy trzej mieliśmy przechlapane dzieciństwo i teraz musimy sobie z tą traumą radzić. Marcin rzeczywiście zachowuje się jak rozpuszczony synalek bogatych rodziców, ale odbiera po prostu od życia to, co stracił tak wcześnie: Dzieciństwo. Radość. Beztroskę. Zabawę w gronie rówieśników. Dlaczego my dwaj mamy mu tego zabronić? On wbrew pozorom zna granice. Ma zakaz ćpania i nie ćpa, chyba że ja o tym nie wiem…

– Nie ćpa.

– Pije, okej, ale jeszcze nie wpadł w nałóg. Nie pali, bo nie znoszę tego ani ja, ani ty. A z tymi dziewczynami, co rusz to inna, każda na jedną noc, to raczej legenda, którą sobie dorobił i która zaczęła go wyprzedzać. Wiesz dobrze, o czym on marzy. Ale dopóki nie trafił na tę jedyną, niech się bawi. To jego ucieczka od przeszłości i taki sposób radzenia sobie z tym piekłem mało mnie martwi. Ty, Pat, wbrew pozorom martwisz mnie bardziej.

Patryk rzucił mu pytające spojrzenie.

– A co niby masz mi do zarzucenia?

– Wiesz, w jaki sposób ty radzisz sobie z demonami przeszłości...? – Wiktor zawiesił głos i pomyślał: „Trzymaj się, bracie, bo będzie bolało".

– Uświadom mnie...

– Wyrosłeś na świetnego, przystojnego, błyskotliwego faceta, ale tak naprawdę pozostałeś przerażonym dzieckiem, ukrywającym się pod łóżkiem w sypialni. Uciekasz. Uciekasz od życia, od jego radości i smutków. Trwasz, byle dożyć kolejnej nocy, zasnąć, obudzić się następnego dnia i tak w kółko.

Patryk bladł z każdym jego słowem.

– Uważasz mnie za tchórza? – wycedził, ledwo hamując furię. – Za tchórza, który chowa się pod łóżkiem?

Wiktor wstał raptownie. Patryk również. Dzielił ich może metr, który ten pierwszy przebył w dwóch krokach. Ujął ramiona młodszego brata, zacisnął na nich palce i patrząc mu prosto w pociemniałe z gniewu oczy, powiedział cicho:

– Patryk, ja nigdy nie zapomniałem, kto stanął u mojego boku, gdy Tamten po raz pierwszy się za nas zabrał. Chwycił

Marcina, zaczął nim potrząsać jak szmacianą lalką, aż mały zemdlał. Ja przybiegłem wtedy z nożem, choć bałem się tak strasznie, jak jeszcze nigdy przedtem, a swoje trzynaście lat przy tej bestii już żyłem. Ty stanąłeś przy mnie, ściskając w swojej pięcioletniej rączce dziecięce nożyczki, gotów bronić brata razem ze mną. Patryk, to ty pierwszy wypełzałeś spod łóżka, by błagać Tamtego o litość dla mnie. A to wymagało nieziemskiej odwagi. To ty, choć nie raz cię odkopnął czy smagnął pasem, prosiłeś: „Tatusiu, już dosyć, zabijesz go", i być może ratowałeś mi tym życie. Uważam, że jesteś najodważniejszy z nas wszystkich, Pat. I nie znam nikogo, kogo darzyłbym większym szacunkiem od ciebie. Mój ty mały rycerzyku w piżamce i z nożyczkami w pięcioletniej łapce, naprzeciw bestii pokroju Tamtego. Zawsze, w najcięższych chwilach, miałem ciebie u boku i wiedziałem, że obaj będziemy walczyć do końca...

Objął brata, przycisnął mocno, by ten poczuł, jak bardzo jest mu drogi.

– Nie wiem jeszcze, jak wyciągnąć cię spod tego łóżka, z twojej jaskini – wyszeptał, czując jak plecy Patryka lekko drżą – ale znajdę sposób i na ciebie, Pat. Bo po stokroć na szczęście zasługujesz.

Odsunął go na wyciągnięcie ramion. Patryk otarł szybko oczy.

– Kurczę, człowieku – Wiktor pokręcił głową – dzięki tobie nasza firma rozkwitła, to ty znalazłeś kamieniczkę, która była strzałem nawet nie w dziesiątkę, a w setkę. IQ przewyższasz Einsteina, rozwiązujesz każdy problem, jaki do tej pory mieliśmy, dziewczyny nie mogą od ciebie wzroku oderwać, choć wydajesz się tego nie widzieć, i ty masz jakieś kompleksy?! Patryku Prado, coś mi się zdaje, że trzeba się poważnie za ciebie wziąć...

Patryk uśmiechnął się wreszcie. Od momentu, gdy spadła mu w ramiona tamta pobita dziewczyna, nie mógł dojść do siebie, nie wiedząc właściwie dlaczego. Marcin wtedy, w samochodzie, powiedział to, co obaj myśleli: takie bydlaki załapują się na fajne dziewczyny, a oni nadal sami... Teraz Wiktor wyjechał z tym ukrywaniem się pod łóżkiem, o co na początku się Patryk żachnął, ale... bracia mieli rację. Bał się, że Bóg, który od jakiegoś czasu był dla nich łaskawy, już szykuje im jakąś niespodziankę. Tak, wolał wycofywać się do swojej bezpiecznej jaskini, gdzie był tylko on i jego marzenia. Na szczęście Wiktor o tym wiedział i nie uważał go za tchórza, a teraz obiecał, że się weźmie za Patryka... Na kurs uwodzenia go pośle?

O, właśnie miałby na kim ćwiczyć, bo z łazienki wyszła, śliczna jak zwykle, owinięta w elegancki, seksowny szlafroczek, Majeczka Trojanowska... Wiktor uśmiechnął się do niej jak gdyby nigdy nic, siedząc przy suto zastawionym stole, Patryk zaś patrzył na szczupłą, opaloną nogę dziewczyny, którą podwinęła pod siebie, siadając w fotelu. Była niesamowicie seksowna. Urocza i inteligentna. I to wszystko. Patryk mógł ją uwielbiać jako przyjaciółkę, ale to nie była Ta Jedyna. Cofnął się w fotelu, zauważywszy, że pochyla się coraz bardziej ku dziewczynie, czego ona zupełnie nie widziała, za to Wiktor owszem.

Odetchnął, gdy Patryk się wycofał, jednocześnie z ulgą i z żalem. Tak bardzo chciałby, żeby jego ukochany młodszy brat, który zasługuje na wszystko, co najlepsze, znalazł w końcu dziewczynę jemu przeznaczoną. Żeby poczuł to, co on sam czuł przez cały długi rok miłości z Gabrysią i do Gabrysi...

„Znajdziemy twoją śpiącą królewnę, Patryk, przyrzekam ci to" – pomyślał i odezwał się na głos, nakładając na talerzyk parę plasterków wędliny, sera i pomidora:

– Mamy mało czasu. Jest kwadrans po pierwszej, a na szesnastą macie umówionego notariusza. Pora na twoją część opowieści, panno Trojanowska...

– Mam zacząć od początku, od kiedy poznałam Gabrysię?

– Dobrze by było. Mam nadzieję, że możemy tego wysłuchać na trzeźwo.

– No nie wiem... – zawiesiła głos, przeprosiła ich na chwilę, by przebrać się w bluzkę i spódnicę, a przede wszystkim zebrać myśli. Trudno było wracać do tamtych chwil.

Wróciła do salonu, spojrzała pociemniałymi oczami na obu mężczyzn i tym razem ona zapadła się we wspomnienia...

We dwie z Julią, z którą już zdążyły się zaprzyjaźnić, z rosnącym niepokojem czekały, kogo im dokwaterują do sanatoryjnej sali. Trzecie łóżko stało puste. Może będzie to jakaś wiedźma, którą znienawidzą od pierwszego wejrzenia, i przez cały pobyt będzie im utrudniała życie?

Ale dziewczynę, która stanęła w drzwiach pokoju, wyglądającą raczej jak mała przestraszona dziewczynka niż trzydziestoczteroletnia kobieta, polubiły od pierwszego wejrzenia.

Gabrysia przedstawiła się i położyła na szafce nocnej niewielką torbę podróżną, po czym – omiatając przyglądającą się jej Julię i Majkę spojrzeniem pod tytułem „przepraszam, że żyję" – przemknęła do łazienki. Wróciła przebrana w nocną koszulę, mimo że był środek dnia, położyła się na łóżku, nasunęła kołdrę na głowę i tyle ją widziały.

Majka z Julią spojrzały na siebie w niemym zdumieniu, ale musiały uszanować zwyczaje nowej pensjonariuszki. Bądź co bądź było to sanatorium dla chorych na nerwicę i depresję. Tutaj mieli nabierać sił przed powrotem do normalnego życia. Jeśli Gabriela Leszeńska chce ich nabierać, leżąc zwinięta w kłębek pod kołdrą, ma do tego święte prawo.

I tak przeleżała cały tydzień, wstając tylko na posiłki. Po rozmowie z lekarzem zaczęła również przychodzić na popołudniową terapię. Słuchała zwierzeń innych i milczała. Cały miesiąc tak przemilczała, aż obie współlokatorki zaczęły się obawiać, że jest niema albo ich nie cierpi, ale ona potrzebowała tego miesiąca, by zaakceptować nowe otoczenie i nowy szpital, bo w gruncie rzeczy tym właśnie był, choćby nie wiem jak ładnie się nazywał.

Któregoś wieczoru, gdy Julia półgłosem opowiadała Majce o tym, jakich sztuczek dokonywała, by nie jeść, mimo że lekarze na oddziale zaburzeń łaknienia znali je wszystkie, Gabrysia nagle wstała i przysiadła się do nich.

– Mogę? – zapytała nieśmiało.

– Ona mówi! – wykrzyknęła Majka z udanym zdumieniem. – Pewnie, że możesz. Czekałyśmy, aż do nas dołączysz, laska, bo głupio gadać tak we dwie, wiedząc, że w pokoju jest ktoś jeszcze.

– Przepraszam, ja nie byłam gotowa…

To zdanie będzie od tej pory mantrą Gabrieli. Nie będzie gotowa, by opowiedzieć nowym przyjaciółkom, z jakiego powodu się tu znalazła, nie będzie gotowa, by wyznać to na terapii grupowej, nie będzie gotowa, by wyjść na spacer, nie będzie gotowa… Naprawdę była wkurzająca z tymi trzema do znudzenia powtarzanymi słowami. Jej wieczną wymówką od wszystkiego, a najbardziej od życia.

Po kilku miesiącach, gdy ich pobyt w sanatorium dobiegał końca, o Gabrysi wiedziały jedynie tyle, że trzy lata temu przeżyła coś, co ją złamało. Że długo leżała na intensywnej terapii, potem jeszcze dłużej w szpitalu psychiatrycznym na sali ścisłej obserwacji, dokąd, jak wiadomo, trafiają najczęściej samobójcy. Tak, do tego, że próbowała odebrać sobie życie, też się przyznała, ale już dlaczego… nie była gotowa, żeby powiedzieć.

Pewnego ranka Majka weszła półprzytomna do łazienki i natknęła się na przebierającą się Gabrielę. Zanim wykrztusiła: „O Boże, przepraszam", zdążyła zobaczyć okrągłą bliznę na jej piersi. Nie miała wątpliwości: ktoś do Gabrieli strzelał i prawie mu się udało ją zabić. Lekarze pewnie długo walczyli o jej życie.

– Dajmy jej spokój z tym wypytywaniem – odezwała się prosząco Julia, gdy Majka podzieliła się z nią tym spostrzeżeniem. – Ona chyba rzeczywiście nie może o tym opowiadać. To nie jest zbywanie wścibskich kumpelek z pokoju i reszty kuracjuszy. Gabrysia przeżyła coś strasznego. Dajmy jej spokój…

Od tego dnia skończyły się nagabywania, co Gabriela przyjęła z ulgą i wdzięcznością. Tego dnia też zaczęła się przyjaźń tych trzech młodych kobiet, która trwała do dziś.

– Od Antoniego, ojca Gabrysi, wiem, że pierwsze trzy lata po postrzale była jak warzywo – dokończyła Majka swoją opowieść. – Całymi miesiącami leżała na oddziale ścisłej obserwacji, właściwie nie istniejąc. On zadłużył mieszkanie, by utrzymać ich oboje i zapłacić za szpital, ale już z Komorowa, wyszła w całkiem dobrym stanie, jako nasza przyjaciółka, i od razu rzuciła się w wir pracy. I jak zaczęła wypełniać tabelki pięć lat temu, tak czyni to do dziś, z przerwami na poszukiwanie domku marzeń, na który jej nie stać. My z Julią lubiłyśmy te wyprawy po złote runo do czasu, gdy Gabriela nie zobaczyła Leśnej Polany i... chyba po raz drugi pękło jej wtedy serce. Pierwszy raz płakała, gdy odjeżdżałyśmy, a ja wtedy postanowiłam, że kupię dla niej ten dom, choćby miała mnie za to przekląć, bo Gabriela jest za dumna, by prosić o pieniądze. Namówiłam pana Antoniego do pewnego podstępu: udamy, że on wygra na loterii tyle, ile będzie trzeba, kupi Leśną Polanę i podaruje ją Gabrysi. I wszystko byłoby ślicznie-pięknie, gdyby nie... bracia Prado.

Spojrzała na nich oskarżycielsko.

Przy stole zapanowało milczenie. Majka dopiero teraz sięgnęła po półmisek z wędliną i koszyczek z chlebem.

– Plan jest dobry – odezwał się Patryk. – Lepszy niż nasz. Niech Antoni Leszeński kupi dom i podaruje go córce. Od ciebie by go przecież nie przyjęła. Zresztą... dopóki żyje Tamten, nie mógłbyś go jej podarować.

Wiktor musiał się zgodzić.

– Tak zróbcie. Mam nadzieję, że to Gabrielę uszczęśliwi. Ja chciałbym zrobić coś jeszcze dla jej ojca. Spłacę hipotekę ciążącą na jego mieszkaniu. To przeze mnie się zadłużył. Czuję się, jakbym to ja strzelał do Gabrysi...

– Oj, już bez przesady – prychnęła Majka. – Masz pieniądze, więc fajnie, że spłacisz wielkodusznie dług pana Antoniego, ale przybastuj z tym samobiczowaniem się. Prawdę mówiąc, kto inny powinien spłacać te wszystkie długi, nie ty.

„Przybastuj z samobiczowaniem się" – Wiktor uniósł kącik ust w uśmiechu. Chyba nikt oprócz jego braci nie odważyłby się tak do niego powiedzieć. „Braci i siostry" – dodał w myślach.

– Jest jeszcze pewien problem, nad którym od paru dni się zastanawiam – odezwał się, przykuwając od razu uwagę i Majki, i Patryka. – Gdy Antoni Leszeński był niewinnie więziony w katowni na Rakowieckiej, skonfiskowano majątek jego rodziny, którego większą część, mówię o willi na Żoliborzu, wartej miliony, dostał albo wykupił za psie pieniądze niejaki Adolf Kuchta vel Józef Kuchciński. Zajrzałbyś, Patryk, w akta Leszeńskiego i do teczki Kuchty w IPN i zorientował się, jakie są szanse na zwrot Antoniemu zagrabionego mienia?

– Dobra myśl! – ucieszył się młody mężczyzna. – Chciałbym widzieć naszego tatuśka, jak go wywalają z ukradzionego domu na ulicę... Majka mogłaby jechać do Pułtuska, kupować Leśną Polanę, a ja zająłbym się nową sprawą jeszcze dzisiaj, co wy na to?

– Kupować Leśną Polanę... – powtórzyła powoli dziewczyna. – Dla Gabrysi... To niewiarygodne, jak się wszystko genialnie ułożyło. Gdybym nie pojechała tam wczoraj, w ostatniej chwili nie uratowała domu, nie spotkalibyśmy się, nie poznali całej prawdy, Gabi nadal próbowałaby żyć, ale utraciłaby resztę nadziei. – Wstała, zdecydowana działać. – Pojadę do domu się przebrać, wy, drodzy bracia, róbcie swoje, a ja o szesnastej będę miała ten dom albo zagryzę właścicieli czy notariusza.

W tym momencie zadzwonił interkom. Wiktor uniósł słuchawkę i po chwili, dając Majce ręką znak, by usiadła, odpowiedział:

– Niech wejdą.

– Mamy gości? – zdziwiła się dziewczyna. – My troje?

– Należysz do rodziny, więc czemu nie – uśmiechnął się Wiktor mimo woli. Majka stwierdziła w duchu, że coraz bardziej go lubi, a on coraz częściej się uśmiecha. – To znów ci w sprawie tej działki na Mokotowie – wyjaśnił bratu. Ten kiwnął ze zrozumieniem głową. – Uparci są. Majka, ty będziesz moją asystentką, okej? Patryka znają.

Nim zdążyła przytaknąć, podekscytowana nową tajemnicą, rozległo się pukanie do drzwi i na „Proszę!" Wiktora weszło do środka trzech odzianych w garnitury mężczyzn.

– Przeszkodziliśmy państwu w śniadaniu, proszę wybaczyć – zaczął pierwszy, ale Wiktor machnął ręką.

– Dokończymy za chwilę, bo spotkanie będzie krótkie – rzekł. – Właściwie już mogę odpowiedzieć: nie.

– Panie Prado, w porozumieniu ze wspólnikami postanowiliśmy złożyć panu kolejną propozycję i obawiam się, że ostatnią: trzydzieści milionów.

Majka zakrztusiła się herbatą, której łyk właśnie wzięła do ust. Działka na Mokotowie za trzydzieści milionów?! I Wiktor, nawet nie wysłuchawszy oferty, mówi „nie"?! Złoto tam trzyma dwa metry pod ziemią czy też czyjeś zwłoki?!

Nie zdążyła go o to zapytać, Wiktor nie zdążył odpowiedzieć, bo Patryk odezwał się swoim spokojnym, racjonalnym tonem:

– Rozgośćcie się, panowie, tutaj. Chciałbym zamienić kilka słów z bratem i asystentką, panią Trojanowską.

Przybysze skwapliwie zajęli najbliższe fotele, czując, że ich szanse rosną. Ale gdy spojrzeli na zachmurzone oblicze Wiktora, nadzieja prysła.

Patryk zamknął za nim drzwi wspaniałej sypialni, po której Majka rozglądała się oczarowana, i stanął obok brata przy oknie, wiedząc, że w tym miejscu nikt z sąsiedniego pokoju nie może ich podsłuchać.

– Nie chcę sprzedawać tej działki, doskonale o tym wiesz – zaczął Wiktor.

– Złoto czy zwłoki? – wtrąciła dziewczyna, bo to pytanie nie dawało jej spokoju.

Spojrzeli na nią ze zdumieniem.

– Jeżeli nie chcesz opylić jakiejś tam działeczki na Mokotowie za trzydzieści milionów, to albo masz tam zakopaną tonę złota, albo zwłoki konkurencji – wyjaśniła rzeczowo.

Obaj parsknęli śmiechem.

– Budują w tym miejscu ogromne centrum biurowo-handlowe i do całości terenu, na którym zostało zaprojektowane, brakuje im już tylko naszej działki – odezwał się Patryk. – Nie ruszą z budową, w którą już zainwestowali grube pieniądze, jeśli im jej nie sprzedamy.

– Ahaaa, więc Wiktor jest taki sprytny! Będzie podnosił cenę, wiedząc, że ma ich w garści, dopóki... Właściwie ile chcesz za nią dostać?

– Ta działka nie jest na sprzedaż – uciął. – Stała tam buda, w której mieszkaliśmy po ucieczce. Gdy się odkuliśmy, budę zburzyłem, a działka zarasta chaszczami. Nie sprzedam jej ze względów sentymentalnych. – Skrzywił się lekko, sam zdegustowany tym słowem. – Co jakiś czas jadę na Mokotów, przechadzam się pośród tych chaszczy i cieszę się, że dożyłem tej chwili.

– Następnej możesz nie dożyć – zauważyła Majka. – Na ich miejscu zrobiłabym ci samobójstwo albo śmiertelny wypadek – podobno Ukraińcy są w tym dobrzy i tani. Ty stracisz swoją sentymentalną działkę, Patryk brata, a Gabriela szansę na szczęście.

Wiktor znów musiał się uśmiechnąć.

– Skąd panna Trojanowska posiada wiedzę, jak się usuwa niewygodnych ludzi?

– Z filmów – ucięła. – Ale chcę ci powiedzieć jeszcze coś: nie dość, że ryzykujesz życiem i szczęściem mojej przyjaciółki, to twój upór jest po prostu durny.

Tym razem Patryk się uśmiechnął. Zaczynał już nie tylko lubić, ale i kochać tę pyskatą, inteligentną zołzę. Miłością braterską, oczywiście.

– Durny?... – powtórzył Wiktor, a w jego oczach pojawił się znajomy, wilczy błysk.

Podeszła do niego, wzięła jego dłoń w swoją i uścisnęła mocno.

– Jeżeli chcesz zacząć wszystko od nowa, a dostałeś taką szansę, raz na zawsze zatrzaśnij drzwi do przeszłości. Sprzedaj tę cholerną działkę i zacznij budować nowe życie gdzie indziej. Tamtej budy już nie ma. Tamten szesnastoletni, zakatowany niemal na śmierć Wiktor wyrósł na fantastycznego faceta i wychował braci na świetnych ludzi. Gabrysia jest tuż-tuż, kochasz ją nadal, pamiętasz? a ona kocha ciebie. Daj przeszłości odejść raz na zawsze…

Mówiła cicho, ale jej głos był tak przejmujący, że obaj poczuli go głęboko w sercach.

Wiktor milczał długo, patrząc gdzieś ponad nią. Wreszcie powrócił spojrzeniem do fiołkowych oczu dziewczyny, uniósł jej dłoń do ust i ucałował.

– Jesteś mądrą i szlachetną kobietą, Majka. Dziękuję. Wracajmy do naszych gości i niech przeszłość raz na zawsze trafi szlag.

Pół godziny później trzej mężczyźni wychodzili rozpromienieni. Dokumentów żadnych nie podpisano, nie byli przygotowani na taki uśmiech losu, ale słowo Wiktora Prado znaczyło więcej niż świstek papieru. Był znany z dotrzymywania obietnic.

Gdy zamknęły się za nimi drzwi, Wiktor opadł z długim westchnieniem ulgi na fotel.

– Miałaś rację – odezwał się do nieco oszołomionej Majki. – Czuję się, jakby mi spadły kajdany z rąk. Albo klątwa Kuchty z pleców.

– Ale za czterdzieści? – jęknęła, nadal w szoku. – Kupili kawałek chaszczy za czterdzieści milionów?!

– Nie przyjmuje się pierwszej oferty – uświadomił ją. – Na tyle byli przygotowani, jestem tego pewien.

– No i masz swój pałac na Miodowej, dodatkowo wyremontowany od piwnic po dach – zauważył Patryk.

– Przed chwilą chaszcze, teraz pałac, nie nadążam za wami. – Majka pokręciła głową.

– Przyzwyczajaj się, siostrzyczko. – Wiktor klepnął ją w kolano.

Oczy miał rozjaśnione radością. Rzeczywiście czuł, jakby za tym, co było, zatrzaśnięto ciężkie wierzeje, klucz wrzucono do studni, a przed nim otwierała się szeroka aleja bzów. Aż poczuł ich zapach, który nadal, po dziewięciu latach, kojarzył się mu z Gabrysią.

– Wypiłbym toast, ale wszyscy troje wracamy do planu: Majka kupuje Leśną Polanę, Patryk bada sprawę willi na Żoliborzu, a ja...

– No, ciekawe, co ty? – podchwyciła dziewczyna.

– Ja chyba jeszcze dzisiaj zgarnę te cztery dychy. Należą mi się za trzy lata katorgi i następne kilkanaście ciężkiej harówy.

Majka z Patrykiem zgodnie przytaknęli.

– Jak psu buda ci się należą – skwitowała dziewczyna.

– Bardzo droga buda – dodał Patryk.

Roześmiali się wszyscy troje, a młodszy z mężczyzn pomyślał, że chyba nad ich rodziną naprawdę zaświeciło wreszcie słońce, które zgasło dziewięć lat temu. Od tamtej pory nigdy nie widział Wiktora tak serdecznie rozbawionego.

„Dzięki, Majeczko" – pomyślał, łapiąc ją nagle za rękę, przyciągając do siebie i wyciskając na jej ustach długi pocałunek.

– Patryk… – Starszy brat pogroził mu palcem, gdy tylko ten oderwał się od ust zaskoczonej, ale uradowanej dziewczyny. – Nie dla psa kiełbasa, że tak pozostanę w tych tematach.

– Zabraniasz mi całować na pożegnanie własną siostrę?

– Siostrę – podkreślił Wiktor – i niech pozostanie siostrą.

– Ale ja właściwie nie jestem waszą… – zaczęła Majka.

– Jesteś i będziesz. – Wiktor, uśmiechając się porozumiewawczo do Patryka, cmoknął Majkę w policzek, po czym pchnął ją delikatnie w kierunku wyjścia. – Masz dziś pewną bardzo ważną sprawę do załatwienia, pamiętasz? Patryk, załatw u naszego notariusza pełnomocnictwo dla Majki. Musimy się wycofać z kupna Leśnej Polany, żeby ona mogła to uczynić.

Nic więcej nie zostało do dodania. Każdy wiedział, co ma robić.

Dokładnie o szesnastej czterdzieści na trzy telefony komórkowe – Patryka, Wiktora i pana Antoniego – przyszedł esemes: „Mamy Leśną Polanę! Jest nasza! To znaczy Gabrysi! Idę się upić!".

*

Następnego dnia Julia obudziła się przed siódmą, gdy na oddziale zaczynał się poranny rozgardiasz. Pielęgniarki biegały po pokojach, pobierając krew, podając leki, trzaskając drzwiami. Ona swój antybiotyk dostawała w południe, mogła więc spać spokojnie, ale hałas budził ją każdego ranka i to… dobrze na nią działało.

W czterech ścianach szpitalnego pokoju – tak jak kiedyś, gdy dobry, stary doktor namówił ją na terapię – czuła się bezpieczna. Tutaj nikt jej do niczego nie zmuszał, nikt niczego od niej nie wymagał ani nie żądał. Miała jedynie zdrowieć: takie było życzenie lekarzy i przyjaciół.

Spojrzała w bok. Gabrysia pracowicie wstukiwała liczby w swoje tabelki. Kiedy wstała? Jak długo pracowała już dzisiejszego dnia? Julia – rekonwalescentka, od której nic się nie wymaga, tylko dochodzenia do siebie – nie miała pojęcia.

Właściwie na jej miejscu powinna siedzieć Majka, ale wczoraj nie mogły się do niej dodzwonić, a pan Antoni znów zapewnił, że ich przyjaciółka jest bardzo zajęta załatwianiem bardzo ważnej sprawy. Julii zrobiło się trochę przykro, a Gabriela w pierwszym momencie się wściekła, ale w następnym machnęła ręką. Po południu wpadnie do domu umyć się i przebrać, pracować może wszędzie, a do szpitalnego łóżka zaczynała się przyzwyczajać.

Teraz oderwała wzrok od ekranu laptopa i widząc spojrzenie Julii, uśmiechnęła się do niej. Wyglądała jak zawsze: ubrana w stonowane, bure, wygodne, ale schludne ciuchy, szara, nijaka i... śmiertelnie wyczerpana. Taką właśnie od kilku dni godzina po godzinie obserwowała Julia. Odpowiedziała uśmiechem na uśmiech i widząc, jak Gabriela wraca do swoich tabelek, nagle... się rozpłakała. Na początku jedynie łzy zaczęły spływać po jej policzkach i wsiąkać w poduszkę, ale zaraz potem stłumiony szloch przerwał panującą w pokoju ciszę.

Gabrysia poderwała się gwałtownie, niemal zrzucając laptop z kolan.

– Julisia, co się stało?! – krzyknęła w panice. – Coś cię boli?! Zaraz wezwę pielęgniarkę!

Już rzucała się do drzwi, gdy zatrzymały ją słowa Julii:

– Gabi, nic mi nie jest, to... ty.

– Co ja?! – Gabriela zawróciła w miejscu i dopadła Julii, chwyciła ją za rękę. – Coś ci powiedziałam? Coś zrobiłam nie tak? Boże, nie wiedziałam, przepraszam, kochana!

Julia szlochała, nie mogąc wydobyć z siebie głosu, Gabriela głaskała ją po włosach, przepraszając raz po raz.

„Może powiedziałam coś przez sen?! – przelatywały jej przez umysł spanikowane myśli. – Ale co? Kocham Julię! Jest mi bliższa niż siostra! Co mogłam jej powiedzieć?!" – O to zaczęła pytać na głos, gdy tylko łkanie Julii zaczęło cichnąć.

– Gabi, tylko się nie obraź – wykrztusiła wreszcie dziewczyna – ale Majka miała rację... Boże, jesteśmy tu kolejny dzień, a ty od rana do wieczora, właściwie nie wiem, od której do której, bo gdy zasypiam i się budzę, ty zawsze siedzisz w tych swoich tabelkach.

Gabriela nagle wypuściła dłoń Julii z rąk i wyprostowała się. Julia popatrzyła na przyjaciółkę błagalnie.

– Przepraszam, Gabrysiu, ale to tak strasznie smutne, że nie masz nic ani nikogo oprócz nich...

Te słowa wstrząsnęły kobietą bardziej niż słowa Majki. Opadła na swoje krzesło i zaczęła tępo, zmęczona jak chyba nigdy w życiu, wpatrywać się w ocierającą oczy Julię.

– Muszę pracować. Leki taty nie tanieją, a tylko jego mam oprócz tabelek, z których obie tak kpicie – odezwała się wreszcie.

– Nie kpimy, Gabryniu, my ich serdecznie nienawidzimy, tak jak wy nienawidzicie moich kolejnych podtatusiałych „narzeczonych", a ja i ty jednodniowych kochanków Majki. Tylko ja i Majka mamy jakiś wybór: ona może wyrwać się z tego nałogu, ja mogę znaleźć porządnego faceta w moim wieku, w którym nie będę wreszcie szukała ojca, ale ty… ty nie masz wyboru. Jesteś na te tabelki skazana, dopóki żyje twój tata…

– Zamknij się! – krzyknęła Gabriela, podrywając się na równe nogi. – Nie waż się nawet tak myśleć! Mój tata to wspaniały człowiek! Chciałabym, by żył jak najdłużej!

– Gabi, ja to wiem i z całego serca też tego pragnę, ale… po prostu nie mogę patrzeć, jak wypełniając te cholerne tabele, tracisz miesiąc po miesiącu, rok po roku swojego życia, życia, które mogłoby być wspaniałe… Gdybyś jeszcze miała jakieś hobby, pasję, odskocznię…

– Kiedy?! Kiedy mam dziergać na drutach albo oglądać seriale?! Jeżeli nie zarobię tyle, ile trzeba…

– Gabi, to twoje tłumaczenie. Ty sama wciskasz sobie ten kit, ty sama się na to skazujesz.

Gabriela aż się cofnęła. Ciosu ze strony Julii się nie spodziewała. Przecież musiała pracować choćby na nią, Julię, która po wyjściu ze szpitala zatrzyma się u niej, będzie się u niej stołowała, robiła pranie, prasowała swoje kreacje na castingi… Nigdy Julii tego nie wypomniała, ale prąd i jedzenie kosztują, tymczasem ten barwny motylek, jej przyjaciółka, nie pomyślała ani razu, by dorzucić chociaż parę groszy do swego utrzymania, zawsze utrzymywana przez innych. A ona, Gabriela, wdzięczna losowi, że w ogóle ma przyjaciółkę, nigdy jej tego nie wytknie.

Spojrzała na laptop, który nie wiedzieć jak i kiedy znalazł się na jej kolanach. I nagle poczuła do tabeli, którą od szóstej rano pracowicie wypełniała ciągle tymi samymi danymi, tylko w innych ilościach, taką samą nienawiść – nie, po stokroć większą! – niż jej przyjaciółki. Zatrzasnęła laptop tak gwałtownie, aż Julia się wzdrygnęła.

– Masz rację – odezwała się nieswoim głosem. – Uciekam w pracę, bo nie wierzę, że coś jeszcze mnie w życiu spotka po tych rozrywkach, które zaliczyłam. – Uśmiechnęła się krzywo, odruchowo dotykając miejsca, gdzie pod ubraniem miała na brzuchu dwie blizny. – Ale teraz koniec z pracoholizmem! – Wbiła spojrzenie w przyjaciółkę. – Masz pomysł, moja kochana, czym pasjonującym mogę się zająć, by jednocześnie utrzymać przy życiu tatę i siebie?

Julia nie miała żadnego pomysłu. Nie wiedziała o Gabrieli właściwie nic, co właśnie sobie ze wstydem uświadomiła.

– Masz jakieś inne zainteresowania oprócz tabelek? Jakieś hobby? – zaczęła nieśmiało.

– Tak. Pragnę hodować róże. To moje marzenie. Chciałabym także jeździć konno i zwiedzać świat. Masz kawałek ogrodu na zbyciu? Jakieś ranczo? A może razem zarobimy parę złotych na wycieczkę dookoła świata?

Julia przygryzła wargę, żeby znów się nie rozpłakać. Nie potrafiła spełnić marzeń Gabrieli. To wszystko kosztowało, a ona nie miała pieniędzy... Majka! Majka zawsze jest przy forsie, może ona...

Widząc błysk w oku przyjaciółki, Gabriela zgasiła go natychmiast:

– Tylko nie myśl, że będzie mi moje marzenia fundowała Majka. Łatwo jest wyciągać rękę po forsę do przyjaciół tylko komuś, kto nie potrafi na własne marzenia sam zarobić. Ale takie „sponsorowane" marzenia są nic niewarte. Nie cieszą. A ja nic innego nie umiem, tylko wypełniać te tabelki...

Nagle... poczuła własne słowa jak uderzenie w splot słoneczny. Aż się zgięła z bólu.

– O Boże, Gabiniu, ja nie chciałam! – usłyszała tym razem przez własny szloch, krzyk Julii. – Przepraszam, kochana, próbowałam pomóc... Coś znaleźć... Jakieś wyjście, ucieczkę dla ciebie przed...

Urwała, bo Gabriela nagle się wyprostowała. Otarła oczy.

– Masz rację. Jest coś, co robię, gdy mam już dosyć tych cholernych kosztorysów. Piszę. Piszę powieści. Uciekam do innych światów, innego życia. Chcesz poczytać?

– Chcę – odparła bez wahania Julia.

– To masz. – Gabriela rzuciła jej laptop na kolana. – Plik z moimi „powieściami" znajdziesz bez problemu. Ja... idę się przejść i przemyśleć parę rzeczy. Miłego czytania.

Wzięła torbę, narzuciła na ramiona kurtkę i zostawiając Julię, która odprowadzała ją do drzwi na wpół zdumionym, na wpół zaniepokojonym spojrzeniem, wyszła z pokoju, a potem ze szpitala i ruszyła bez celu przed siebie...

ROZDZIAŁ XXII

Umówili się na szesnastą u pana Antoniego. Starszy człowiek serdecznie wyściskał rozpromienioną Majkę, która nie wypuszczała z rąk bezcennej teczki z godłem i napisem „Kancelaria Notarialna", potem nadeszli Wiktor z Patrykiem.

Silny uścisk dłoni pana Antoniego, słowa: „Dobrze cię znów widzieć, Wiktor" – i mogli zasiadać do narady przy niewielkim stole.

– Gabrysia nie wpadnie z niespodziewaną wizytą? – upewniła się Majka.

Gdyby przyjaciółka ujrzała ich czworo, konspirujących nad jakimiś dokumentami, w życiu nie uwierzyłaby w wygraną na loterii...

– Mam nadzieję, że nie – odparł pan Antoni. – Próbowałem się do niej dodzwonić, ale nie odbiera. Pewnie odsypia kolejną zarwaną noc. Za dużo pracuje ta moja dziewczynka...

– Może już niedługo w ogóle nie będzie musiała pracować – odezwał się cicho Wiktor. – Gdyby została moją żoną...

– Wiesz, synku, że to na razie tak samo niemożliwe jak dziewięć lat temu – przerwał mu stanowczo starszy człowiek.

Wiktor mógł jedynie przytaknąć. Ramiona mu opadły. Błysk w oczach zgasł.

– Dawaj, Majka, ten akt – odezwał się Patryk. – Muszę sprawdzić na własne, prawnicze oczy, czy wszystko z nim w porządku.

– Tadam! – dziewczyna powoli otworzyła granatową teczkę i podała mu dokumenty.

Studiował je długą chwilę. Wszyscy patrzyli nań w napięciu.

– Genialnie – odezwał się wreszcie. – Antoni Leszeński kupuje Leśną Polanę i jednocześnie czyni z niej darowiznę na rzecz swojej córki Gabrieli Leszeńskiej. Nic dodać, nic ująć. Dom w Przygodnem numer 7, gmina Jasień, działka zabudowana i sześć hektarów lasu. Kiedy zamierza pan Gabrysię tym uszczęśliwić?

– Właśnie się nad tym zastanawiałem... – zaczął z namysłem Antoni. – Oczywiście chciałbym natychmiast, choćby dzisiaj, ale nikt nie może łączyć waszej wizyty w Polsce z kupnem tego domu. Wiemy, komu jakie podejrzenia mogłoby to nasunąć i jakie mogłyby być tego konsekwencje.

Wszyscy musieli się zgodzić z tymi słowami. Nagle Wiktor odezwał się cicho i smutno:

– Chciałbym zobaczyć jej oczy, jej uśmiech, gdy ściskając w dłoniach akt notarialny, stanie przed domem, który pokochała od pierwszego wejrzenia, wiedząc, że jest jej.

– Nagram ci to! – zaproponowała natychmiast Majka. – Wiem, wiem, wolałbyś sam widzieć jej szczęście, ale skoro to niemożliwe... Mnie z Julią, a może i pana Antoniego, zabierze ze sobą na ten pierwszy raz na pewno, szarpnę się na taksówkę, zabierzemy szampana i będziemy oblewać ukochany domek Gabrysi. Wszystko ci nagram, Wiktorku, spokojna głowa. – Poklepała go po ręce, już sobie wyobrażając to nagranie, pełne pląsających wokół starej chałupy, pijanych kobiet i przyglądającego się im z ławki pod lipą pana Antoniego. Machnęła ręką.

– To się wytnie – powiedziała do siebie.

– Kiedy wyjeżdżacie? – zapytał Leszeński.

– Ja w przyszłym tygodniu już będę wolny – odparł Wiktor. – Do tego czasu pozałatwiam wszystkie sprawy. Patryk? – Spojrzał pytająco na brata.

– Przyglądałem się wczoraj i dziś od rana dokumentom, o które prosiłeś. To może się udać. Ale ta sprawa zajmie mi trochę więcej czasu. Dajesz zielone światło i mogę działać.

– A bracia Prado, jak zwykle, gadają samymi zagadkami – wtrąciła uszczypliwie Majka. – Przynajmniej dla najbardziej zainteresowanego, bo ja się domyślam o co chodzi. Może byście tak zapytali pana Antoniego, czy w ogóle się na to zgadza? Czy tego chce?

Leszeński przeniósł pytające spojrzenie z dziewczyny na Wiktora. Ten zaczął:

– Patryk miał się zorientować, czy może pan wystąpić o zwrot zagrabionego mienia, czyli pana rodzinnego domu. Jest to możliwe, o ile się pan zgodzi, by zadziałał w pana imieniu.

Starszy człowiek osłupiał.

– Chcecie... Możecie... Willę przy placu Lelewela? – nie mógł zebrać myśli, oszołomiony tą wiadomością.

Kochał dom, w którym się urodził i wychował. Nigdy nie pogodził się z jego niesprawiedliwą utratą, a teraz... teraz może go odzyskać. Pytanie, czy tego chce.

– To zbyt niebezpieczne. – Pokręcił głową. – On będzie się mścił. – Wiedzieli, kogo ma na myśli, sami się przecież tego obawiali. – Może po jego śmierci... ale nie teraz, dzieci, nie teraz.

Patrzyli nań we troje ze smutkiem. Adolf Kuchta może przeżyć Antoniego i ten nigdy nie wróci do rodzinnego domu. Może Gabriela dostanie go w spadku i zrobi z piękną, starą i bardzo drogą willą to, co uzna za stosowne: sprzeda ją albo zatrzyma, ale czas Antoniego nieubłaganie dobiegał końca. Nawet jeśli Kuchta w końcu zdechnie, mogą nie zdążyć z odzyskaniem domu przed śmiercią prawowitego właściciela. To jednak trochę by trwało...

Majka westchnęła głęboko.

W oczach starszego pana zalśniły przez moment łzy, a może tak jej się tylko wydawało.

– Ma pan rację, to zbyt niebezpieczne – odezwał się Wiktor. – Wycofujemy się na razie ze sprawy, Patryk.

– Skoro nie mam tu nic więcej do roboty wyjeżdżam razem z tobą – odrzekł młodszy z braci Prado

Majka uśmiechnęła się.

– My dla pewności odczekamy jeszcze tydzień albo dwa po waszym wyjeździe i... balanga, balanga! Parapetówka w Leśnej

Polanie. Kto by pomyślał, że nazwałam ją swego czasu ruiną i rozpadającą się chałupą, a teraz nie mogę się doczekać, aż znów tam pojadę.

Jej niekłamana radość podziałała na wszystkich jak balsam. Majka zakrzątnęła się koło herbaty, pan Antoni wyjął ciasto domowej roboty, które przyniosła mu sąsiadka. Zaczęli normalną rozmowę, trochę wspominając minione lata, trochę rozmyślając o przyszłości.

Zapadał cichy, lipcowy wieczór.

Nic nie zapowiadało kataklizmu, jaki lada moment miał się rozpętać za sprawą jednego telefonu.

W torebce Majki rozległ się dzwonek.

– Julia – szepnęła do pana Antoniego, odbierając połączenie. – Co tam, kochanie? Przepraszam, że nadal cię zaniedbuję, ale to już ostatni raz. Od jutra, przyrzekam, nie ruszę się do twojego łóżka dotąd, aż cię wypiszą...

– Majka, przestań! – Jula zalana potokiem słów przyjaciółki przerwała jej takim tonem, że ta umilkła. – Czy wiesz, gdzie się podziewa Gabrysia?

Majka uniosła brwi.

– A nie siedzi przy tobie?

– Gdyby siedziała, nie pytałabym, gdzie się podziewa! – W głosie Julii zabrzmiała panika. – Rano trochę się posprzeczałyśmy... właściwie nie trochę, a bardzo... byłam dla niej naprawdę podła! Poszło oczywiście o jej tabelki... Zostawiła mi laptop, powiedziała, że idzie się przejść, i do tej pory nie wróciła! A dochodzi dwudziesta! Dzwoniłam do niej ze sto razy. Nie odbiera telefonu. Majka, gdzie ona jest?!

Dłoń z komórką opadła bezwładnie. Trzej mężczyźni, czując, że dzieje się coś bardzo złego, wpatrywali się w pobladłą nagle twarz Majki.

– Co się stało? – odezwał się Wiktor.

Przeniosła nań przerażone spojrzenie z aktu notarialnego, który nagle wydał się raczej wyrokiem śmierci niż niespodzianką, i wyszeptała:

– Gabrysia... Gabriela zaginęła.

Z trudem uniosła rękę z telefonem do ucha i powiedziała do płaczącej Julii:

– Nie martw się, kochana. Znajdziemy ją i natychmiast damy ci znać, że jest cała i zdrowa, tylko... śpi w swoim mieszkaniu.

– Skąd wiesz, że jest u siebie?

– Nie wiem. Domyślam się. Była tak zmęczona, że pewnie wyłączyła telefon, padła na swoje własne łóżko i natychmiast zasnęła. To moja wina, powinnam być przy tobie z Gabrielą na zmianę – gadała i gadała, by zagłuszyć panikę ściskającą jej gardło. Wreszcie uspokoiła przyjaciółkę i rozłączyła się.

Wiktor z Patrykiem już stali przy drzwiach, gotowi do wyjścia.

– Masz klucze do mieszkania Gabrieli czy będziemy się włamywać? – zapytał ten pierwszy.

– Mam – odparła Majka.

Cała się trzęsła. Gabriela była zbyt odpowiedzialna, by wyjść ot tak sobie na spacer i nie wrócić. By przez cały dzień nie odbierać telefonów od przyjaciół.

– Patryk... – odezwał się Wiktor nieswoim głosem. Brzmiało w nim coś więcej niż przerażenie, raczej pewność tego, co miało się stać. – Pojedziemy we dwoje, z Majką, a ty zostań z panem Antonim i zacznij obdzwaniać szpitale.

Patryk bez gadania skinął głową, zawrócił do stołu, natychmiast wyciągając z kieszeni komórkę.

Wiktor z Majką zbiegli po kilku schodkach i po chwili gnali potężnym srebrnym volvo na Bielany. Ale mieszkanie Gabrieli było puste. Nic nie wskazywało na włamanie, wszystko było tak schludnie poukładane jak zazwyczaj, tylko właścicielki w nim nie było.

– O Boże… – wyszeptała Majka, osuwając się na zasłane kolorową narzutą łóżko przyjaciółki. – Powiedz mi, że to nie on. Powiedz, że nie zdążył się dowiedzieć o Leśnej Polanie, o tobie i… Powiedz, że Gabriela znajdzie się za parę minut albo godzin, ale się znajdzie cała i zdrowa. Może nawet połamana w jakimś wypadku, ale nie skrzywdzona przez tamtych sześciu. Przyrzeknij mi to, Wiktor…

Ale Wiktor tkwił pośrodku pokoju, który tak dobrze znał, patrzył na łóżko, na którym kochał się z Gabrysią pierwszy raz, a potem jeszcze wiele razy i… narastał w nim krzyk.

– Wracamy – wydusił tylko.

Gdy weszli do mieszkania pana Antoniego, od razu wiedzieli, że Patryk nie znalazł Gabrieli. Starszy człowiek wyglądał, jakby trzymał się życia ostatkiem sił. Kiedy zobaczył twarze Majki i Wiktora, ściągnięte takim samym strachem jak jego własna, po policzkach popłynęły mu łzy, których nie potrafił powstrzymać.

– Majka, zajmij się panem Antonim – rzucił Wiktor. – Ty, Patryk, pójdziesz ze mną. Pora zapytać pewnego bydlaka, gdzie się podziała Gabriela.

– Wiktor... – zatrzymał go w progu słabnący głos Antoniego. – Nie mówiłem tego ani tobie, ani jej, ale... Zuzia i Ania, siostra i mama Gabrysi, moja druga córeczka i żona... One nie zginęły w wypadku. Zostały celowo rozjechane, na zlecenie domyślacie się kogo. Gabrielę zostawił sobie na deser, by nadal mieć na mnie bat. Pospiesz się, synku...

Wiktor pobladł śmiertelnie. Patryk bez słowa pociągnął go ku wyjściu. Drzwi zamknęły się za nimi z głuchym łoskotem. Majka aż się wzdrygnęła.

– Zabiję go, jeśli zrobił coś mojej dziewczynce – wyszeptał Antoni. – Powinienem zrobić to dziewięć lat temu i oszczędzić jej i Wiktorowi tyle cierpienia, ale stchórzyłem, pomyślałem, że Pan Bóg nierychliwy, ale sprawiedliwy, zajmie się Kuchtą w swoim czasie. Żałuję. Żałuję, że Go nie wyręczyłem... Muszę wziąć krople i się położyć – dokończył głosem tak słabym, że Majka o niego zaczęła się teraz bać.

Podała mu krople nasercowe, pomogła dojść do łóżka, nakryła kocem, ujęła dłoń, tę straszliwie kiedyś okaleczoną dłoń starego człowieka, i gładząc machinalnie powyginane palce, zaczęła czekać. Na cokolwiek, jakikolwiek znak. Od Gabrieli, Wiktora, Julii, od kogokolwiek.

Na rękę pana Antoniego zaczęły skapywać jej gorące, pełne przerażenia i poczucia winy łzy...

Do placu Lelewela, przy którym stała piękna willa Leszeńskich, wiele lat temu zagarnięta przez ubeckiego kata, od mieszkanka pana Antoniego było blisko, zaledwie parę przecznic.

Patryk z Wiktorem szli ramię w ramię ciemnymi ulicami i milczeli. Zamiast przyspieszać, bo przecież obaj bali się o Gabrielę, zwalniali z każdym krokiem.

Nienawidzili tego miejsca – domu, w którym się wychowali, czy raczej tyle wycierpieli – całym sercem. Myśl, że znów mają przekroczyć ten próg i stanąć twarzą w twarz ze swym katem, była nie do zniesienia. Jakim cudem Wiktor uczynił to tak niefrasobliwie dziewięć lat temu, do dziś pozostawało dlań zagadką. Gdyby wiedział, że sama własnoręcznie zakłada pętlę na szyję sobie i ukochanej kobiecie…

Wreszcie stanęli przed willą Leszeńskich.

Klasyczny biały dom, ze szprosami w oknach, kryty czerwoną dachówką, za czasów dawnych właścicieli był piękny i zapewne bardzo kochany. Dzisiaj w jego wnętrzu kryło się czyste zło. Zło bezkarne, bezczelne i podłe. Zło, które nigdy nie odpowiedziało za swe nieludzkie, parszywe czyny. Za mordowane kobiet i dzieci, za torturowanych mężczyzn… Zło, które – ukryte za ścianami pięknego niegdyś domu – chichotało teraz, ukryte za firanką, widząc swoje dwie ulubione ofiary wchodzące powoli po schodach.

Oni obaj czuli się raczej, jakby schodzili w czeluści piekieł…

Patryk – bo Wiktor nie był zdolny do uczynienia jakiegokolwiek ruchu, strach o Gabrielę po prostu odbierał mu zdolność działania i logicznego myślenia – nacisnął dzwonek. Trzymał palec tak długo, słysząc wewnątrz przeraźliwy dźwięk, aż drzwi się w końcu otworzyły i stanęła w nich bestia w ludzkim ciele. Ich ojczym. Adolf Kuchta, mniejsza o jego następne nazwiska, znany więźniom X Pawilonu, a wcześniej ofiarom rzezi na Wołyniu jako „Hitlerek".

Zmierzył ich wzrokiem.

– Proszę, proszę – wychrypiał głosem przeżartym przez wódkę i papierosy – dwa bękarty wróciły do tatusia... Wejdźcie, kochani synowie, zapraszam. – Otworzył drzwi na oścież, a gdy przekroczyli znienawidzony próg, zatrzasnął je za ich plecami.

Patryk się wzdrygnął. Pragnął być teraz gdziekolwiek, w dowolnym miejscu na Ziemi, choćby nawet w więzieniu, raczej niż w domu, w którym spod łóżka patrzył, jak to bydlę katuje jego brata...

Kuchta rozwalił się na fotelu w salonie, tak samo cuchnącym i ohydnym jak dziewięć lat temu.

„Boże, miej litość... – jęknął w duchu Wiktor. – Dlaczego ja tu wtedy przyszedłem...?"

– Gdzie ona jest, skurwielu? – wyrzucił na głos, mimo że ledwo mógł mówić, przez zaciśnięte strachem gardło. Nie bał się tej bestii, rozwalonej w fotelu, nie bał się o siebie ani o Patryka – oni mogli się bronić. Bał się o Gabrysię i o to, co bestia mogła jej już zrobić.

Oczy Kuchty rozbłysły jakimś dzikim, nieludzkim blaskiem. Oblizał usta jak wtedy, gdy miał gdzieś na Wołyniu ćwiartować siekierą dziecko na oczach wrzeszczącej z przerażenia matki.

– Pytasz o swoją piękną narzeczoną, bękarcie?

– Gdzie ona jest? – wycedził Wiktor powtórnie.

Kuchta nie odpowiedział.

Zamiast tego wstał, podszedł do biurka stojącego w kącie ciemnego pokoju i wyjął pięciopalczasty pejcz, którego rzemienie zakończone były metalowymi hakami. Wiktor pamiętał ten pejcz i ból, jaki zadawał, mimo to czuł strach jedynie o Gabrielę…

– Ostrzegałem cię, bękarcie… – zaczął Kuchta, bawiąc się pejczem od niechcenia. – Jeżeli choć pomyślisz o Leszeńskiej, będzie bolało. Ale ty nie słuchałeś ojca.

Wiktor nie miał nawet siły, by sprostować, że Kuchta nie jest jego ojcem.

– Dam ci szansę, gówniarzu – odezwał się Tamten radosnym tonem. – Mój pierwszy warunek pozostaje bez zmian: wyjedziesz stąd i nie wrócisz, chyba że po moim trupie, a zamierzam jeszcze długo pożyć, a nie zbliżysz się do tej szmaty i tego skurwysyna, jej tatuśka, nawet na krok…

Patryk, widząc, że Wiktor spina się cały na określenie Gabrysi „szmatą", wpił paznokcie w jego dłoń. Podziałało. Starszy brat ochłonął nieco.

– Drugi warunek: zabawimy się jak za dawnych lat. Wytrzymasz pięć razów, a moi chłopcy nie zgwałcą twojej ślicznej Gabrysi, a wierz mi, oni potrafią tak zwyobracać kobitę, że strzępy lecą. Wytrzymasz dziesięć razów, a Gabrysia wróci cała i zdrowa do swojego tatunia. Nawet nietknięta. Tu mam telefon pod ręką, czekają tylko na mój rozkaz. Wytrzymasz, bękarcie?

– Wytrzymam – wyszeptał Wiktor.

Patryk spojrzał nań z niedowierzaniem, chyba nie chce wejść do gry z tym starym, zboczonym truchłem?!

– Więc na kolana, bękarcie, i błagaj o litość.

Wiktor nigdy tego nie zrobił, choć za każdym razem słyszał to samo: „Błagaj o litość". Okładany pasem, kablem czy pejczem jęczał, krzyczał, czasem wył z bólu, ale nigdy, nigdy! nie poprosił, by Tamten przestał.

Robili to młodsi bracia, wypełzając spod łóżek, czepiając się nogawek spodni ojczyma i błagając:

– Tatusiu, przestań! Tatusiu, zabijesz go! Tatuniu, miej litość dla Wiktora!

On sam nigdy.

Ale też nigdy nie był zmuszony błagać o litość dla kogoś innego. Dla miłości swojego życia. Dla Gabrieli...

– Na kolana, bękarcie! – syknął Kuchta.

Wiktor zaczął ściągać z ramion koszulę i osuwać się na kolana, ale... powstrzymała go ręka brata. Poderwała w górę.

– Dosyć, Wiktor – usłyszał gdzieś z oddali głos Patryka. Nie pięcioletniego, zapłakanego dziecka, ale silnego, młodego mężczyzny. – Nie poniżysz się więcej przed tym ścierwem.

Wstał, wspierając się na ramieniu brata. Drżał na całym ciele, a w oczach błyszczały łzy.

– Posłuchaj mnie... – Patryk położył mu dłonie na ramionach, uścisnął i potrząsnął nim mocno. – Nie jesteś bezwolną ofiarą tej obmierzłej bestii. Już nie. Mamy pieniądze, znajdziemy kogoś, kto prześledzi każdy krok Gabrieli, od wyjścia ze szpitala do miejsca, w którym zniknęła. Poruszymy niebo i ziemię, ale znajdziemy ją. Chodź. Idziemy.

Odwrócił się i pociągnął Wiktora ku drzwiom.

Za sobą usłyszeli obleśny rechot Tamtego:

– Owocnych poszukiwań! Bawcie się dobrze! Ja jeszcze dziś zabawię się z piękną Gabrysią nie gorzej niż wy.

Wiktor stanął jak wryty, zaczął się odwracać, ale…

Patryk był szybszy: w dwóch krokach dopadł Kuchty, wyrwał mu z ręki pięciopalczasty pejcz i z całej siły sieknął go przez twarz. Ten zawył z bólu, z rozoranego policzka trysnęła krew.

– Zawsze chciałem to zrobić – rzekł Patryk z dzikim spojrzeniem niebieskich oczu, patrząc na wijące się u jego stóp zakrwawione cielsko.

Wrócił do Wiktora, pociągnął go ku drzwiom. Gdy znaleźli się na dworze, zamknął je pełnym furii kopniakiem.

Zbiegli po schodach, ale na ostatnim stopniu nogi ugięły się pod Wiktorem.

Usiadł na zimnym granicie, wpił palce we włosy. Plecy drżały mu w powstrzymywanym łkaniu. Świadomość, że sześciu bandziorów gwałci teraz kobietę, którą kochał całym sercem, niewinną niczego, a już wystarczająco przez życie skrzywdzoną, doprowadzała go do obłędu. A może tym razem mieli ją nie tylko zgwałcić. Może to bydlę kazało im po prostu ją zamordować i zakopać gdzieś w lesie…

Wbił zęby we własną dłoń, by powstrzymać krzyk…

Patryk położył mu łagodnie rękę na ramieniu. Rozpacz brata łamała mu serce, łzy same napływały do oczu.

– Chodź, Wiktor – odezwał się cicho. – Znajdziemy twoją Gabrielę. Wstań i chodź. Znajdziemy ją, a potem wrócimy tu i wymierzymy sprawiedliwość…

Ciąg dalszy w tomie II, *Czerwień Jarzębin*

OD AUTORKI

Wprawdzie wszystkie postaci w książce są fikcyjne, ale niektóre wydarzenia, a szczególnie wstrząsający opis katowni UB na Rakowieckiej, oparłam na faktach. Źródła, z jakich korzystałam, to między innymi:

X Pawilon. Katownia UB na Rakowieckiej Stanisława Krupy (Warszawa 2009);
Bestie. Mordercy Polaków Tadeusza M. Płużańskiego (Warszawa 2009);
Rotmistrz Witold Pilecki Wiesława Jana Wysockiego (Warszawa 2009);
Rozmowy z katem Kazimierza Moczarskiego (oprac. Andrzej K. Kunert, Kraków 2009);
„Nil" generał August Emil Fieldorf Wiesława Jana Wysockiego (Warszawa 2010);
362 sposoby UPA na mordowania Polaków (www.wmeritum.pl);
Nowy program stypendialny dla studentów z Ukrainy (www.emn.gov.pl)

oraz wiele informacji znalezionych w sieci i rozmów ze świadkami tamtych wydarzeń.

Leśna Polana
Opowieść o zagubionych marzeniach i drugiej szansie, na którą zasługuje każdy. Bez wyjątku.
KATARZYNA MICHALAK
Leśna Polana
Opowieść o zagubionych marzeniach i drugiej szansie, na którą zasługuje każdy. Bez wyjątku.
KATARZYNA MICHALAK

OGRÓD KAMILI
Katarzyna MICHALAK
PRZYSTAŃ JULII
Katarzyna MICHALAK
ZACISZE GOSI
Katarzyna MICHALAK